郑逸梅经典文集

# 艺林旧事

（修订版）

郑逸梅 著

北方文艺出版社

图书在版编目（CIP）数据

艺林旧事 / 郑逸梅著 . -- 哈尔滨：北方文艺出版社，2019.7（2020.8 重印）
ISBN 978-7-5317-4569-3

Ⅰ . ①艺… Ⅱ . ①郑… Ⅲ . ①散文集 – 中国 – 当代 Ⅳ . ① I267

中国版本图书馆 CIP 数据核字（2019）第 110796 号

## 艺 林 旧 事
Yilin Jiushi

| 作　　者 / 郑逸梅 | |
|---|---|
| 责任编辑 / 路　嵩　张贺然 | 封面设计 / 张　爽 |
| 出版发行 / 北方文艺出版社 | 邮　编 / 150008 |
| 发行电话 /（0451）86825533 | 经　销 / 新华书店 |
| 地　　址 / 哈尔滨市南岗区宣庆小区 1 号楼 | 网　址 / www.bfwy.com |
| 印　　刷 / 三河市嵩川印刷有限公司 | 开　本 / 880mm×1230mm　1/32 |
| 字　　数 / 203 千 | 印　张 / 10.75 |
| 版　　次 / 2019 年 7 月第 1 版 | 印　次 / 2020 年 8 月第 2 次印刷 |
| 书　　号 / ISBN 978-7-5317-4569-3 | 定　价 / 66.00 元 |

# 目录

001　最早的铅印出版机构——墨海书馆

003　夏瑞芳、鲍咸恩创办"商务"略记

007　毁于战火的东方图书馆

011　赛铜字模的发明

013　四角号码检字法的创始经过

016　中华书局是怎样创始的

019　章太炎轶事

022　章太炎婚礼中之首饰

024　章太炎迁居苏州的曲折

027　章太炎有仙骨

029　王金发允武允文

032　端午桥创办南洋劝业会

035　黄摩西撰长联

| | |
|---|---|
| 037 | 行刺宋教仁的凶手暴卒原因 |
| 039 | 刺宋案珍闻 |
| 042 | 《大共和日报》受袁项城津贴 |
| 044 | 齐燮元给上海人的印象 |
| 046 | 末代皇帝的伙食账 |
| 048 | 名片谈往 |
| 050 | 最小的讣闻 |
| 052 | 张之洞幕中之名士 |
| 053 | 胡雪岩死期及遗像 |
| 055 | 状元扇 |
| 058 | 春联今昔谈 |
| 060 | 南湖的革命纪念船 |
| 062 | "正"字记数的由来 |
| 063 | 我国近代的若干第一人 |
| 069 | 徐光启的九间楼 |
| 071 | 江小鹣的静园 |
| 073 | 钱名山为柳如是辨诬 |
| 075 | 陈铭枢发现蒲松龄词稿手迹 |
| 077 | 廉南湖与吴芝瑛 |
| 079 | 南汇之狱始末记 |
| 082 | 黄宾虹画卷被骗 |
| 085 | 李大钊的即景诗与邵洛羊的诗意画 |

| | |
|---|---|
| 087 | 俞平伯幼受曲园老人的熏陶 |
| 090 | 沈钧儒的"与石居" |
| 093 | 名医马培之入宫诊病 |
| 095 | 张謇、沈卫争状元一席的内幕 |
| 098 | 老报人史量才的机关密室 |
| 101 | 首创中文打字机的周厚坤 |
| 103 | 马太龙谈溥仪出宫经过 |
| 106 | 周退密谈上海第一号汽车 |
| 109 | 孙筹成谈临城劫案 |
| 112 | 哈同之发迹 |
| 114 | 商团革命同志 |
| 116 | 火烧民立报馆 |
| 118 | 旧时的马车 |
| 120 | 显赫一时之马车 |
| 123 | 茶寮之回忆 |
| 125 | 六个半高僧 |
| 127 | 体育界先进 |
| 130 | 投军趣事 |
| 133 | 夜攻天保城 |
| 135 | 南京战后遗迹 |
| 137 | 饭会与粥会 |
| 140 | 关于吴稚晖 |

| | |
|---|---|
| 143 | 谒见班禅活佛 |
| 145 | 社会百面观 |
| 147 | 楼台亭阁在上海 |
| 149 | 大度宽宏之国父 |
| 151 | 电车之创始与变迁 |
| 153 | 新推背图 |
| 155 | 毕倚虹致死之我闻 |
| 157 | 梁任公推崇黄公度 |
| 159 | 黄季刚之凶宅 |
| 161 | 廖仲恺蓄蟋蟀 |
| 163 | 严复与帝制 |
| 165 | 破宋案有功之何海鸣 |
| 168 | 关于徐锡麟之一页史乘 |
| 170 | 段祺瑞之棋友 |
| 172 | 康南海腕下有鬼 |
| 174 | 端午桥之胆怯 |
| 176 | 丁文江恶竹 |
| 177 | 李合肥之书法 |
| 179 | 张南皮一怒毙妇 |
| 181 | 谭浏阳学剑于大刀王五 |
| 183 | 钱三之骗术 |
| 185 | 黄克强引咎自责 |

| | |
|---|---|
| 187 | 追记总理蒙难一轶事 |
| 189 | 王铁珊朴俭无华 |
| 190 | 杨士骧喜啖羊肉 |
| 192 | 袁项城五子百衲之诗才 |
| 194 | 宋哲元之大刀 |
| 195 | 张宗昌办《新鲁日报》 |
| 196 | 陆士谔之龙泉剑 |
| 198 | 蔡松坡与唐继尧 |
| 200 | 光复上海之四烈士 |
| 202 | 袁寒云手稿 |
| 204 | 文公达考证扶桑非日本 |
| 206 | 本事和银幕名称的开始 |
| 208 | 玲玉香销记 |
| 210 | 塔圮雷峰忆昔年 |
| 212 | 上海园林举隅 |
| 218 | 旧社会的拜年名帖 |
| 220 | 书信中的问候用语 |
| 222 | 灌唱片 |
| 224 | 旧时乘车的怪现象 |
| 226 | 车祸种种 |
| 228 | 历来的火警 |
| 230 | 江南刘三抗议赛马 |

| | |
|---|---|
| 232 | 袁项城之筹备登极费 |
| 233 | 乌目山僧与爱俪园 |
| 235 | 林庚白预知陈英士死期 |
| 237 | 蔡子民癖好园艺 |
| 239 | 张香涛决狱晕仆 |
| 241 | 陆士谔述西太后轶事 |
| 243 | 杨钟羲反对张季直 |
| 245 | 瞿鸿禨貌似同治帝 |
| 247 | 赛金花并不美艳 |
| 249 | 赛金花认识的名流 |
| 251 | 赛金花结识孙三儿 |
| 253 | 赛金花不谙英语 |
| 255 | 赛金花埋骨陶然亭 |
| 257 | 严几道之海军生活 |
| 259 | 汪兆铭狱中笔札 |
| 261 | 蔡子民反对乘轿 |
| 263 | 张南皮赠金章太炎 |
| 265 | 吴钝斋被厄西太后 |
| 266 | 齐白石服役陶澍家 |
| 267 | 汪兆镛、兆铭兄弟异趣 |
| 268 | 我国造第一颗炸弹之杨笃生 |
| 270 | 秋瑾以倭刀自随 |

| | |
|---|---|
| 272 | 审问秋瑾案之李钟岳 |
| 274 | 寒山寺张继碑外之诗碑 |
| 275 | 张香涛幕中之名士 |
| 276 | 邵飘萍家中之黑幕 |
| 277 | 李合肥故园中异事 |
| 278 | 林黛玉倚老卖老 |
| 279 | 古月轩传说之分歧 |
| 281 | 岑西林受宠慈禧太后 |
| 282 | 陈独秀囚首垢面 |
| 283 | 岳庙前铁像为阮文达公所铸 |
| 284 | 月份牌之演变 |
| 286 | 香妃墓之倾圮 |
| 288 | 春牛与芒神 |
| 290 | 明时之虎丘 |
| 292 | 有明四汉奸 |
| 294 | 元宵之种种 |
| 296 | 释骨牌之意义 |
| 298 | 西湖苏小墓之虚伪 |
| 300 | 吴中之状元 |
| 302 | 张仙送子考 |
| 304 | 明人笔记中之鸦片烟 |
| 306 | 苏小妹考 |

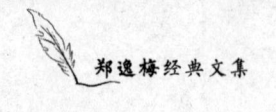

308　捋战起始考
309　送灶小考证
311　上海沦陷时期的食粮
313　饮食小掌故
315　饮食话旧
318　我国时令节日习俗谈
326　一个上任仅半个月的上海县知事
330　观音诞
332　出版说明

# 最早的铅印出版机构——墨海书馆

前清道光二十三年（一八四三年），上海成立了一家铅印出版机构—墨海书馆，这是上海有铅印设备的第一家。该馆设在麦家圈（即现在的山东路）。它除备有大小英文铅字外，并刻有中文铅字大小两种，大的等于现在的二号字，小的等于现在的四号字。

五口通商以后，英国第一任领事巴富尔来到上海，带来两个教士，一名雒魏林，一名麦都思，作为随行人员。那时麦家圈一带，都是田垄河渠，没有市面。麦都思首先在那儿建造基督教堂。由于传教需要印圣经，他们就在附近创办墨海书馆，用铅字排印圣经和其他宗教宣传小册子。印刷机器拙笨得很，长一丈数尺，宽三尺，旁置有齿重轮二只，由两人掌握，用一头牛旋转机轴。当时人们感觉到新奇，纷纷前来参观。有好事的作了一首竹枝词："车翻墨海转轮圆，百种奇编宇内传。忙煞老牛浑未解，不耕禾垄耕书田。"接着他们又设立了华英书院，教授英文，把那儿的地皮逐渐圈了去，这就是麦家圈这一名称的由来。麦都思在墨海书馆旁边筑屋居住下来，作为终老之计。后来麦的儿子麦华佗任驻沪领事，麦都思又是工部局最早的董

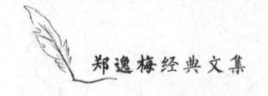

事之一,在文化侵略活动中,是个特殊人物。至于雒魏林也是不甘寂寞的,他创办了仁济医院,即现在的第三人民医院,当时规模没有这样大,是后来逐渐扩充的。

墨海书馆的编辑共两人,一个是外国人艾约瑟,另一个是中国人王韬。王韬很有才华,别署天南遁叟,著有《弢园文录》《蘅华馆诗》等数十种,有"长毛状元"之称。实则太平天国的状元,另有其人,和王韬无关。他和艾约瑟合译《格致西学提要》,又翻译了《六合丛谈》,那是伟烈亚力原稿,内容涉及面很广,举凡天文地理,动植矿物都有,所以译称"六合"。"六合"指东西南北上下而言,是无所不包的意思。王韬供职墨海书馆先后十多年,他所著的《海陬冶游录》《瀛海杂志》,就是由该馆铅字排印的。

王韬纪念馆(蘅花馆)。王韬参与了戊戌变法运动,他对家乡的宣传教化功不可没

## 夏瑞芳、鲍咸恩创办"商务"略记

解放前的商务印书馆,是我国出版界的巨擘,刊行了许多图书,举凡哲学、社会科学、语言学、宗教、自然科学、应用技术、艺术、文学、史地等等,可谓应有尽有。抗日战争前,它曾以"一日一书"为号召,即每天刊行新书一种,数量之多,也就可想而知了。它创始时,没有意料到后来发展到这样大的规模。"商务印书馆"的名儿,望文生义,它原来主要无非想为商店印些招牌纸、发票、传单等等,梦想不到将来要出这许多图书,否则这局限性很大的"商务印书馆"的名儿,决不会取的。

我有一位老同学华吟水,他在商务印书馆服务数十年,掌握了许多史料。我曾经把他记载的关有商务印书馆创办的一些珍贵资料加以整理,觉得颇有参考价值:原来该馆发起人只有夏瑞芳和鲍咸恩二人。瑞芳字粹方,江苏青浦人。咸恩,浙江鄞县人。他们都是基督教徒,幼年同过学,以后又同事于上海《捷报》馆,为外国人排字。瑞芳精明果断,咸恩谨慎勤劳,两人虽性情异殊,可是颇能友好合作。后来瑞芳娶咸恩的胞妹为妻,更从友好而结为亲戚。《捷报》(China Gazette)是当时上海一家有名的英文报纸,经理兼编辑为英国人。他性情粗暴,视

中国工人为奴隶，动辄辱骂。瑞芳、咸恩两人不甘屈服，毅然脱离《捷报》，自谋出路。那时适在甲午战争之后，国人奋发图强，从事文化教育的革新，印刷事业，大有前途。他们两人多年在报馆工作，精于印刷之道，于是打定主意，开始筹备印刷机构。当时他们预计每月可以接到几笔商店、行号的小生意，如传单招贴之类，还可以替圣书会、圣经会、广学会印一些印刷品。每月如有六七百元的收入，克勤克俭，也可以维持生活了。

最初开办的资本额，原定四千元，分为八股，每股五百元，由发起人认购，可是资金不够，未能如数凑足，只得邀请教友沈伯芬认二股，计一千元，其余的股份，由夏瑞芳、鲍咸恩、鲍咸昌（咸恩之弟）、徐桂生四人各认一股，计二千元，高翰卿、张蟾芬、郁厚坤三人各认半股，计七百五十元，总数只有三千七百五十元，数目虽不大，但当时发起人都是职工，没有多少积蓄，筹集到这笔钱已很不容易了，且瑞芳的一股，还是由他的妻子向一个女同学处挪移来的。

正式创办商务印书馆的议约，订立于清光绪二十二年（一八九六年）三月初三日，在三洋泾桥（现在的延安东路江西路口）的一家小茶馆楼上。股金收到后，即着手购置机器。但由于资金不足，仅购得三号摇架二部，脚踏架三部，自来墨手扳架三部，手撳架一部，以及中西文铅字工具等，所有资金几乎耗尽，后由股东沈伯芬筹划了流动金二千元，才得以周转。光绪二十三年（一八九七年）阴历正月初十日正式开业。最初的地址，是在江西路宁波路口德昌里末弄三号，为三幢房屋，租金每月五十余元。夏瑞芳、鲍咸恩、郁厚坤三人工作不分职位，通力合作。无奈流动金还感不足，临时添办些材料工具，如青铅、连史纸等，往往欠账，还要请高翰卿担保，那时高已升任美华书馆的中方经理，帮了他们不少的忙。后来营业日益有了起色，得到了各方面的信任，经济情况逐渐好转。翌年，因房屋倾塌，且不敷应用，于是迁至北京路庆顺里口，为六幢屋子，陆续添置了大阪铸字炉、花旗印书机等。还买了四匹马力火油引擎一只，又设立了木工部。从此，它的业务中心也由印刷转到出版，在管理上全用新法，与当时官办书局袭用的旧法不同。

光绪二十六年（一九〇〇年），日本人经营的上海修文印刷局，因故停办，所有机器工具全部贬价出让。"修文"原本投资近十万，由于历年亏损，乃由印锡璋介绍，经过几度磋商，卒以一万元代价归商务收买，计有大小各号印刷机、二、三、四、五、六号铜模以及其他机件工具铅字材料等。商务购买了这些东西之后，业务便大加扩充，印书始用纸型，发展成为一家初具规模的出版机构。当时他们感到我国的印刷技术比较落后，便派鲍咸昌东渡日本进行考察。鲍咸昌归国后大力革新印刷技术，因此营业更加蒸蒸日上。同时推夏瑞芳为总经理，鲍咸恩为印刷所所长，其他发起人亦逐渐进馆办事，出版了好几种书籍，销路最好的，如《华英字典》《华英初阶》《华英进阶》一、二、三、四、五集（由胡洪赍译注），以及《通鉴辑览》《纲鉴易知录》等等。它的部分书籍改用有光纸印行，比原用毛边纸、连史纸印，便宜三分之二，因此销路益畅。

该馆在创办初期，不分官利和余利，所有盈余都并作营业资金，直到张菊生、印锡璋等投资加入时才重新估值。那时张菊生在南洋公学任译书院院长，他因印件关系，时常与该馆接洽业务。这时夏瑞芳正想扩充业务，准备设立编译所，拟聘张菊生主持，双方一谈，意见相合，同时印锡璋亦有意参加，就由原发起人邀请张、印二人在福州路书锦里口聚丰园菜馆商

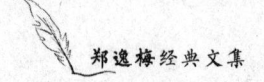

谈合资经营的办法。最后决定资本额为五万元，除原发起人每股照原数七倍升股外，余以新股招足，这是光绪二十七年（一九〇一年）的事。

张菊生进馆后，先在北福建路西长康里设立编译所，请蔡元培担任编译所所长，又请了几位学者翻译外文书。为了继续发展，不久又将编译所迁至城内唐家衖，编著和翻译各种参考用书，创刊《外交报》（杂志性质），共出十卷，译印《帝国丛书》和《地理丛书》等，又印行《华英音韵字典集成》两厚册。嗣后出版严复著的《英文汉诂》，第一次使用中文书横行排版，开始应用新式标点符号及著作权印花证。

## 毁于战火的东方图书馆

一九三二年一月二十八日夜十一时，日本海军陆战队突然进攻上海闸北地区，狂轰滥炸，使上海遭到空前浩劫。我国最大的出版机构商务印书馆及其附设的东方图书馆，惨遭炸毁，烧了三天三夜，纸灰飘扬，甚至南市和徐家汇一带，上空的纸灰像白蝴蝶一样随风飞舞。这是我国文化无法弥补的损失。

东方图书馆对外开放虽在一九二六年，但图书的收藏，于前清光绪年间商务印书馆建成新屋于宝山路后，就已开始，时为一九〇四年。

据闻归安陆氏皕宋楼藏书出让时，商务印书馆编译所所长张元济索得陆氏书目，请示于该馆经理夏瑞芳。那时该馆的资产仅数十万元，夏瑞芳慨然拨现金八万元收购，以备编辑所参考之用，事虽未成，也可见他致力于文化事业决心之大。此后陆续收进会稽徐氏熔经铸史斋、长洲蒋氏秦汉十印斋、太仓顾氏溲闻斋散出的藏书，辟涵芬楼以储藏。未几，辛亥革命成功，清宗室盛昱意园、丰顺丁日昌持静斋、江阴缪荃孙艺风堂藏书散出，商务又各购得数千百种。凡二十年间，广事搜罗新旧图书，已达数十万册之多。

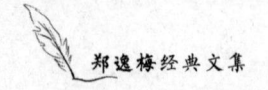

一九二四年，该馆出其历年盈余中所提存的款项，计规银十一万余两，在总厂对面宝山路西兴建五层钢骨水泥大厦，移涵芬楼所藏图书，充实其中，名为东方图书馆，一九二六年对外开放。一九二九年，添设儿童图书馆，一九三一年，复设流通部，以贯彻服务社会的初旨。

东方图书馆的五层大厦，最上层为杂志报章保存室，及商务历年出版图书保存室。四层为普通书库，占地四千六百方尺，置书架五十六排，共三百七十余架，统长一万四千八百余尺，可藏书四十余万册。四层一部分及三层为善本室，内藏涵芬楼善本书及全国地方志。二层为阅览室、杂志陈列室及事务室等。下层为流通部藏书室及事务室。馆南空场为花圃，南面建西式平房五间，为儿童图书馆。

东方图书馆在"一·二八"之前，藏书五十一万八千余册，图表照片五千余种，居当时全国各地图书馆之首（据杨家骆的《图书年鉴》上载，当时北京图书馆藏书仅四十余万册）。其中除普通书籍外，善本书中，有宋版一百二十九种，二千五百一十四册。元版一百七十九种，三千一百二十四册。明版一千四百一十九种，一万五千八百三十三册。清代较精版一百三十八种，三千零三十七册。钞本一千四百六十种，七千七百十二册，名人批校本二百八十八种，二千一百二十六册。稿本七十一种，三百五十四册。杂本三十一种，三百八十三册。如以旧四部分类而言，计经部三百五十四种，二千九百七十三册。史部一千一百一十七种，一万一千八百二十册。子部一千种，九千五百五十五册。集部一千二百七十四种，一万零七百三十五册。此外一九三一年，还收进扬州何氏藏书四万余册，部分版本正在整理，尚未计算在内。全国地方志约二千六百六十五种，二万五千八百三十八册，内元代纂修者二种，明代纂修者三十九种，清代及民国时期纂修者二千五百二十四种，册数更多。其中有很多孤本，如万历年《吴县志》五十四卷、《旌德县志》十卷、《临江府志》十四卷、《荆州府志》五卷、《黄冈县志》十卷、《大昌县志》六卷、《建阳县志》八卷、《南皮县志》十七卷、《宝鸡县志》三卷。还有，仅有的钞本和原稿如李钟峨的《通江县志》、张凤孙的《泰宁县志》，魏埩的《长泰县志》，周儁的《信宜县志》、宋锦的《崖州志》，胡勋裕的《始兴县志》、周叙彝的《安南县志》、孔尚标的《同官县志》、端方的《砖坪厅志》、武全文的《崇信县志》、德俊的《两当县志》、杨镰的《复州乡土志》等，以及仅国外美国国会图书馆有藏的罗定权《资县志》、北京图书馆所藏尚缺卷五的苏佳嗣《长沙府志》全部，科学院所藏尚缺一至四卷的呈麟《南溪县志》全部。至于稀少珍本，更不及备录。外文图书二万余册，其中有十五世纪前出版的西洋古籍多种。

外国杂志报章，也极完备，著名的有荷兰出版的《通报》，英国亚洲文化协会所出版的《学报》，德国出版的《大亚洲及中国》等杂志，都是研究我国国故的参考书，且属全份，尤为珍贵。此外还有福州及上海出版的《教务杂志》，及一八三二年至一八五一年间香港出版久已绝版的《中国汇报》《哲学评论》《爱丁堡评论》等杂志全份，尤为难得。该馆所藏的科学杂志，也很珍贵，如出版已达一百多年的德国李比希《化学杂志》的初版全套，就是远东惟一孤本。

至于我国出版的日报，如上海的《时报》《神州日报》《民国日报》，天津的《大公报》《益世报》，以及清末光绪、宣统之间与《京报》并行的《谕折汇存》，均藏有全份。上海的《申报》《新闻报》,该馆所藏,也都达三十年以上。我国杂志之备有全份者,为数更多,如《新民丛报》《国闻周报》,以及该馆出版的《外交报》《东方杂志》《绣像小说》《小说月报》等等,都是不易搜集的。

## 赛铜字模的发明

我们读了《梦溪笔谈》，知道隋代已有木版印刷。毕昇在一〇四一年，即创始用活字印书。德国人戈敦保于一四四〇年开始用活字版，比我国落后了四百年。这是我们足以自豪的。

商务印书馆的印刷，举凡凸版、平版、凹版，都是很完备的。铅印书册，是利用凸版的，这种印刷，必先浇铸铅字，而浇铸必先有字模。我国文字繁多，《康熙字典》有四万七千多字，《中华大字典》四万八千多字，即通常用的，也有几千个字。如果每个字制一个字模，工作就很不简单，且代价很大。加之字有头号、二号、三号、四号、小四号、五号、小五号、六号、七号等九种，字体有仿宋、楷书、扁字等等，又有长形、方形的区别，要备齐的话，是很不容易的。

至于电镀铜模，那是美国长老会派姜别利（Gamble）来华主持宁波美华书馆印刷教会书报时传来的，先以黄杨刻阳文字，镀制紫铜阴文，镶入黄铜壳子，于是制成大小铅字七种。宣统元年（一九〇九年），商务印书馆请字学家把姜氏字体加以釐正，然后如法炮制。奈制造非咄嗟可以立办，且镀制字模，通常用直流发电机来发电，电压在 1.5 伏特以内，也有用隔膜电

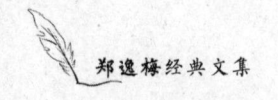

池来制字模的。备着一缸,缸的外围,悬挂着预备镀制的铅字,与饱和硫酸铜溶液;内围悬挂锌条和稀硫酸溶液。缸中电压在1伏特以内,经过二十天左右,字心才得成功。再经锯磨锉刨,把字心嵌入铜壳,每个字又须半小时。故每副字模制造时间,约一个月。

商务制版厂厂长唐凌阁及照相股股长张沽卿、工友林九龄,经过共同研究改革,于一九三五年发明了赛铜字模,又名培珀字模。这种字模有铜模的效用,却无铜模的缺点。且制成仅须一刻钟,成本也很低廉。从此大大地推动了商务印刷事业的发展。

## 四角号码检字法的创始经过

大家都知道，四角号码检字法，是商务印书馆创始的。当时正值王云五主持馆务，故有人认为这是王云五的智慧。实则，王云五是经人启发赞助而成的。

四角号码检字法的启发和赞助者，究属是谁呢？这是长乐高梦旦老先生。梦旦生于一八七〇年，虽应科举考试，但思想却是进步的。光绪二十一年（一八九五年），林迪臣在杭州做官，推行新政，创办西湖蚕学馆，开中国实业教育的先声。当时帮助林迪臣计划的，就是高梦旦和他的哥哥高啸桐。光绪二十七年（一九〇一年），劳玉初（乃宣）把求是书院改为浙江大学堂，聘高梦旦为总教习。次年大学堂选送学生赴日本，高梦旦任留学监督，率领学生东渡。他看到日本教育很发达，特别是普及小学，就有编辑小学教科书的动机。光绪二十九年（一九〇三年）冬回国，上海商务印书馆编译所所长张元济聘他编辑小学国文教科书，一同参加者，尚有蒋维乔、庄俞等。当时商务资本有限，经理夏瑞芳担心耗资费时，势必亏本。没想到第一册出版后一销就是数万册。夏瑞芳喜出望外，决定续编。高梦旦看到旧式字典详简失当，不切实际，便倡议编《新字典》，增补旧字典所没有的新字和旧字典所没有的新义，且根据《新字典》，刊行《辞源》。五四运动兴起之后，高梦旦觉得新文化已获得了群众基础，商务印书馆既为文化服务，就不能不走新的道路，于是把所发行的杂志大大地革新一番。他觉得《康熙字典》检查不便，便研究改进的方法，创为八十部首，先后共十多年，不知换了若干次的稿，才十成八九。这时王云五进入商务，高梦旦便把稿件交给王云五整理。王云五在高梦旦原稿的基础上才搞出了四角号码的检字法。商务当时的内部刊物《同舟》第四卷第十二期上刊有王云五写的《我所认识的高梦旦先生》一文，提到这事说："高先生是多方面的研究家，又是许多研究家的赞助人。高先生对于研究的兴趣很浓，而且是多方面的。在二十几年前，有改革部首的草案，其方法但管字形，不管字义，将旧字典的二百十四部，就形式相近者并为八十部，并确定上下左右的部居，此法较旧法已很便利，但高先生是一位彻底的改革家，自己认此方案还不算彻底，始终没有把它发表。他又抱成功不必在我的态度，当他把自己的检字方案搁置时，便留心到外间有没有热心研究改革检字方案的人，后来给他发现林语堂先生曾经发表一种首笔检字法，那时候林先生在清华大学担任教席。民国十三年（一九二四年）秋间，高先生因事到北平，辗转托人介绍，与林先生详谈，力劝林先生继续研究。后来回到上海，和我商量，我也赞成此举。因此便由商务编译所与林先生订一合作研究的契约，于一年期内，由商务按月资助林先生若干元，由林先生酌减教书的钟点，从事新检字法的研究。后来我对于检字法的研究，也发生了兴趣。有一天，对高先生说起这事，他虽极力赞助他人从事这项研究，但因我日间职务很忙，不愿我过于劳苦，便把成功不必在我一语来相劝，但是我的兴趣已是一发而不可收拾，便瞒着高先生，每晚在家里私下研究，过了约摸半年，我偶然发明号码检字法，欢喜到了不得，次日对高先生和盘托出，他也欢喜万状。其后我因为这号码检字法虽然易学，但对于笔画较多的字还觉不易检查，于是决计放弃此法，另行研究，又费了一年工夫，才发明四角号码检字法。在这时期和以后继续研究修订四角检字法的一二年内，高先生无时不赞助我，并且给我许多有益的意见，及至四角检字法研究告一段落，高先生又认为一种新方法的成功，固由于本体的效用，但是宣传工作也有重大关系，于是他便把宣传四角检字法，引为己任。近年我因为职务特忙，简直没工夫顾到检字法，高先生却继续不断把这检字法热心推行……"

　　从这个记述看来，王云五不过因人成事，高梦旦的创造和改革精神是不可没的。自四角号码检字法发明以后，高梦旦就提倡应用于该馆所出版的字典编排，以及目录索引上。以后各地图书馆的编目和机关企业的档案编列，也普遍采用四角号码检字法。

## 中华书局是怎样创始的

中华书局成立于民国元年元旦，距今已有七十多年的历史了。它的诞生，有那么一段小故事：

中华的创办人陆费伯鸿，他是编纂《四库全书》桐乡陆费墀的后人，名逵，以父名芷沧，因字少沧，任职文明书局。这时商务印书馆的代表高梦旦常出席于书业商会，和文明书局的陆费伯鸿时常晤见。高梦旦发觉他不仅能掌握印刷发行业务，而且对于编辑工作也有

中华书局创办人陆费逵

相当经验，认为这样的人才是不可多得的。于是和张元济商量，用优厚的薪金聘请他为出版部主任。高梦旦以后又把侄女嫁给他。岂知伯鸿别有雄心壮志，不受羁縻，颇思另创基业，图谋发展。

一九一一年，推翻清朝的革命潮流，奔腾澎湃，不可遏止。这时商务当局对于发行下学期的教科书大为踌躇。他们觉得，如果仍旧印那些"龙旗向日飘，皇帝万万岁"的课文，深恐革

命成功，数量很多的封建陈腐的教科书，就将成为废纸，这不是一笔很大的损失吗！但又觉得，要是编印革命教科书，却又不能公开，万一革命不成功，那就要触犯清廷，如何得了。考虑再三，均无妥善之计。商务当局想到了那个被称为"智多星"的陆费伯鸿，于是便找他来商量办法，他却很肯定地说："清室有二百多年的基业，那些督抚疆吏都是能员，侦缉革命党，何等严密，且政府拥有相当兵力，虽不能抵抗外敌，但处理内乱却是绰绰有余，所以革命决非短时期所能成功。下学期的教科书，还是一仍其旧，毋需更动。"商务当局听了他这一番话，也就决定印行旧本了。实际上，陆费伯鸿所说的话，不是由衷之言，他是有他的打算的。他自以为"蛟龙非池中物"，这正是别谋发展的大好时机。他目光锐利，看到清政府朝政日非，民情激昂，革命党人抱着牺牲精神，仆一起百，再接再厉，革命成功，即在眼前。所以他一方面若无其事地敷衍商务，一方面秘密地邀请了几个关系比较密切的同事，如戴克敦、陈协恭、沈颐、沈知方等，每晚集合在宝山路宝兴西里他的家中，商讨编撰新教科书事宜。但编成了不能公开付印，因为一方面不给

中华书局印刷机　　　　中华书局精刻铜墨盒

商务当局知道，一方面又须避清吏的耳目，普通印刷所也不敢承印这种所谓"大逆不道"的革命书册。不得已，托鸭绿江路日本人所经营的作新印刷所，付诸铅印，大都为二号字，图为木刻。伯鸿的三弟叔辰亲往校对，进行迅速，到武昌起义时，书已十成八九。这时，伯鸿立辞商务职，商务愿月酬四百元挽留他，伯鸿以别有组织，和克敦、知方等毅然不顾，而自创基业，资本二万五千元，发行所设于福州路，为二层楼房，于民国元年元旦开幕，命名为中华书局，伯鸿为总经理，戴克敦为编辑长（直至一九二六年克敦逝世，编辑长由伯鸿兼任）。一套合于新时代的新课本称为《中华教科书》，赶印齐全，春季开学，各校都采用《中华教科书》，销数很好。商务所印的许多内容陈旧的春季课本，顿时成为废纸，欲另编新本，已措手不及了。这使高梦旦非常难堪。蒋维乔调笑高梦旦说："这一下，你真是'赔了夫人又折兵'啊！"

## 章太炎轶事

余杭章太炎著《章氏丛书》，以博学名震海内。他持论怪僻，行动诡诞，人们呼之为"章疯子"，实则治学精严，鞭辟入里，决不是"疯子"所能办得到的。妻某氏，早卒，章谋续弦。有一天，王逸塘来访，问有没有合格的？章回答："人之娶妻当饭吃，我之娶妻当药用，两湖人甚佳，安徽次之，最不适合者为北方女子，广东女子言语不通，如外国人。"

章太炎

章续娶夫人为汤国梨，这段姻缘，究属是怎样撮合的呢？原来章在上海首创统一党，自任总裁，同时办《大共和日报》，为统一党作宣传。黄季刚、钱芥尘等佐之，宏篇巨著，奕奕皇皇，在报坛别树一帜，该报且附石印画报，由吴兴钱病鹤为主干。既而病鹤应他报之聘，介绍其友沈明以自代，沈明笔名泊尘，他的漫画生动活泼，耐人寻味，又擅速写，红氍毹上老伶工的表演姿态，经他寥寥几笔，无不妙到毫巅，极得读者欢迎。泊尘和汤国梨为表兄妹，汤能诗，泊尘所作较得意的，常以示汤而请题，后来泊尘所刊印的《新新百美图》，有多幅是汤所题的。汤眼界甚高，择对象未免较苛，因此年事渐长，没有找到如意郎君。这时泊尘既在《大共和日报》，时常会晤太炎，知道太炎谋再娶，又喜两湖人，而汤虽是浙江人，却能操鄂语，便慨然以蹇修自任，双方既同意，遂委钱芥尘为媒人。

按旧例，娶妻必须先送金饰以为信物，金饰大多四件，可是章太炎没有钱。这怎么办呢？恰巧名流张岱彬来沪，立助二千金，报馆方面致送一千金，赁屋北四川路大德里，购置家具，粉刷新房，并兑金戒指、金镯、金锁片，但缺其一，太炎忽想到黎元洪当初曾赠开国纪念真金章一枚，于是凑成四数，假爱俪园的天演界剧场举行结婚典礼。孙中山、黄兴、陈英士、杨千里等均为贺客，非常热闹。

太炎晚年在苏州，一方面治学，一方面仍不忘政局。一九三三年，上海学生赴宁请愿，要求国民政府出兵抗日，学生们经苏州车站时，太炎特遣人以面包水果到站慰劳，并致电当局："学生请愿，事出公诚，纵有加入共党者，但问今日主张如何，何论其平素。"他又想把武昌起义以及共患难的革命同志，一一为之作传，但只完成了焦达峰、秦力山传，其它因精力实在不逮，未克完成了。

袁世凯对其政敌，素来心狠手辣，是格杀不论的。袁氏在恢复帝制时，章太炎极力反对，并在报坛大声疾呼。袁世凯乃命人将其软禁于北京，每日款待，只要太炎不骂即可。但太炎不为所动，袁世凯对之无可奈何，不敢轻易下手，可见太炎当时威望之高。

太炎是在一九三六年逝世于苏州的，他生前很钦佩明代张苍水抗清不屈的精神，愿将来死后，埋骨杭州苍水墓旁。其夫人欲全其遗志，拟卜葬西子湖畔，不料日寇侵略，东南沦陷，也就不能如愿。直到一九五五年夏，才从苏州墓地起出，先举行公祭，由金兆梓、周瘦鹃、范烟桥、汪旭初、谢孝思等，恭送灵柩赴杭安葬，典礼非常隆重。

## 章太炎婚礼中之首饰

余杭章太炎既赋悼亡,颇有续鸾之意,但章有疯子之号,无有敢与之谈婚事者。画家沈泊尘慕章氏名,乃与其叔商,为之作伐,而以其戚汤国梨女士嫁之。盖泊尘少孤,赖其叔以扶养也。沈叔谓:"婚姻大事,不可儿戏,当与章氏一晤,以检其是否为疯。"泊尘与钱芥尘善,由芥尘为章宅冰人,约期以谋良觌。章氏居然衣冠楚楚,与沈叔会面,一谈之余,沈叔出语人曰:"谁谓章氏疯?谓章氏疯者,其人则真疯矣!"于是婚事乃定,议以四金饰为仪物。奈章氏贫,无以应,大费踌躇,适张岱杉来沪,立助二千金。芥尘主《大共和日报》,章为撰稿,即由报馆致送一千金。章赁屋北四路大德里,购置器具,以为双栖之所。以余赀兑金饰,一手钏、一戒指、一锁片,只三饰而耗赀尽,不能如数,无已,乃出黎黄陂所贻之开国纪念真金章一枚以足之。芥尘欣然持赴汤家,汤家亦大喜,以为此荣誉物,胜于其他多多也。

举行婚礼于爱俪园之天演界。天演界为演剧之场所,弘深

可容千人，是日名流贤达，纷来道贺，如国父孙中山，及黄克强、陈英士、杨千里诸先生均参与其盛。国父及黄克强演说毕，杨千里力请陈英士演说，英士亟欲遁走，几至失足而仆，观者大笑。事越数十年，今则一一成为陈迹矣。

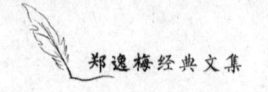

## 章太炎迁居苏州的曲折

　　章太炎逝世于一九三六年，距今已半个世纪了。我还珍藏他的书扇、尺牍，以及一瞑不视时的遗容，带着微笑，很为慈祥。据星社社友陶冷月见告，他和太炎相稔，太炎既捐馆，购一柩，索值甚巨，那寿器铺的小主人，恰为冷月学生，冷月为打交道，才得抑值，成其敛事。

　　太炎著作，我藏有当时上海右文社所刊的《章氏丛书》，如《文录》《检论》《国故论衡》，其他散见报章之作，刊入《别录》。此外尚有《訄书》《驳康有为书》《国学振起社讲义》等，都刊成单行本。太炎又擅作篆书，曾精心写了《篆书千字文》，商务印书馆一度拟为影印，未果。今由上海人民出版社为刊《章太炎全集》，《篆书千字文》也已问世，为学篆的津梁。汤志钧更为辑成《章太炎年谱长编》，太炎有知，定必欣然泉下。

　　有一年夏天，霍乱盛行，患者颇多不治，太炎谙医术，在报上发表了《中国汤剂救治霍乱》一文，引起医学界的研讨。又有一年，他的亲戚沈和甫来沪，住在振华旅馆，忽然抱病，我与和甫为苏寓邻居，很早相识。我去探望，问："请了医生没有？"和甫说："方才章太炎来诊治过，开了个方剂在桌上。"

我取来一看，墨沈尚没有尽干，可知太炎是刚才离去的，可谓缘悭一面。

太炎的医道，我友吴佐忻，在中医学院图书馆偶阅郑大鹤的《医诂》，发现是书有太炎的亲笔眉批按语，凡十二条，佐忻一一录存。内容是对古代几位医家，一些医籍的考证，与对《医诂》某些说法的批评。这书钤有"武进谢利恒校读之记"印，和"陈存仁"印，可见先后由谢陈二医师收藏过。据佐忻见告，中医学院图书馆尚藏有《章太炎先生手写古医方》和太炎手写之《金镜内台方议序》。陈存仁著有《章太炎先生医事言行》，那所记是很详备的。

太炎的老家在杭州，另在上海赁庑同孚路。后来觉得上海尘嚣烦扰，乃有迁地为良之想。恰巧苏州的金鹤望、陈石遗、张一麐、李根源等组织"国学会"，由鹤望敦请太炎赴苏讲学，他欣然前往，寓于李根源的曲石精舍，觉得苏州水土清嘉，名胜古迹到处都是，认为是好地方，便贸然购了城中侍其巷双树草堂的屋宇。其夫人汤国梨来苏一看，发觉该屋虽小，却有园林之胜，但没有后门，万一发生火警，就很危险。且旁邻机织厂，机声轧轧，喧耳不宁，居息及治学都不相宜。结果，由汤夫人做主，让掉了该屋，别购锦帆路八号的住宅，门上挂着两块牌子，一是"章氏国学讲习会"，一是"制言半月刊社"。《制言》，是太炎所主持，而由他的弟子潘景郑、沈延国、孙世扬编辑的。

太炎在苏州，一方面治学，一方面还不忘政局。一九三三年，上海学生赴宁请愿，要求国民党当局出兵抗日，可是遭到当局的镇压。学生经过苏州车站时，太炎特地遣人携面包果品到站慰劳，并致电当局云："学生请愿，事出公诚，纵有加入共产党，但问今日主张如何，无论其平素。"他又想把武昌起义以及共

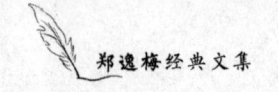

患难的革命志士，一一为之作传，但只完成了焦达峰、秦力山传，其他没有完成，实在精力已不济了。他患的是气喘，在逝世前十天还负病讲授《说文部首》，疲乏不堪。至一九三六年六月十四日，逝于苏寓。

太炎生前，很钦佩明代张苍水抗敌不屈的精神，深希将来自己死后埋于杭州张苍水墓旁。汤夫人欲竟其遗志，为之卜葬西子湖畔，不料日寇侵略，东南沦陷，故未能如愿。直至解放后，于一九五五年夏，才得从苏州墓地起出，先期举行公祭，由金兆梓、汪旭初、范烟桥、谢孝思、周瘦鹃等，恭送灵柩赴杭安葬，典礼非常隆重。瘦鹃且撰一联挽之："吴其沼乎，昔诵遗言惭后死；国已兴矣，今将喜讯告先生。"

按：太炎是学者章濬的儿子，初名学乘，字枚叔，一作梅叔，后易名为炳麟。他深慕前人顾炎武和黄宗羲的气节。炎武名绛，宗羲字太冲，因改名为绛，字太炎。至于西狩、菿汉阁主，那是他的别署了。

## 章太炎有仙骨

　　朴学大师章太炎先生之死，为我国文坛上一大损失。先生之言行，已数见各报，然据予所知，尚有未足述者。先生为同盟会巨子，与词人黄摩西颇友善，以文字鼓吹革命，清廷欲捕之，乃匿于苏之葑门内黄摩西家，盖其时黄主东吴大学国学讲席也。民国后，袁氏禄位羁縻之，授为热河都统，然先生意不在此，旋即弃去。袁氏阳为厚遇，实则软禁之以事防范也。及帝制告成，先生佯狂避祸，尝于冬日，执蒲扇以赴宴；宾主尚未入席，先生据座大嚼，并催厨役进肴，食毕即掉头走，于是外间纷传先生为疯子，袁氏不之疑而释之。唐继尧起义云南，慕其名而迎之来，及先生抵埠，放八十一响礼炮以示敬。然为日较久，供奉渐疏。先生外出，辄乘肩舆，虽昼间亦命掌灯，或叩其故，则曰："地方黑暗，不得不藉此以见一线光明也。"先生知医，治方剂往往有奇效，然非至契之人，不肯贸然一试其回春妙手。又擅书法，但例不写上款，固请之，则仅书某某属，概无仁兄先生之称呼。其公子奇，家学渊源，自幼即能作擘窠大字，有神童之号。予一度见之，眉目清秀，洵佳子弟也。先生居沪时，偕数友往命相家谈相，命相家以为平庸无所异，及揣骨则大惊曰："君人仙骨，欲富则富，欲贵则贵，好自为之，前途未可限量。"因问先生姓氏里居，先生不以实告，然未尝不叹命相家之神技不可及。某闻人对于先生深致敬仰，先生亦答之以礼，有造先生同孚路寓邸而乞助者，先生与以名刺，云持此谒某闻人或可设法。某闻人见先生名刺，立赠二百金。此讯传布，乞助者愈多，先生以来者非善类，不敢斥逐以招怨嫉，一一以名刺界之，某闻人均如数酬报。先生认为长此以往，未免难于为情，此亦觅屋居苏之一大原因也。先生生前素慕刘基之为人，以其辅佐朱明，驱逐元胡，功绩道德，极为可钦，曾语家人云："死后愿葬于浙之处州刘基墓傍。"闻章夫人曾一度与张溥泉相商，未知果成事实否。

按：太炎卒葬于杭州张苍水墓畔。

# 王金发允武允文

王金发是在反对袁世凯的斗争中牺牲的。冯自由的《革命逸史》，却漏列其人。最近我在金发嫡孙王安生家里，发现了一部《敦伦堂家谱》，便是详述王金发家世的大好文献，是值得珍视的。从这家谱中，得知金发名逸，一名敬贤，字季高，号子黎。金发是他的乳名，但乳名较著，名字反被晦掩了。他是浙江嵊溪灵芝乡人，启孝的儿子。该家谱有蔡元培的《王君季高传》、褚辅成的《王季高墓志铭》、谢飞麟的《王季高行述》，分幼童时期、作秀才与游学毕业充教员时期、亡命与实行暗杀时期、终结时期，甚为详赡，计二十三页，足备史乘的参考。徐自华的《修宫公墓碣铭并叙》，这是为金发祖父修宫而撰的。其他如《族嫂商孺人传》《允章行述》《徐孺人行述》，都涉及金发。又《南社丛刻》第二十集，有陈巢南的《王逸姚勇忱合传》，原来姚勇忱和金发是一同被杀害者。

王金发

金发自幼多膂力，常部勒邻童为行阵，俨具兵法，邻童称之为"大王"。既长，补博士弟子员，愤清政不纲，参加蔡元培发起的光复会。旋赴日本，以第一人毕业于大森体育学校，这时徐锡麟、秋瑾在绍兴办大通学校，图谋反清，金发适在该校任体操教师。事败，秋瑾立促其行，才得脱祸，乃亡命至上海，与陈英士、姚勇忱规划起事。辛亥秋，武汉举义旗，他立谋光复浙江，夜率死士攻军装局及巡抚署，既下，主持绍兴军政府。及南北统一，他息隐上海，袁世凯忌惮之，施其笼络，委为总统府顾问，他不就。后刺宋案发生，初不知其内幕，他获得手下的情报，悉凶手为应桂馨，而指使武士英狙击的。探得某日，应在某妓院宴客，即亲率从者并武装警察，乘汽车往捕，应落网。复查抄其家，得密电及密函，牵连诸要人，而以袁氏为首逆。他和孙中山、黄克强等策划二次革命，撰了一篇《讨袁檄》，载《民权报》。袁氏恨之切齿，密使其鹰犬朱某诱杀之，时为民国四年六月二日，年三十三，埋骨于西湖卧龙桥畔，后移龙井公墓，和姚勇忱墓并列。

他的嫡孙王安生见告：金发沪寓，在今延安中路，标之为"逸庐"，尚有遗迹可寻。当时陈巢南重过"逸庐"，有那么一首诗："叹息斯人逝，空余燕子楼。饥鹰集未散，群鬼瞰难休。矧值南儿竞，犹勤北顾忧。鼓鼙声渐急，枨触起牢愁。"巢南著有《莽男儿》说部，此书印数少，阅年久，很不易得，安生访觅若干年，近始获得一册，书中主人公即王金发，柳亚子为题一诗："功罪何当论盖棺，纷纭谣诼总无端。秦人倘识符生枉，蜀老能为葛相宽。败寇成王谁定论，恩牛怨李此旁观。荒坟鬼哭鸱鸮叫，一卷丛残带泪看。"金发虽为武夫，却擅翰墨，《讨袁檄》即出其手笔。他还写了上孙中山《三难三可惜》呈文，洋洋万言，甚为畅达。秋瑾死，他有挽秋瑾词："欲扫庞尘，反遭庞害，冤哉烈女子，喷残热血，随秋风吹散，化数万辈义勇同胞。"他的"逸庐"中有一联："礼乐攻吾短，山林引兴长。"为其自撰自书，书法是很洒脱的。

　　这里，还有一个小插曲：金发探得秋瑾之死，出于胡道南告密。胡是绍兴绅士。当中秋佳节，胡道南在家赏月，正优游自得，忽一农民模样的人，从外面来连喘带说："外甥患了重病，肚痛满地乱滚，特地叫我撑着船来告急的。"胡道南很关心这个外甥，听了之后急忙拼挡一下，跟着这个农民乘船前去。走到冷僻的河边，农民突然从腰间拔出手枪，胡道南惊慌失措，向之叩头乞命，那农民对他说："明人不做暗事，你道我是谁，我就是王金发，为鉴湖女侠报仇。"说罢，砰然一声，胡道南即死于枪下。一九一二年，金发和姚勇忱于上海白克路（今凤阳路）创办秋瑾纪念学校，名竞雄女学（今凤阳路凤阳小学的故址），资金是金发拿出来的，延聘邵力子、叶楚伧、胡朴安、潘更生等任教。孙中山且亲书"勤敏朴诚"四字为校训。由秋瑾女儿灿芝主其事。

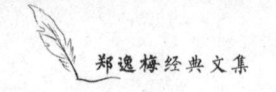

## 端午桥创办南洋劝业会

端午桥,名方,号陶斋,在肠肥脑满的清朝官吏中,他却风雅成性,可谓庸中佼佼者。他擅书法,又喜金石,所藏碑帖,充斥居邸,如入群玉之府。《翁松禅日记》谓:"其人读书多,与名流往还甚稔。"的确,他的幕僚中,人才济济,堪与秋帆、芸台相媲美。徐寄尘为鉴湖女侠秋瑾谋葬,几遭不测,幸由午桥为之疏解。金山陈道一,参加光复会被逮捕,午桥宽其罪状,温语示引用,道一虽未应命,然心殊感之,便改署道一为陶遗,以寓其生命为陶斋所遗。凡此种种,那小醇亦足以掩补其大疵于万一哩。

记得辛亥前一年,他在南京创办南洋劝业会,原来这时他任两江总督,竭力提倡实业,距今已七十多年,知道的恐怕很少了。这时我在苏州读书,学校例有春秋两季的旅行,由教师带领,我就和一班同学,随着教师到南京,参观大规模的南洋劝业会。

这个会场占地很广,特铺铁轨,驰行小火车,可以绕场一周,以助游客兴趣。这里每省辟一专馆,陈列各省的生产物资。各馆的布局和建筑各不相同,以符合地方特色。如湖北馆,因王禹偁有《黄冈竹楼记》传诵人口,所以该馆所筑材料,都以竹为主体,且复筑一竹楼。构造这座竹楼,曾请樊樊山(即樊增祥,云门)为之设计,寄禅诗僧有《庚戌八月于南洋劝业会场观樊山督乡人摹构黄冈竹楼》一诗:"与可胸中儿根作,樊山千竿万竿绿。仍呼此君造此楼,黄冈却在钟山麓。我欲借乘黄鹤游,还留鹤背负黄州。飘然直渡南溟外,砍竹谁能更作楼。"按樊云门,别署樊山,樊山乃湖北鄂城县的一个地名,宋苏东坡有《樊山记》,云门即生长该处,督摹竹楼,最为相宜,这也是一件文献哩。还有一个特殊的建筑,这个馆,往参观者不拾级而登楼,那是建成斜坡式,而斜度很微,使人行行重行行,不觉得由下而上,但凭窗一望。才知已更上一层楼了。此外有单独的教育馆,甄选各省各校的优秀作品,如书法、图画、作文、手工等,井井有条地陈列着,真可谓琳琅满目。尤使我欣羡的,是我的同学金芳雄(季鹤),他是吴江大名士金鹤望的儿子,家学渊源,写了一副对联,行书逸宕,高高地悬挂着使人有亲切之感。又一个什么馆,陈列的都是稀珍之物,最吸引人的,是七尺方床上铺着一条象牙片编成的席子,细致得无可再细致,中间的蟠龙纹,敛爪翘首,生动得很。据说这是乾隆皇帝的御用品。如此享受,常人是难以想象的了。我师章伯寅先生的弟弟,当然是我的师叔了,他在这儿学陆军,就领我们参观陆军馆,当时的种种武器,应有尽有,师叔是很在行的,一一地讲给我们听。这时颜文梁同学对于陆军大感兴趣,愿从戎为国家守卫疆土,抗御外侮,充干城之选。还家后,坚决要投身军伍,经他父亲纯生的劝阻,才学美术,今为名驰中外的油画大家。会中附设有旅社、餐馆、戏院、游泳池,因为种种商品和工艺美术,标新立异,一天难以全部看完,备了膳宿,可以连续浏览,还可看戏、游泳，调剂一下生活，考虑可算周到的了。民国后，杭州的西湖博览会，那是步南洋劝业会的后尘。

劝业会有黄鹤楼旧迹模型，当时我没有注意到，顷阅高吹万前辈的年谱，却提到这个模型，有云："到南京后，晤识者顺德蔡哲夫、淮阴周实丹及其同乡周人菊、曹书城等，在劝业会见黄鹤楼旧迹模型。楼于光绪九年毁于火，建筑形状，文献几不足征，有姜氏老人，年八十九，自云在楼煮茗二十余年，此时在火焰中，自二楼跃下，得不死。是楼形状，历历在目，造型者经其口授指点，历四阅月而成，与原迹毫发无异。"这也是一段掌故，录存于此，以充实我的纪录吧！

## 黄摩西撰长联

一代奇人黄摩西，生于海虞，不修边幅，蓄发很长，仿佛雨后丛生的乱草。他掌教苏州东吴大学。教室中，前三排学生都不敢坐，因为他不栉不浴，发出臭气，怪难闻的。可是他上课时滔滔汩汩，趣味横生，却颇有吸引力量，于是学生们纷纷带了香水精来解秽。

他为任课便利计，便在附近严衙前赁一楼屋居住。这屋是小山的故宇，很是宽敞，他就辟一室，称为"揖陶梦梨拜石耕烟室"。原来他深慕石斋梨洲陶庵九烟之为人，所以有这累累赘赘的榜额。其中并悬一联云：

黑铁裔神州，盘古留魂三百里；
黄金开鬼市，尊卢作祟五千年。

少骛道家言，日啖朱砂，又习剑法及诸异术，常尽月不寐，数日不食。独游山中，往往入夜，趺坐宿岩树下，友朋促席，剧谈累宵尽，客倦仆，他却滔滔忘日时。他与章太炎先生善，而议论多相左，然与人言，未尝不称太炎也。

自武汉兴师，他奋然欲有树立，一日出门乘火车，至车站，则两足忽蹙，大哭而归。继政府北移，当涂痛毒，海内骚然，益愤闷不自聊，笑詈无恒，数月而卒。其时为民国二年癸丑夏历九月十六日，金鹤望为作一传。

他的著作，有《中国文学史》，充东吴大学课本，复由国学扶轮社印行，惜乎该书只写至明季止，清代没有续成。又《摩西词》八卷、《蛮语摭残》一种、《小说小话》一种，都是载在《小说林》上，署名"野蛮"的，便是他老人家。又《银山女王》小说、《石陶梨烟室集》两卷。所谓《摩西遗稿》，是庞檗子代他搜集的，不料没有印成，檗子病殁，遗稿不能刊印；后来凌敬言代为征集，得文二十七篇、诗八百三十五首、词二百三十六阕，谋刊印也没有结果。

他生前有一恋人程稚侬，遇人不淑，常以《石头记》晴雯自况，奉母居紫兰巷，他就移居其家。稚侬爱他才，常以诗词请他指导，后来她的夫家强要把她卖入平康中，她惊骇逃匿，不久郁郁而死。他制一长联哀挽她，长四百多字，为从来挽联所未有。

他和王均卿也是友谊很深的，其时沈三白的《浮生六记》，外间尚没有刊布，均卿忽得了手钞本，给摩西瞧阅，摩西大为赏识，把它逐期发排在东吴大学所作的杂志《雁来红》上，从此轰动一时。均卿又把六记搜罗在他所编的《说库》中，外间才纷纷翻印，直至今日，这书已很普遍的流传，可是那最初来历，知道的尚不多哩。

他原名振元，字慕韩，又常自称"黄人"。

## 行刺宋教仁的凶手暴卒原因

宋案在民初轰动一时，为二次革命的导火线，历史上占着重要的一页。宋教仁，字钝初，湖南桃源人。从小没有父亲，长大了游学日本，十多年不归。他的老母想念儿子很是殷切，亲自写信催他回来，说他"知有国不知有家，知有亲爱的同胞，而不知有生身的老母。"宋捧书哭泣，便摒挡一切，作归国之计。

宋的参预朝政，是黄克强引进的。他和黄克强初不相识，一天，克强访友，友人家宾客满座，议论风生，只有一位坐着默不作声，可是英爽之气，自然充溢着。克强私问友人，这位是谁？友人告诉他这是宋钝初，便代为介绍，彼此一谈，很是投契，从此两人往还很密。

后来宋任农林部长，谒见袁慰亭，袁见他西服破旧，因问他这身衣服，穿着几年了？宋道，"留学日本时所制，穿了十多年了。"袁称叹了一回，赠他银折一扣，说："为数无多，可置新衣。"宋婉辞不受，袁问他什么缘故，宋答道："贫是读书人的本分，今虽居官，岂能忘本，衣服稍旧，还能蔽体，何必注意形式呢！"过了几时，袁帝制自为，深忌宋的才干，不受拉拢，示意给总理赵秉钧。结果，由应桂馨招了一个亡命

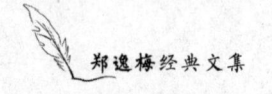

之徒吴福铭来，许他一千元的酬报，把宋打死。先给他二十元和手枪一支。吴花了十块钱买了一件大衣，吃了一顿较丰盛的晚饭，便投宿在一家小客栈中。次天（民国二年三月二十日）到火车站去行刺，身边已所剩不多了。吴眼力很好，居然给他射中要害。宋受伤后，送到车站附近老靶子路的铁路医院医治。那铁路医院专为铁路员工而设，规模并不大，办公时间一过，那主任医师便离去了，宋氏送来，由护士随便替他洗涤包扎一番就算了事。隔了一天，主任医师来诊察，设法剖治，可是流血过多，不治而死。吴福铭当场受擒，托名武士英，关在牢狱中，预备开庭审问。这一来，却急坏了和宋案有关的许多人，尤其应桂馨，一定要被武士英招出来。应是在上海替袁做特工的共进会会长，头脑是很灵敏的，这时情急智生，向狱卒行贿，夜间把武士英绑住，然后用许多层的豆腐衣蒙在他的脸上，武竟窒息丧命。死后检验，验不出伤痕，算是暴卒。这是剡曲灌叟告诉我的。叟在民国元年曾和应桂馨同事沪军都督府。事后，应的党羽把这秘密泄漏出来，所以是很真实可靠的。

## 刺宋案珍闻

桃源渔父宋遁初,讳教仁,他没世多年,似乎这名儿已给人淡忘了。可是最近当轴把闸北的宋公园,改称为宋教仁公园,由于右任院长领导党国贤彦,举行公祭,于是宋教仁三字,又复浮现人们的脑幕。这天公祭,鄙人也去参加,那宋像作低头冥想,宛然儒者态度。墓用石琢作穹形,石碣有于髯的题句,均属完好无恙,这是值得告慰的。这宋公园占地一百余亩,当时由于右任、王一亭等五委员主办。原来于右任和宋氏是《民立报》的老同事。于又主持正义,无怪他于故人埋骨之地萦怀不置。记得在清季,宋氏有鉴于西人所办万国商团,国人纷纷去依附它,认为与其隶属异邦的旗帜下,不如自己也办商团较为光荣,便借静安寺路斜桥畔的西园开会演讲,鄙人是听客之一,可惜这天听众太拥挤了,鄙人坐在最后一排,瞧见他瘦瘦的脸儿,躯干不很高,操着湖南口音,发音又低,实在听不到什么,人家拍手,鄙人也随着拍手罢了。直到明天,这演讲词在《民立报》上发表出来,诵读了一遍,才知道昨日所讲的,确是警切爱国之谈,那敬仰的心,不觉油然而起,所以直到如今,尚留着深刻的印象。民国后,袁项城帝制自为,袁所最忌

宋教仁遇刺

的就是宋教仁，因此授意于赵秉钧，由赵秉钧指使洪述祖和应桂馨，结果那亡命之徒武士英充当凶手，在北车站候着宋氏，开枪狙击。宋受伤后，送至车站附近老靶子路的铁路医院医治。那铁路医院，专为铁路员工而设，规模并不大，办公时间一过，那负责的人完全离去了。宋氏送来，由普通医生、护士随便替他洗涤包扎一番，就算了事。翌日，医务主任来诊察，设法剖治，可是流血过多，便告殒命。宋临死，执着于右任的手，把老母托付他，后来宋母至七十岁那年，死在故乡湖南桃源。宋有一子一女，其子不忘父仇，候洪述祖来申，把洪抓住，送到法院，人证俱全，洪被判死刑，明正国法。于右任为监察院长，宋子便在监察院任事，闻今已逝世。现所存的，只有一女了。宋氏的致死，当时社会人士莫名其妙，可是没有几天，给《民权报》记者探得了实情,并在应桂馨处,获得了许多关于刺宋密谋的私函,便把它铸成铜版,在《民权报》上印载出来,于是真相才大白于天下。后来,国民党党员为宋开一追悼会,当时送挽联的不下千余人,密密层层,把整个的会场都挂满了。鄙人尚记得易龙阳一联云:"卿不死,孤不得安,自来造物忌才,比庸众忌才更甚;壮之时,戒之在斗,岂但先生可痛,恐世人可痛尤多。"又陈敬孙一联云:"坏尔长城,问谁实为之?殆出诸野心勃勃者;何来刺客?亦大可疑也,果能逃万目睽睽乎!"又曹民甫一联云:"不可说,不可说;如其仁,如其仁。"都是语含讽刺,很使袁项城难堪。袁项城恨极了,把国民党人目为乱党,四出逮捕。《民权报》也不久被他摧残了。当时《民权报》同人曾把关于宋案汇编成书,名称即为《宋教仁》,惜乎鄙人没有购存,否则此中资料很多可以拾取哩!

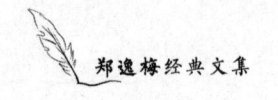

# 《大共和日报》受袁项城津贴

《大共和日报》，在民初是很有声誉的，担任编撰的，有张丹斧、汪旭初、黄季刚、钱芥尘、谈善吾等。副刊称为《报余》，很多可诵之作。

这时扬州李涵秋写了一部长篇小说《过渡镜》，清末载汉口《公论新报》，不久武汉起义便停刊了。涵秋拟把该稿卖给商务印书馆，该馆主持小说的王莼农认为没有多大意义，拒不收用。结果，《大共和日报》把它登载在《报余》栏内，改名《广陵潮》，居然大受读者欢迎；后来《新闻报》也载他的《侠凤奇缘》，涵秋的名便大红大紫起来。

钱芥尘不知从哪里获得了一部手钞秘本小说《玉娇李》，这书没有写作者姓名，记金兀术南下，胡兵四出骚扰，掠妇女置营中，以供淫乐。描写渲染，未免涉于秽亵，钱拟把这部小说发表该报上，当时汪旭初、黄季刚大不赞成，认为此等淫词小说，不但有关风化，而且也干禁例。钱以为秽亵处不妨删去，代以方框，结果刊载了一年多才登完。此后有人把这书加以删改，割裂原文，印成单行本问世，不是本来面目了。

该报一度受袁世凯津贴，言论丧失立场，但袁尚以为不够为帝制张目，拟改组为《大中华日报》，《大共和日报》诸人便停止发行，纷纷入《神州日报》供职。袁又派遣一姓亢的带了巨款到上海来，想收买神州。这姓亢的肥硕似弥勒佛，坐定即打瞌睡，而肤体又很洁白，黄季刚称他为："羊脂白玉，行尸走肉。"但这人并不糊涂，知道南方舆论的激昂，不易应付，也就以"干不了"复命。因此袁别设《亚细亚报》，连吃两次炸弹，姓亢的却有先见之明哩。

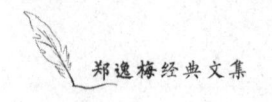

## 齐燮元给上海人的印象

齐燮元

辛亥革命后,以窃国大盗袁世凯为首的一班军阀,争权夺利,造成混战局面,人民过着水深火热的生活,军阀的罪恶,真是擢发难数呢!不过当时的战乱,大都在北方和湘鄂一带,江浙没有转入漩涡。自从甲子年江苏的齐燮元和浙江的卢永祥争夺地盘,双方大动干戈,那上比天堂的苏杭,也成为恐怖之区。

当战争行将爆发时,两省名流绅士奔走调停,尤其上海舆论界,天天作和平的呼吁。但齐燮元不顾一切,和浙卢开起火来,兵连祸结,人民纷纷逃难,弄得家破人亡。上海这时,尚有租界,租界上军阀势力是达不到的,依然"太平景象",嗅不到一些火药气,有投机分子在这时发行一种"江浙战争预卜彩票",有红的,也有绿的。红的是代表齐燮元,绿的代表卢永祥。每一张彩票,标价一元,任人购买,等到战争结束,如果卢永祥胜利了,那买绿色彩票的就是赢家,红的彩票是输了;齐燮元胜利，那就绿的输红的赢。结果绿的彩票销售一空，红的剩余很多。由这一点，可以看出上海人对于齐燮元的印象，非常恶劣，自然地成了这种趋势，并不是卢的力量一定比齐的强。

后来果然齐燮元失败，他的败兵沿路抢劫，他自己逃往日本，人民恨得他牙痒痒地，把齐铸成铁像若干具，预备在遭过他灾害的地方列置起来，藉此泄恨。这时袁叔畬老先生在上海，督管其事。

隔了若干年，日军侵华，齐做了汉奸，他的铁像，都给日军搬走。抗战胜利，齐被逮受审，枪决在南京雨花台下。谈到这事，却又有一段小掌故，那个雨花台相传梁武帝时有法师在这儿讲经，天花降落下来，是南京名胜之地。把雨花台作为刑场这种煞风景的事，是齐做苏督时所主张的。岂知他自己也就在他所主张的地点结果了生命。他字抚万，河北宁河人，北京陆军大学毕业的。

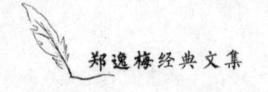

## 末代皇帝的伙食账

从前皇帝的生活，尤其是膳食，究属不知怎样的，这是大家都想知道一些。最近瞧到潘际坰和溥仪谈话，写着《末代皇帝秘闻》一文，有一段谈到皇帝吃饭问题，如云："溥仪说：'我记得当年在皇宫里每天只吃两顿饭，虽然有好几十样菜，可是真不好吃，千篇一律，味道也不好，简直像给死人上供的一样。当时不叫开饭，照规矩应叫"传膳"。一声传膳，从我住的养心殿到御膳房的路上，站着好几十个太监，非常快地就把一样样菜进上来了，菜都是老早准备好的。盛菜的盆子并不大，就是样数多。每天吃饭的时间大约在上午九点钟，下午四点钟光景，另外还有果盒，那是随时可以吃的。'"

巧得很，我的朋友钱玉斋，他藏着一本宣统二年七月份《膳房办买肉斤鸡鸭清册》，那就是末代皇帝的伙食账，我就向他藉来录一副本。

那本清册封面签条上宣统的"统"字上加一朱点，大约给溥仪过目，朱点还是御笔（这时溥仪尚幼，当然是摄政王所代）。这册子是连史纸本，每页有满文印章，小楷记录，字迹很工秀，末有"总理茶膳房事务大臣继""总理茶膳房事务大臣增""二品顶戴头等侍卫尚膳正维康""值年尚膳正永福""三等侍卫永顺""三等侍卫福泰""领班侍卫全海""蓝翎侍卫景盛"画押。册中分"皇上前分例菜肉""皇太后前分例盘肉""瑾贵妃分例盘肉",以及军机大臣、军机章京,上书房师傅、南书房翰林、懋勤殿翰林、御前太监、内殿总管首领、小太监、如意馆官员书画人等、敬事房写字人等、勾字匠役,名目很多。

每天所开菜肴,无非鸡鸭猪肉普通之品。比较特殊的,有"苏造各达肉""尖供尾庄""他尔金肉""克食盘肉""做卷塞勒",大概是满洲菜,不知道用什么配制的,每天菜肴差不多是大同小异,没有什么新花样。下面总结,如菜肉一万七千零九十斤八两,合银二千七百三十四两四钱八分。猪油八百五十一斤,合银一百三十六两一钱六分。肥鸡一千零二十一只,合银一千八百三十七两八钱。鲜虾四百三十六斤八两,合银三百四十九两二钱。鲜鱼四百九十三斤八两,合银二百九十六两一钱。螃蟹三百七十七斤,合银一百二十二两六钱四分。鸽蛋一千四百四十个,合银一百两八钱。玉米片一百零九斤八两,合银一百九十七两一钱。其他如火腿、咸肉、荸荠、薏米仁等数量也很多,通共合计银一万四千一百三十二两七分。一个月仅仅伙食,消耗如此,帝皇生活的豪奢,于此可见。

# 名片谈往

通姓名的单片,称为名片。汉时称为谒,汉末称为刺。《留青杂札》有这样一段记述:"古者削竹以书姓名,故曰刺。后以纸书,谓之名纸。"又《山堂肆考》:"名纸谓写名于纸上也,今呼名帖。"此外尚有所谓名刺,也是名片的别称。总之,旧社会崇虚文,讲俗套;名片成为交际点缀品,每逢岁时令节,以礼物投赠亲友,又往往附一名片,藉以表示恭敬。写信给上级或长辈,信尾不署名,写"名正肃"三字,另备一名片,随信同呈,也算是恭敬的意思。那时的名片比较大,是木刻的,印在梅红纸上。现在一切尚简,都用白色的小片,梅红大片不易见到的了。

我喜集藏梅红大片,藏有叶德辉、缪荃孙、况周仪、沈景修、李瑞清、康有为、郑文焯、吴荫培等,都是一时名流。较早的有被贬为曾剃头的曾国藩片,字体似乎出于他自己的手笔。又有谭嗣同一片,片隙附有谭亲笔的札语,后被友人易去。又友人见告,天南遁叟王韬,用特大的名片,背印四言的韵语八句,共三十八字,实为创格。如云:"望尘门外,灭字袖中。俯视千古,平揖三公。一刺轻投,半钱弗值。布衣独尊,秀才早刷。"

我所藏白色小名片中，也有累累赘赘附着许多字的，如蔡尔康片，是石印的，中为："震旦江苏上海蔡尔康"。下缀细字："字子茀，号紫黻，晚号支佛，外号铸铁庵主、缕馨仙史。清帝逊位后，改号采芝翁"。右上角，有"四品衔分部主事，奏保经济特科，六举优行恩贡生。历办《申报》副主笔，《沪报》总主笔，《新闻报》开创正主笔，《南洋官报》采访委员。历掌《万国公报》、广学会正翻译"。左下角，有"世居老北门内西穿星街九十九号。通讯处，老西门外敦润里二十五号"。背面又罗列着他的著作十余种。那位蔡尔康，的确是报界老前辈，但不知道的看见他这帧名片，还以为这人是有神经病的。又画家白蕉，他姓何，可是片上把姓去掉，片周加黑边，那是他丧服中用的。王一亭的王震片，袁寒云的袁克文片，都是自己手写而用锌版印的。包小蝶用素绢制片，胡朴安片上且钤印章。贺天健片，有"乾乾又号达屋"字样。贡少芹片，背面印有照相。吴湖帆片是集取米襄阳帖上的字，经过放大或缩小使成为一体而以锌版印的。姚雨平片，用小木刻，也很别致。最特殊的，是擅绘《万竿烟雨》的申石伽，片上只姓名三个字，却是用六号小铅字印。有一次，遇到一个初次会面的人，彼此交换名片，不料那人目短视，实在申石伽三个字太细小了，他看了半晌，尚未辨认出来，没有办法，只得循例说着应酬话："久仰大名"，石伽却发觉那人把名片倒持着，为之匿笑不置。

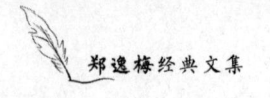

## 最小的讣闻

旧社会繁文缛节，徒然消耗人力物力，真是无谓极了。即以举丧而言，人死了，便向亲友纷发报丧条，亲友接到了，例须备着纸锭锡箔到灵堂前叩拜。到了五七（死后第五个星期），设奠开吊，预先印发讣闻；讣闻上载着虚伪的具文，如什么"罪孽深重，不自殒灭，祸延显考"等等。下面的称谓又是噜苏一大套，什么"不孝孤哀子泣血稽颡""齐衰期服孙泣稽颡""期服弟抆泪稽首""功服侄孙拭泪顿首"。这些却万不能搅错，否则便为失礼。原来这讣闻当时认为非常郑重的。往往地位愈高，讣闻也愈大，我看到爱俪园的主人哈同死了，用中国式的讣闻，展开来比八仙桌还要大些。军阀吴佩孚的讣闻，和哈同不相上下，且附哀启一本，无非儿子对老子的歌颂。又前清遗老罗振玉的讣闻，连得清帝赐他观剧，也列述在内，以为光宠。别开生面的要算吴兴周梦坡，他的讣闻一分装成四册，外用布套，一切书写，都出当代名人手笔，勒石再拓出来，同碑帖差不多，并把他生前收藏的东西，也制版刊印着，实在太考究了。很多平素和周梦坡不相识的，也都送两块钱奠仪，目的是取领一份讣闻，直到现在，旧书摊上仍把它居为奇货。

至于最小的讣闻，只有明信片那么一帧，这是黄克强死后所发的，上面文字也很简单，如云："黄公讳兴，字克强。痛于民国五年十月三十一日午前四时疾终沪寓，享年四十有三，于十一月二日午前五时入殓，谨定十二月二十一、二日在福开森路本宅开吊。二十三日举殡长沙，哀此讣闻。子一欧、一中、一美、一球，女振华、文华、德华。负责友人孙文、唐绍仪、李烈钧、蔡元培、柏文蔚、谭人凤。"把一切虚伪具文，一扫而空，的确是很新颖得体的。

黄的寓所，在福开森路三百九十三号，是"世界社"的原址。当时某记者有那么一段文字记载着：

昨吊先生于福开森路寓庐。绿绒之毯，金镂之钟，依然在目。而尤令我泫然欲涕者，先生平昔坐卧与故人剧谈之藤椅，俨然未亡，而先生则已垂眉瞑目，弃故人而去矣。秋风入户，秋草绕篱，我将于何处招魂耶？

一自黄死，诸遗物随即散逸，那所谓金镂之钟，辗转为先谱弟赵眠云所购得；眠云已下世有年，此物又不知流落何处了。

## 张之洞幕中之名士

张香涛宏奖风流,幕中尤多名士,如郑孝胥、陈石遗、陈散原、辜汤生,均葛衣乌巾,纵谈天下之座上客也。辜邃于西洋文学,而于我国经籍,亦潜心研讨,喜读《易》,尝署汉滨读易者,人不知为辜也。辜以汉滨读易者之别署,著《张文襄幕府纪闻》一书,惜未刊行,首冠一自序,蒙友钞以见示。如云:"余为张文襄属吏,粤鄂相随二十余年,虽未敢云以国士相待,然始终礼遇不稍衰,去年文襄作古,不无今昔之感,摭拾旧闻,随事纪录,以志鸿爪。昔人谓漆园《南华》一书,为愤世之言。余赋性疏野,动触时讳,犹得苟全,已为万幸。近十年来,时事沧桑,人道牛马.变迁不知伊于何极,是不能不摧怆于怀。古人云:'作易者其有忧患乎?'惟识之而已。"香涛卒于清宣统元年八月,则此书著于宣统二年也。香涛不仅具治政才,诗有宋意唐格之称,刊《广雅堂诗集》,初为广州龙比部伯鸾刻,桐庐袁忠节爽秋再刻之。香涛于临死前,晚岁诸作,又复加以手订,天津严范孙更有手注《广雅堂诗稿》本。

## 胡雪岩死期及遗像

货殖名人胡雪岩，清季有活财神之称。我曾为某报写一篇《活财神胡雪岩之死》，引起石田写了《关于胡财神的死期》，孺子写《胡财神及其死期的异说》，聚讼纷纭，莫衷一是。遂有人请我再考证一下，作为定论。

胡雪岩，名光墉。《中国人名大辞典》载着一条云："胡光墉，清杭州人，字雪岩，以商致富。纳赀为道员，捐输陕甘晋豫齐鲁吴越等省赈款甚巨。左宗棠西征，光墉购备军火，并筹运饷项有功，新疆平，特赐黄马褂。后负官私款项甚巨，被籍没。"雪岩是我老友胡亚光的曾祖父，我问过亚光，他说的和我《活财神胡雪岩之死》文中所提的相符合，那是死于一八八五乙酉十一月初一日，即清光绪十一年。亚光家备有列祖列宗的生辰死忌表，当然不会错的。最近我又看到一本雪岩手创的胡庆余堂药铺的《铺史》，也说雪岩死于乙酉十一月初一日，更是确切无疑的了。陈乃乾在《子曰丛刊》第二辑，撰有《胡雪岩与左宗棠》一文。说雪岩于光绪十二年九月逝世，相差一年又两个月，是不正确的。

亚光且藏有雪岩遗像，曾铸版登载大东书局所发行的《半月》杂志第二卷第十号中。翎顶辉煌，端坐手拈朝珠，貌清癯肃穆，蓄髭髵髵，所谓喜神像，子孙岁时供奉的便是。抗战期间，杭州沦陷，亚光举家避难来沪，仓皇中不及携带累赘物件，事平返里，检点所藏，大都遗失，并这喜神像也不知去向。可是过了若干年，这幅喜神像，忽然在某古董商人手里，亚光颇有购还珍藏之意，讵料该商人知道亚光是雪岩后人，迫切需求先人的遗容，就奇货可居，索价奇昂。亚光当时故意做出淡然的状态，似乎可购可不购，暗地里却托人向某商人议价购取，奈这商人不设店铺，是流动性的，兀是找不到，亚光只得引为遗憾了。仅存的遗物，亚光给我观玩，有一打簧表，阅年久，机件锈坏，无从修配，停止不能开动，又玉带一条，遗嘱一纸，那遗嘱字迹既拙劣、文理又不通顺，错别字很多，可见雪岩的文化程度是很低浅的。记得当左宗棠西征待发，雪岩上一条陈，洋洋数万言，有所谓："欲破贼，不外炮火之精，欲购炮火，莫如西洋之利。"云云，笔墨极畅达可诵，实则出于他人之手，这遗嘱倒是他的亲笔。惜经过十年动乱遗嘱已被销毁了。

## 状元扇

在封建社会里，状元是人所艳羡的。送儿子上学读书，总希望他将来应考，状元及第，借以显亲扬名。食品中有所谓状元糕，赌博方面有所谓掷状元红，肴菜馆的招牌有所谓状元楼等等，那是不胜枚举的。这种科举思想的毒素，深入人们的头脑中，有数百千年之久了。

状元的名称，始于唐代。《养新录》载："进士第人称状元，起于唐。"《明代选举志》："规定一甲止三人，曰状元、榜眼、探花。"清代是沿袭明代制度的，自顺治至光绪，状元凡一百十余人，苏州便有二十四名之多，且有父子状元、祖孙状元，旧社会人士传播着，作为佳话。

名画家吴湖帆，他生长于状元渊薮的苏州，平素复有集藏癖，他就动了脑筋，搜集清代的状元写扇。湖帆是收藏家吴愙斋（大澂）的文孙，家里原已蓄着状元扇若干柄，在这基础上再事扩展，较为便易。且知道每一科的新状元，例须写些扇面赠送亲朋，在新状元方面一纸人情，只须挥洒一下，不费什么；在亲朋方面，一扇在握，引为无上光宠，视若至宝。因此状元扇流传较多。湖帆满拟把前清一代凡《词林辑略》（这书是清

状元扇

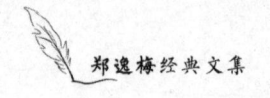

远朱汝珍所辑的,共五册,列各科翰林,而以状元冠首)所录的状元,只须稍事物色,人各一扇,不难成为全璧。岂知实际不是他所想的那样简单,往往有许多是可遇而不可求的,也有些状元的后代,和吴家有世谊,总认为向他后人商量,一定有把握,不料后人对于先人手泽,并不重视,鼠牙虫蚀,寸缣无存,加之扇是写给人家的,不可能写了自留,这样的按索,徒然失望的了。但湖帆具有信心和毅力,还是千方百计,梦寐求之。有的出了很重的代价,有的把珍贵的书画和人家交换。又王敬铭喜作画,书扇极少,湖帆煞费经营,始终未得,后由钱镜塘代为觅到。大约耗费二十余年的精力和资力,才获得七十二柄。顺治间的有孙承恩、徐元文。康熙间较多,如缪彤、韩菼、彭定求、归元肃、陆肯堂、汪绎、王世琛、徐陶璋、汪应铨等。雍正间的只彭启丰一人。乾隆间的有张书勋、陈初哲、钱棨、石韫玉、潘世恩凡五人。嘉庆间的有吴廷琛、吴信中等。道光间的有吴钟骏。其他如咸丰间的翁同龢,同治间的翁曾源、洪钧、陆润庠等。至于末代状元，那是肃宁刘春霖，春霖字润琴，于光绪三十年甲辰科取得一甲一名，辈份比任何状元都晚，直至抗战时期才下世。当时湖帆就加倍致送润笔，请他作一跋语写在扇面上。

湖帆用蜡纸油印《清代状元名次表》，详列年份及干支，以便检查。他搜罗到七十余柄，当然不止上述诸家，我不过凭我记得的写列一些而已。可惜当时湖帆把这些扇面给我欣赏，没有将刘春霖的跋语钞下来作为证考。

小说家范烟桥和湖帆是老同学，又是甲午同庚，一向交谊很好的。解放后，苏州拙政园的一部分辟为苏州市博物馆，由烟桥主其事。为了充实该馆的贮藏，到处网罗文物，也就想到了湖帆的状元扇，特地往访湖帆，一谈之余，湖帆很慷慨地以所有七十余柄状元扇捐献给博物馆，惟向馆方提出一要求，希望归公家后，由公家继续搜访和调配，完成他未竟之功。请把未曾觅得的状元扇，一一罗致，弥补缺陷，如能成为全璧，这是引为非常欣幸的。经过十年浩劫，湖帆、烟桥都于劫中被害而死，状元扇却尚存在。去年，苏州市博物馆曾辟专室陈列，以供群众观览。最引人注目的，其中有鲁斋上款集五状元于一扇，有潘世恩、吴其浚、林鸿年、朱昌颐、钮福保五人，为乾嘉道三朝的魁首。

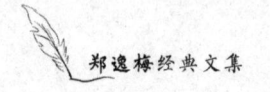

## 春联今昔谈

一年之计在于春。所以在旧社会，每逢春节，一般店铺，大都在门上贴着梅红纸或珊瑚笺的春联，无非善颂善祷，希望博得一年的大好利润。最习见的："生意兴隆通四海；财源茂盛达三江。"成为千篇一律的滥调，那就不足取了。也有配着专业的，如纸店联："俪翠骈红，名高十样；硬黄匀碧，价重三都。"茶叶店云："采向雨前，烹宜竹里；经翻陆羽，歌托卢仝。"又有嵌着牌号名的，如中华书局云："中原新气象；华国大文章。"醉沤居酒馆云："人我皆醉；宝地一沤。"大都虚夸其辞，华而不实。那些编辑什么《酬世锦囊》《对联大观》的纷纷采录入书，以供人们改头换面的套用陈陈相因，没有多大意义。一班名流，颇喜自出机杼，别有寄托，撰联张贴门上，供过路人欣赏的，如民国八年，政局动荡，林琴南住在北京，春节时，有感而作一联云："忏名初得安身法；瑾户仍非避世方。"又某岁，吴江名士金鹤望，在苏州濂溪坊赁屋为寓公，有一春联云："骐骥志千里，鹪鹩借一枝。"那著《官场现形记》的李伯元，寓居上海劳合路，附近多妓院，曾在岁首书联云："老骥伏枥；流莺比邻。"他和鹤望同以千里马自命，而有不遇伯乐，抑郁消沉的感慨。又南社易大厂联："竹叶春杯人日酒；梅花老屋岁朝图。"那就较为闲适放达了。我自忘拙陋，戏效为一短联，榜诸室门："梅花数点；月色一寮。"又某岁生活艰困，满腹牢骚，因作一联云："其言善也；惟德馨乎？"《论语》："人之将死，其言也善。"刘禹锡《陋室铭》："斯是陋室，惟吾德馨。"无非自咒死于陋室之中罢了。

　　解放后，对于民族传统的春联，还是沿用着，但词句却翻陈出新，充满着时代精神，革命思想。那口气的豪迈，吐属的不凡，和以往的陈词滥调，大不相同，如："树宏图改革世界；立大志战胜自然。"又："定教山河听话；不向旱涝低头。"且有打破旧框框，不拘于平仄声的，这些都是新的气象。

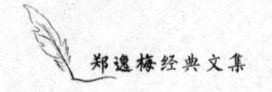

## 南湖的革命纪念船

"十里湖光一叶舟,远山蔼蔼暮烟收。玉人指示清游处,烟雨楼头夕景幽。"记起社友王大觉这首《南湖即事》时,便不觉神往那风景集中的嘉兴南湖。湖水中央,矗立烟雨楼,侧有清晖堂,旁有钓鳌矶,前清乾隆南巡,曾驻跸于此。清末由县令方某斥赀修葺,民国后,归地方自治机关管理。孙中山一度到此,就有人写"民国元年孙中山先生曾来此游"数字立一巨匾,经过战乱,匾不知去向了。

解放后,每逢七月一日,这儿特别热闹,原来烟雨楼下,泊有革命纪念船,大家来参观一番。船中悬有董必武手书一联:"烟雨楼台,此间曾着星星火;风云世界,到此皆闻殷殷雷。"这联包含着一段革命故事,那是值得一谈的。

远在一九二一年,毛泽东代表湖南省组织到上海,参加党第一次全国代表大会,通过党章,选举党中央负责人员。会议日期,定七月一日至四日,地点在今望志路树德里七号,参加代表十二人。不料第一天即被法租界当局得悉,派警探来捕,幸代表们机警趋走。当时代表李达提议,赴嘉兴继续会议,大家赞同。为避耳目计,雇一丝网船,荡于湖心中。丝网船一名

南湖红船

无锡快，平时运粮；到了夏天，充作游舫。备有丰美船菜，自初夏至中秋，生意很盛。旧时六月二十四日，为荷花生日，船往往被订一空。这种船大都停泊于端平桥，待客雇唤。较大者为双夹龙，所谓双夹龙，船身特阔，中设宴席，后设床榻，艄有厨房，两旁尚有夹道，可供侍役行走。

这第一次会议，开始于上海，完成于嘉兴。那上海的原址，辟为上海市革命历史纪念馆。嘉兴南湖的那艘丝网船，已找不到，当时的船夫也不知为谁。不得已，特仿制一艘，长十四米，宽三米左右髹以朱漆，灿然炫目，停泊湖中，有老夫妇二人专管这船，招待参观者。

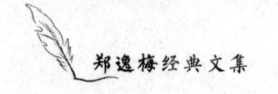

# "正"字记数的由来

逢到投票选举,当开票时,有监票、唱票、写票等职,分任担负。写票的人,总是用"正"字来记票数。记票数用"正"字的习俗,是怎样起始的呢?那是由数十年前上海戏院中的司事想出来的。

那时的戏院,都称为茶园,如丹桂茶园、天仙茶园等都是。这种戏院,舞台是正方形的。楼上的座位,叫做花楼,左右称为包厢,大都是巨家预先包下,容娇妻艳妾来看戏,不与其他人等混杂的。楼下为正厅,设着八仙方桌,可以品茗进酒肴。后座那用长凳排列着,是票价最低廉的所在。楼上下都有大水牌,牌上写着累累的"正"字,因为戏院没有戏票,只由一些"案目"(戏院中的服务员)立在戏院门前招徕看客,领看客入座。每领满五客,司事在大水牌上写"正"字,并注明某某"案目"的名字。这样计数,较为便捷,且算账也较清楚。

后来戏院用了戏票,此例也就废止,可是投票记数,却都袭用其法。

## 我国近代的若干第一人

康有为的女儿同璧，渊源家学，不同凡俗。十九岁即赴印度，游舍卫祇林，途中赋诗云："若论女士西游者，我是支那第一人。"

诗人马君武，富革命思想，为我国自制无烟火药的第一人。又译德国诗人歌德的诗，亦为最早的一人。

用甲骨文刻印，当以一粟道人杨仲子为第一人。

蔡紫黻，为《字林沪报》总编辑，首创在报上登载长篇小说，借此吸引读者。其时夏二铭的《野叟曝言》，尚没有单行本，即采取这书逐日披露。既开此例，各报纷纷摹仿，而长篇小说乃日新月异，层出不穷。

梁启超为我国学者在著作中提到马克思之第一人。当一九〇二年，梁自署中国之新民，撰《进化论革命者颉德之学说》，刊载《新民丛报》第十八号，涉及马克思，惟马克思译为麦喀士。

清季，赵秉钧任民政部侍郎，镇压革命运动，首创京师警察。

画家登喜马拉雅山高峰，高剑父为第一人。

我国妇女，在国内第一个乘飞机者为洪美英。洪为简琴斋

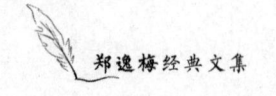

之小姨，陈援庵之媳妇。

陈巢南为汪笑侬作传，且为中国近世第一戏剧改良家。

五四运动前。在国内作新体诗之第一人，乃沈尹默，在国外乃胡适之。一九二〇年，适之刊《尝试集》，为我国第一部新诗集。

香港大学，西人主持，即中文系主任，亦为英籍教授。许地山却为教授兼中文系主任之第一个中国人。

白蕉真姓名为何旭如，废姓不用，自称天下第一妄人。

李叔同有三一之称，所谓三一，即第一个介绍西洋戏剧至中国，第一个介绍西洋油画至中国，第一个介绍西洋钢琴音乐至中国。

谋刺宋教仁的洪述祖，破案后判绞刑。时北京大理院新置一具绞机，洪为在绞机毙命之第一人。

西人喜观斗牛，我国人记述者甚多，而以黎庶昌为第一人，载黎著的《西洋杂志》。

孙毓修著《无猫国》为我国第一本童话书。其时为一九〇八年，上海商务印书馆出版。孙，江苏无锡人，为商务编《童话丛书》。女作家谢冰心自谓："幼时看到第一本童话，即《无猫国》。"赵景深撰有一文：《孙毓修童话的来源》。

传入我国社会学之第一人严复，译英国社学家《斯宾塞社会学导言》，称《群学肆言》。

沈鸿研究机械设计，撰《机械工程手册》，为我国第一部大型机械工程刊物。

杜定友，字础云，广东南海人，为图书馆学专家。首编《图书馆学辞典》。又创造一"圕"字，为"图书馆"三字的缩写，为不少人所采用。

用新标点翻印旧书，第一部为上海亚东图书馆的《水浒传》，标点者汪原放，载胡适之《水浒传考证》。

藏尺牍最多者，为溧阳彭谷声，数逾十万通。

北京猿人第一个头盖骨发现者，为斐文中。

宋教仁鼓吹责任内阁制，遭袁世凯的嫉忌，被刺于上海北车站，孙中山挽以联云："作民权保障，谁非后死者；为宪法流血，公真第一人。"

《北洋画报》，为华北正式用铜锌版之创始。主办者冯武樾。

我国人第一个毕业日本高等美术学校者，为香山郑锦。由梁启超推荐，为北京国立艺专首任校长。后还乡，从事农村工作。

留日学生，第一人为戢翼翚，字元丞，湖北郧阳府房县人。在日本办《国民报》，又为发刊革命杂志之首创者。更为孙中山密派入长江运动革命之第一人。所志不遂死，时清光绪三十四年。

容闳，字纯甫，广东香山人，生于一八二八年，卒于一九一二年。自述生平谓："幼年与邑人经商美洲者搭船同往，先抵旧金山，时美国辟横贯东西大陆铁路，募华工数十万，吾粤开平、恩平、新宁、新会四邑应募者众。而香山一县，往者多商人，予辗转留学东美，卒业哈佛大学，在美留学得学位，予实为中国第一人。"

马车自域外流传而来，最初乘马车者，均为西人。其时钱塘程定夷为海上寓公，程一署听彝，拥厚资，富收藏，所交皆名流巨卿，出入备四轮马车以代步，为我国最先乘马车者。

杭州叶少吾，为名士叶浩吾之子。流连海上，问柳寻花。浩吾知道了，责以"如此浪荡，成何体统！"彼即以"浪荡男儿"自号。著有《上海之维新党》及《商界魅记》两部谴责性小说。

后又任《中外日报》编辑。此时乘汽车者,均是西人,彼却借西人的汽车,出门拜客,为国人第一乘汽车者。

叶劲风为上海商务印书馆编《小说世界》,首冠电影照片为插图,称之为"银幕'。从此"银幕"二字,成为习见之新名词。

名导演陆洁,首先以电影故事称作"本事",陆为中国影戏研究社发起者。

我国最早之女飞行员为李旦旦,李曾为电影女演员,从过朱大可学文。

国画家画花卉,凡红花都用胭脂点染,所以有'胭脂买得须珍重,不画唐人富贵花"之句。一自西风东渐,画家乃以西洋红代之,起始者乃张子祥。

我国第一翻译列宁著作者,乃郑振铎。所译为《俄罗斯之政党》,载一九一九年十二月北京出版的《新中国杂志》第一卷第八期。

袁牧之导演《都市风光》,为采用管弦乐队演奏的第一部影片,这时电影的音乐,都用唱片配音。

严复著《英文汉诂》一书,于一九〇二年,由上海商务印书馆出版,为我国使用横式排版刊印中文的开始。

胡政之于一九二一年,创办国闻通讯社,为我国自办通讯社之始。

刘子华于一九一九年,为我国首批赴法勤工俭学学生之一,直至一九四五年才回国。他运用我国古代《易经》的辩正思想及八卦之组合原理,与现代天文之各种数据,互相印证,从而推定太阳系存在第十颗行星,且取名木王星。博士论文通过后,法国天文台台长摩尔等著名科学家,纷纷向他表示祝贺,公认为第十颗行星的最早测定人。

中国蒙文铅印的第一创始人，为汪睿昌，字印侯，生于内蒙古，原名特睦格图，留学日本，亦为蒙古族近代第一批留学生之一。通蒙汉满藏四种语言，并通俄日二国文字。归国后，在北京创办蒙古民族有史以来第一家出版社蒙古书社。又兴办蒙文印刷厂，用蒙文铅字印第一部书《西汉演义》一套八册。

上海静安糕梱厂一级技师徐根福，模仿徐悲鸿的骏马群像，雕塑糕梱，每匹马姿态各异，生动传神，是该业的首创者。

编中国历史教科书，以夏曾佑为第一人。

吴新吾赴法留学，入巴黎美术专门学校习西画，为该校有中国学生之第一人。

陈少白生平有几个第一，投考广州格致书院第一人，报名考入香港西医书院第一人，丁未广州起义失败，随从孙中山亡命日本第一人，创办革命报刊《中国日报》《旬报》第一人，广东外交司长第一人，孙中山奉安南京，执绋最前列之第一人。

解放后，各地有文史馆的组织，上海文史馆馆长有张元济、江庸、平海澜、金兆梓，而以张元济为第一人。

徐润，字雨之，曾参李鸿章幕，为招商局第一任总办。

沈三白的《浮生六记》，首先发现者，为王韬的妻舅杨引传，译为英文，登载《天下杂志》，首译者林语堂。

中国画家得国际奖金，以齐白石为第一人。

中国之有新歌舞，创始于黎锦晖，如《葡萄仙子》《毛毛雨》《可怜的秋香》《明月之夜》等，载歌载舞，艳彻红氍，且灌唱片，风行一时。表演者，以锦晖之女黎明晖最负盛名，人以"小妹妹"称之。明晖既长，亭亭玉立，仍演《葡萄仙子》，改名《大葡萄仙子》，仍受观众欢迎。

女子卖画充作义举，以金小宝为第一人。金与林黛玉、陆

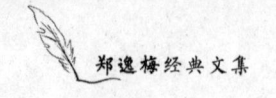

兰芳、张书玉,为花丛四大金刚。金能画兰,九畹幽姿,芳生笔底,题款的字,也很娟秀,但不轻易下笔。某年,因个中人议办花冢,购地于沪西静安寺路之畔,为曲院姐妹埋骨之所。经领袖者会议集资,金慨然以画兰百帧自任,润资不限,由客自给,悉充花冢费用之需。一时获资甚巨,所绘兰下款皆书"天香阁主"。

写最长的演义小说,以蔡东藩为首屈一指。他的《历朝通俗演义》,共一千零四十回,五百余万言。许廑父又续《民国演义》四十回,合装四十巨册。

皮鞋为西人所创,我国人自制皮鞋,以浦东沈炳根为第一人。沈本钉鞋匠,见西人皮鞋,首先仿造,物美价廉,获得国人欢迎,时尚在一八七六年。

## 徐光启的九间楼

同事徐海林,他是徐光启的嫡系后人。解放后,曾把他祖先墓地以及牒谱文物,一切献给公家保存,这的确是一件好事情。徐光启有"徐上海"之称,谈上海掌故,不能漏掉他老人家。我就徐海林处,得知徐光启和利玛窦等西人译书的地方,在今沪南乔家浜,当时称为九间楼,共有十三进。正中为尊训楼,年久倾圮,改建平屋,现在楼房只有一座,为仅存的硕果了。在当时的尊训楼外,尚有后乐堂,匾额出文待诏手笔。又深柳草堂,匾额由董其昌书。部分子孙,迁往徐家汇,更有东皋堂、春及堂、上西草堂等。洪杨之役,子孙分析,把九间楼巨宅,分给大房和二房,可是大房和二房没有后代,绝了嗣续,九间楼也就一再易姓了。三房所分给的屋宇,在小南门外桑园街,这是徐光启生前试种植物的农场。徐从试种的效果上,写了一部巨著《农

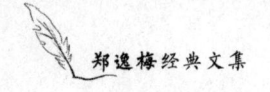

政全书》，可是光启下世，书没有完全脱稿，由他的孙景西续辑成书。该书一经刊布，得邀宸赏，即召景西入京，他在丹墀玉阶间，忽痫发仆地而死，年只三十有五，这是很可惜的。景西多才多艺，博通天文历算之学，死后，许多遗著，归其戚贾氏所有，传至贾蒲苇，对于天文历算，竟卓然成家。这桑园街遗址，后来辟为清心中学，又改为市南中学，为弦诵之地。四房分到徐家汇的房产，子孙较为繁盛。五房在宝山县，也没有后嗣。至于徐光启的造像有好多帧，各帧不同，如今流传的，仅是其中之一。海林见过一帧很大的，光启朝衣朝冠，悬在九间楼，状貌很为端肃，自经战乱，被敌寇攫夺而去，如今不知下落了。

## 江小鹣的静园

我早年毕业于苏州草桥中学，同窗中后来颇多名人，如吴湖帆、顾颉刚、叶圣陶、王伯祥、范烟桥、江红蕉、庞京周、江小鹣等等，当时颇得切磋之益。一九一七年，我在苏州组织发起成立文学团体"星社"，参加者亦为当时名流，如周瘦鹃、程小青、姚苏凤、范君博、顾明道、孙纪于、范菊高、江小鹣等人。后来小鹣赴欧洲学美术，对于雕塑一道，更为精究，蜚声于时。当时杭州西湖堤岸上的陈英士骑马铜像，以及沪上谭延闿之铜像，均出自小鹣所塑造。

江小鹣当时蓄数茎羊须，飘飘然别具风度。偶一回忆，印象犹留于脑海中，十分深刻。他是吴中江建霞太史公之后嗣，年少时貌美，素有璧人之号。平江不肖生向恺然所著《留东外史》小说，其中提到的江新，即是指江小鹣。小鹣当时居住在上海市区北面的八字桥头，该处闹中取静，僻有一园，名之为"静园"。我早年去过多次，屋殊高敞，紫藤荫覆似璎珞，屋前列石凳数只，供来客坐谈纳凉。园中草地芊绵，杂栽花木，中有池塘，具濠濮之趣，十分幽雅。客人置身其间，竟不知世间有烦恼事。所以当时文人常至小鹣的静园，常客有冒鹤亭、吴湖帆、姚虞琴、

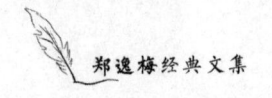

徐伟士、潘博山等，我亦时时涉足。小鹣夫人且善制西式点心，特以款客，我侪为之朵颐大快。

静园内尚陈列了许多仿古铜器，无不斑斓翠绿，是小鹣所制。有一铜蜥蜴，脉脉跂跂，宛然如生，尤为可喜。壁间悬江建霞太史楹联，又遗像一幅，足见小鹣孝思不匮。他爱猫成癖，猫偎依人抱，素不畏人。有时，小鹣作画，猫跃登桌上，颜色瓷盏为之倾覆，致画幅沾污作废，小鹣付诸一笑，也不加扑击。他也作国画，曾与郑午昌、钱瘦铁、杨清磬、孙雪泥合作蔬果，极清逸有致。所用毛笔，必雇笔工到家督制，有羊毫、鸡颖，锋或长或短，应有尽有，盛于盘中。逢客至，往往任凭选赠。"八一三"之役，沪北沦为战场，小鹣仓皇出走，物件悉数未取。他寄身在亲友寓中，遥望北面弥天烽火，跌足兴叹，静园当然全部付之一炬了。之后，小鹣应龙云之邀，远赴昆明，僦居引津街，曾为龙云塑一铜像。我与他音讯渐断，后闻已客死滇南，深可悲也。

## 钱名山为柳如是辨诬

曩年在古玩铺中，购得不知谁氏所集的印拓一厚册，很难得的，是明末几位名姝如卞玉京、薛素素、柳如是的小印，都在其内。其中柳如是的细朱文"柳是"印，工致异常，当然出于一时名手。后面且有集藏者的识语："柳是，柳如是，清钱谦益妻。初为吴江名妓，字蘼芜，本姓杨，名爱，后改名。色艺冠一时，工词翰，归谦益，相得甚欢，有河东君之名，构绛云楼居之，酬唱无虚日。明亡，劝谦益殉国，谦益不能从。谦益死，殉之。"纸隙有"嘉莲室"三字，大约即集藏者的斋名了。

获得印拓的下一天，在敝笥中检得钱名山遗墨《为柳如是辨诬》一稿，原来我在若干年前编辑某刊物，蒙名山以是稿见寄，不料刊物因战事停版，名山亦不久下世，这稿压置笥底，历年多，风化虫蚀，已残损什之二三，爰把可辨认的，摘录部分如下：

"清初，娄县王沄，字胜时，陈忠裕公弟子也。有《辋川诗钞》，其《虞山柳枝词》十四首，极谤柳如是，末二首云，'芙蓉庄上柳如绵，秋水盈盈隐画船。静夜秃鹙啼露冷，文鸳常逐野鸥眠。''阳台云散雨随波，白首红颜奈若何。燕子楼中新句少，蘼芜山下故人多。'按钱宗伯死，匝月后，柳氏投环，备详《钱氏家变录》,若素有淫行,则宗伯死,正可纵恣,何为而死,此不可信一也。柳氏生一女,婿名赵管,为翰林赵月潭第三子,柳氏行为不检,世家必不肯娶其亲女,此不可信二也。柳氏之死,凡苏人士为之发愤声冤,公约书揭,备详《家变录》,皆钦柳氏义烈,苏人士不知,而娄县人独知之乎?此不可信三也。正是族人逼产寻死之日,何暇与蘼芜故人叙旧。王沄诗注,'钱死,姬寻自经。'则自与诗意相背,其不可信四也。其它首注有云:'姬尝与陇西君有旧,君以玉篆赠别。甲申,南都钱为大宗伯,一日宴客,陇西在座,姬遣婢出问起居,以玉篆归之。柳氏出身,原无容讳,广座之间,以玉篆还人,正见光明磊落,何足为病……虞山晚节不终,宜为明末义士所憎恶,然牧斋自黩,柳氏自贞,牧斋自贰臣,柳氏自死烈,若恶牧斋而涉及柳氏,则失好恶之正矣……牧斋金陵狱中,有'徒行赴难有贤妻'句,序云:'丁亥三月晦日,忽被急征,银铛拖曳,命在顷刻,河东夫人冒死徒行,慷慨首途,无刺刺可怜之语,予亦赖以自壮。'常熟王应奎《柳南随笔》亦有文记之。柳氏如别有所欢,闻牧斋下狱,得其所矣,胡为冒死赴难乎!常熟人说如此,则娄县人说不足信也。乃诗以咏之云:'手进刀绳劝老奴,衰翁肝胆愧妻孥。密书万里穿兵火(牧斋致瞿忠宣公书),可是佳人决计无?''海上杨灵犒义师(见江阴恭氏《孤忠录》),西窗对局费筹思。千秋闲气钟儿女,莫听庸人骂柳枝。''家变捐躯不可诬,辋川下笔漫凭虚。柳枝死后能为厉,只为王沄造谤书。''言语原难听道涂,何曾山下咏蘼芜。丹阳道上骑驴处,传作明妃雉尾图。'"

钱名山刻有《名山集》,是稿没有收入。他以柳氏蒙不白之冤,为之辨诬,最后四诗,更有力量。柳氏地下有知,定必裣衽以谢了。

## 陈铭枢发现蒲松龄词稿手迹

最近在苏仲翔家里，阅到陈铭枢写给他的诗笺牍札，不但诗作很好，书法也迥不犹人。记得他在日本军阀侵华时，一度有抗日英雄之称，可谓允文允武的了。

铭枢，广东合浦人，早岁留学日本，曾在广东担任要职。北伐后，他为海上寓公，接办神州国光社，从事出版事业。该社本为邓秋枚所倡办，刊行了许多画册，及一部巨编《美术丛书》。一自铭枢主持，出版方向力趋于史地军政，具有代表性的，为《中国内乱外祸历史丛书》，内容主要是明清两代的农民起义、民族斗争、宫廷政变、边将叛乱，以及近代的列强侵略。大都为秘籍钞本，从未发表者，计二百余篇，可谓洋洋大观。解放后重版，改称《中国历史研究资料丛书》，陈祖耀曾在《古旧书讯》作了详细的介绍。铭枢又和曾骞合作，写成一部《海南志》，由该社刊印行世。抗日战争胜利后，他在南京办大士农场，解放前两个月来沪，做地下工作。此后，出任全国政协委员。

他字真如，是有来历的，因他一度学佛，请教欧阳渐，渐字竟无，江西宜黄人，精究内典，著述很多，渐为他取一法名"真如"，盖释家《惟识论》有"真谓真实，显非虚妄，如谓如常，

蒲松龄词稿手迹

表无变易"之理，后来陈氏就常用这个含有禅意的别署了。

他晚年更注意文史，有一次赴西安访古，搜剔丛残，发掘文物，偶在一中医高智怡家，获见清初著《聊斋志异》的蒲松龄词稿手迹，凡四十二页，词七十九阕。考之，始知词稿初藏与松龄裔孙有旧的李席珍处，后来李秉衡官山东巡抚，席珍就把这词稿献给秉衡，因此上面有秉衡的跋语，转辗入毛俊臣手，毛亦写了一个短跋，最后才归高智怡储庋。陈氏见之，诧为眼福不浅，力劝智怡让给出版机构影印问世，俾得公诸同好，结果词稿携往北京，经出版机构方面王利器寓目，大为称赏，谓"现在我们把词稿和《聊斋志异》对读，我们不仅可以很好地理解作者如何积累素材和如何处理题材，而且我们还可以通过词稿，从字里行间嗅着作者和他的友人姑妄言之和姑妄听之的生活气息。"

## 廉南湖与吴芝瑛

梁溪诗人廉南湖，名泉。原居水獭桥畔，后筑小万柳堂于杭州西湖及沪西万航渡各一所。又经常寓居北京潭柘寺，行踪无定了，娶桐城古文家吴挚夫的侄女吴芝瑛，因小万柳堂故，人称万柳夫人。他和鉴湖女侠秋瑾为盟姊妹，上海电影制片厂拍摄的《秋瑾》，即有吴芝瑛一角。当秋瑾被害，埋骨西湖，那是陈巢南和徐自华所经营的。清廷目秋瑾为叛逆，为叛逆举葬，被罗织成狱，幸由芝瑛疏通了大吏端方，才得开释，所以芝瑛逝世，孙寒厓挽以一联云："碧血话轩亭，湖上相逢应举酒。清辉照潭柘，山中却喜有归魂。"上联指秋瑾而言，廉南湖死于潭柘，故有下联云云。

芝瑛不仅能诗，且擅书法，瘦金体尤秀妙绝世。我藏有她诗笺，一笔行书，洒脱可喜。小楷摹《灵飞经》，传世有她手书《大佛顶首楞严经》十卷，由文宝书局石印流行，挺厚的两册，彪炳手眼，名重艺林。卷首有小万柳堂写经图，芝瑛坐于几侧，风范俨然，左右有高橱低架，充斥着典籍，对之令人如目睹当年李清照居归来堂校勘《金石录》的状况，不禁发思古的幽情。原来南湖在湖上，登北高峰，襟怀豁然，发愿在峰顶造一浮图，

每级刻《楞严经》一卷，十级经尽，别于十一级辟一室，具几案床榻，茗碗砚盝，俾春秋佳日，游客登眺，得以憩息。芝瑛日课二页，费了数年工夫，才得完成。可是建造浮图，徒事虚愿，没有见之事实，

南湖和芝瑛伉俪甚笃。某岁，南湖在潭拓，忽得家报，芝瑛病危，而自己也病困在床，深忧芝瑛不起，乃预挽一联："流水夕阳，到此方知真梦幻。孤儿弱女，可堪相对述遗言。"并附跋语："得劭儿书，言母病垂危，商及后事。余前夕梦见万柳夫人坐帆影楼，诵余'夕阳穿树补花红'之句，醒时月落参横，不觉涕泪满怀抱也。儿与姐绍华妹砚华先后归里侍病，余因病不克遽南，预挽联语，所谓梦中说梦，恐万一不幸，噩耗传来，痛极不能下一字也。静言孔念，人生若寄，尚望天与善人，夫人所苦，从此化险为夷，使余得破涕为笑，则斯联其赘矣。"芝瑛此病幸得转危为安，数年后复病，死于梁溪水獭桥故宅。

## 南汇之狱始末记

当晚清之际，章太炎、邹容的苏报案，轰动一时，章行严曾有《苏报案纪事》一文，详述其事。后又有一篇《疏黄帝魂》，谓：苏报案的尾声，尚有南汇之狱，略云："南汇一案，绵延于苏报，黄炎培出狱莅沪，吾且在《国民日报》上撰《南汇之风云》一评迎之。今吾与炎培俱笃老矣，同时辈流，消逝殆尽，偶谈旧事，慨叹曷胜。"

南汇之狱，究属是怎样一回事呢？我认识川沙张访梅（志鹤）其人，即当时南汇之狱的重要人物，承他告诉我那时的情况，兹把它叙述一下。访梅别署寒叟，又号伯初，能书擅韵语，和黄炎培交谊很厚。当一九〇二年，访梅即和炎培及邵力子合译日文的《支那四千年开化史》，出版后，颇受社会欢迎。这时清廷已下诏各直省府厅州县，将所有书院，改办学堂，府为中学，县为小学。访梅和炎培一同申请改川沙观澜书院为川沙小学堂，颇费周折，才得如愿以偿。厅丞陈家熊照部章委炎培为总理，访梅为副办，招生两班，但绌于经费，总理和副办都不支薪，个人零用，自质衣物补贴，竭力提创新知识，以开通风气为己任。在这年六月暑假，顾冰一、杨月如、瞿绍伊一些新头脑的归自日本，便邀请他们莅川演讲，一时闻风兴起，上海、南汇、新场、周浦等地的绅士学子，都买棹而来。越日，叶汉丞、沈奎伯等，又邀顾冰一赴新场讲学，炎培、访梅偕往。不料那儿痞棍黄德渊邀功诬告，汉丞、奎伯、冰一、炎培、访梅等五人即雇舟至南汇县，借住顾旬侯家，撰文呈县，作一申明。县令戴运寅坐堂讯案，约略问了一下，嘱明日再往。到了明天赴署，戴故作殷勤，谓事已大白，随即和他们大谈经济政治，继而特开麒麟门，送出大堂以外，五人认为没有问题的了。炎培、冰一、访梅等雇舟出城，游三竈镇，当晚宿于炎培的旧居停周氏宅中。可是翌日午后，城中急足至，持顾旬侯函，谓戴令再去一谈，炎培、访梅毫不迟疑，即登舟入城，至顾旬侯处，先遣人赴县通知，俟膳后即至。正在进膳间，一署役提灯笼来，手执戴的梅红名片，请即赴署，便匆匆同往，导入花厅。戴出见，声色俱厉，称："你们是革命党，毁谤皇太后、皇上。"（这些都是黄德渊诬告中言）。一方面又饬役请捕厅老爷来，交其看管，于是同入捕厅署，软禁一室。那位所谓捕厅老爷，每天手执水烟袋来，大事敷衍，且谓："堂上（指戴而言）性躁，一时火气大发，我当从旁婉解。"继而防卫突然拘人，进入囚室，并在窗外加钉木栅，视为重犯。署前贴出六言告示，有："照得革命一党，本县现已拿获，起出军火无数，……"云云，一面电详江督魏光焘，苏抚恩寿，抚批："解府讯办。"督批："就地正法。"电令两歧，不得不再行请示。他们在闷葫芦中，毫无所知。过了两天，忽县役持戴名片，传到花厅一谈，既至，见一笑容满面的西人，和他们一一握手为礼，原来那西人是上海三马路慕尔堂总牧师步惠廉，受炎培、访梅友人杨斯盛、陆子庄等的请托，特来设法保释的。戴运寅害怕西人，居然惟命是从，炎培、访梅释后急速登轮，径驶上海。后悉这轮启碇半小时，那决定就地正法的电令到县，这令已追赶不及了。

出狱到沪，暂住慕尔堂牧师方渊甫家，未几，清政府派上海道请会审公廨提审该案，幸由佑尼干律师告步惠廉，知道一经审问，立即解往内地，绝无保障，便连夜搭船逃往日本，才得保全生命。其时上海育才学堂师生把这案件编成新剧。日本东京出版的《江苏杂志》，载《南汇县党狱始末记》一文，颇为翔实，现采入《川沙县志》第二十三卷中。访梅所作《我生七十年的自白》，也把这案作为生平历史的重要一页。

一九五六年，为该案的五十年纪念，炎培有一信给访梅，提到："我与你不死于南汇城里草草了事的刽子手下，到今天我和你还在人间，大概我和你的结局不会草草了事，而将七舒八齐的了……"幽默口吻，很是耐人寻味。炎培于一九六五年十二月二十一日逝世，迄今已十多年了。他的后人黄大能，撰了一篇《忆念吾父黄炎培》，也涉及该案事。又据百岁老人周浦苏局仙见告："顾冰一，一作冰畦，原名次美，前清贡生。出狱后，参张作霖幕，任外交，与日人交涉，据理力争，从不屈服，日人恨之刺骨。'九一八'之变，冰畦易服潜逃，蛰居上海，不复出任，先炎培卒。"

## 黄宾虹画卷被骗

　　一代艺术大师黄宾虹，能书能画，尤精鉴赏，谁不企慕敬佩！杭州栖霞山，他的画寓，凡往游西湖的，都去瞻观。

　　在旧社会，宾老生活是很苦很苦的。他在沪上，赁了一间陋室，一点设备都没有，屋主还一再加租，他负担不起，常因觅屋不得，为之凄凄惶惶。他老人家又酷爱古人书画钤印，见了便倾囊购下，以致经常弄得吃饭没有钱置备菜肴，只能连吃若干天白饭；外出没有车钱，只好安步当车。

　　有一年，他应北京"古物陈列所国画研究室"之聘，每逢星期二，讲授中国国画史。他为了讲得亲切有味，给人以深刻印象，每逢讲授，必携带若干件自己所藏的名画，作为直观教具。不料引起不良分子的觊觎。某天，宾老从所居西城石驸马大街的一个小胡同出来，等候车辆，这时人很拥挤，一个莽汉故意把宾老撞倒，另一个人却做出"敬老扶弱"的样子，把那莽汉斥责了一通，一面扶起他老人家，且为他拍去衣服上的尘土。宾老就急急忙忙乘车赶去，到了研究室，才发觉大衣袋里两个明人小手卷没有了，方知当时莽汉和另一个扶他的人，是通同合伙的劫夺者。他懊丧得很，以后人们问到这件事，他总是叹

黄宾虹画作

着行路难不置。

宾老在上海,曾在闸北住过,那里尘嚣嘈杂,常有劫案发生。为了谨慎起见,他把收藏的一些珍贵的玉印及金印等,存放在银行的保险库里。恰巧有位朋友要鉴赏一下,他就从保险库中取了出来,留在寓中。谁料仅隔一天,邻家不戒于火,消防队员驱车前来灌救时,却先到未着火的人家来"抢救"。宾老的家也不例外,及火熄灭,惊魂初定,想到这若干古印,一检已空无所有了,事后到消防队去查究,经过多次交涉,才索价数百金作为找寻费,还说不一定能全部找到。宾老气极了,而且也没有这数百金现款,只得自认晦气。原来闸北赌风很盛,在这方面,警察局可以捞到很多外快。这年,忽然上级下禁赌令,但平素弄钱惯了,一下子断绝财路,怎能维持他们的腐化生活,于是便打通了消防队作此勾当,以为生财之道,而宾老却做了不幸的牺牲者。旧社会之黑暗,于此可见。

他老人家在少壮时,即嫉恶如仇,其时尚在故乡歙县潭渡

村，他触忤了一个劣绅，劣绅指控他是革命党，向清吏告发，想把他下狱处死。幸而为安徽藩台沈曾植知道了，暗嘱幕友徐润圣通知他赶快逃避，才得侥幸免难。后来他遇到了沈曾植，奉贻玉珮一对作为留念。

他署名宾虹，那是有来历的。他的故乡，安徽歙县西乡的潭渡村，有一座潭渡桥，桥的南端有滨虹亭，因此自称虹叟、滨虹散人，又题旧居为虹庐和滨虹草堂，滨与宾经常互用。又他家院中，有一座假山石，形如灵芝，大家都称之为石芝，因而名其斋为石芝室。蜀人张爰号大千，宾虹早年也号大千，且在张爰之前。刘海粟以七上黄山自豪，宾虹则九上黄山，胜于海粟。

## 李大钊的即景诗与邵洛羊的诗意画

报刊上发表过许多纪念李大钊革命先烈的文章，什九是谈他怎样宣传马克思主义，怎样创始中国共产党，又怎样壮烈地牺牲。至于有关他文化方面的事，谈得比较少，似乎也应当谈一些吧！

李大钊，河北乐亭人，字守常，一八八九年生。一九一三年留学日本，返国后，曾主北京《晨钟报》笔政。一九二〇年，任中国学会等团体代表，在北京陶然亭开会，李大钊和周恩来、邓颖超一同出席会议，认识了很多政学方面的人士。他和沈尹默很友善。沈任北京大学文学系教授时，曾介绍过两个人进了北大，一为陈独秀，还有一位，便是李大钊。大钊担任经济学教授，兼图书馆主任。陈独秀编辑《新青年》杂志，即请大钊为基本撰述人。苏联十月社会主义革命后，创办《每周评论》，笔锋犀利，言中肯要，深得社会欢迎。他的著作，一九三九年，上海北新书局为刊《守常全集》。一九四九年再版时，觉得他的作品，颇多散刊在杂志报章上，没有收入，称全集很不适当，就改为《守常文集》。一九五九年，李乐光方行搜罗补充，出版了《李大钊选集》。另有贾芝编辑《李大钊诗文选集》，都

由人民出版社出版。此后有赵征夫为作《李大钊传》，日本学者丸山松幸、斋藤边彦合编《李大钊文献目录》，听说还有人在编《李大钊年谱》，他的文化生活，不难在这些书中找到。

李大钊，方方的脸，额角开朗，剪着平顶的短发，蓄着浓黑的髭须，带有几分威仪。写的毛笔字，苍劲有力，显然在八法上是下过功夫的。著作有刚的方面，以政论为代表，刚的弩张剑拔，大义凛然。有柔的方面，以诗篇为代表，柔的月白风清，自高标致。这好比鲁迅名句："横眉冷对千夫指"，这是何等的刚。"俯首甘为孺子牛"，又是何等的柔，具有对立面，是同一机杼的。

上海画学理论家兼画家邵洛羊，曾以李大钊的山中即景诗为意，绘成两幅山水画。一，"云在青山外，人在白云内。云飞人自还，尚有青山在。"二，"是自然的美，是美的自然。绝无人迹处，空山响流泉。"诗情画意，起相扶相依的作用。用形象体现了抽象，从浩瀚峥嵘、秀逸旷远中，表现出李大钊崇高的品德和美好的理想及对生活的追求。

很可嗟惜的，李大钊于一九二七年，被军阀张作霖逮捕，四月二十八日，英勇牺牲。

# 俞平伯幼受曲园老人的熏陶

俞平伯的曾祖父、清朝著名国学大师俞曲园

德清俞平伯，名铭衡，生于一九〇〇年，去年（一九八〇年）八十寿辰。他学识渊博，著作等身，海内外人士，都为他遥举杯觞，以代华封三祝。

平伯乃曲园老人的曾孙，老人享耄耋之寿，故平伯幼年，犹得亲沐老人的教泽，可谓异数。当他四岁时，未上书房，由他母亲教读《大学章句》，有时长姊教他读唐诗。每天晚上，由保姆抱到老人居室内，以循定省故例。某晚，他玩得很高兴，直至八点多钟，该回屋去睡觉了，他还是赖着不肯走，经多方催促和哄骗，才勉强离去，临行却对保姆等念了一句："送君还旧府。"这句原是他长姊教他的唐人诗，恰巧合着当时的情况。一时听到的都很惊喜，老人更掀髯大笑，连呼可儿！即忙写信告诉平伯的母亲。原来平伯的外祖许祐身，任松江知府，

俞平伯《咏红梦》手迹

平伯的母亲赴松江归宁，这封原信，平伯一直保留着，奈于"十年浩劫"中失掉了。

平伯七八岁时，老人命他每晚来做功课。他凭着方桌，一灯耿然，老人据着靠壁的大椅子，口授文字，以部首偏旁为序，如从木的为"松""柏""桃""李"等，从水的为"江""海""河""汉"等，命他一一写在用竹纸订成的本子上，较冷僻的字写不出来，老人写给他看，照样录下，每晚所写不多，时间也不长，但持之以恒，给他很大的进益。后来老人病了，才告辍止。他回忆有句云："九秩衰翁灯影坐，口摹苦帖教重孙。"光绪丙午（一九〇六年）中秋，老人于院中燃着香斗。这是吴中的俗尚，斗高数尺，可点整夜，斗的四周，遍插五色尖角的彩旗。他喜欢得很，因为看过京剧，武将背后插有旗帜，正想把斗中的彩旗拔下来，自己插在颈背间以壮威风，可是老人忽发吟兴，要大家联句，命他先开头。这一下，他搔头摸耳，大感为难，逼着逼着，才逼出了七个字来："八月中秋点斗香"，老人认为尚可，第二句是平伯母亲的："承欢儿女奉高堂"，第三句是平伯长姊的,已记不起来,老人结句:"添得灯光胜月光"。这事经过七十多年,成为旧话了。

曲园老人,当时有人称他"拼命著书",平伯传着衣钵,著书也很多,如《冬夜》《雪朝》《西还》《燕知草》《杂拌儿》《红楼梦研究》《古槐梦遇》《古槐书屋词》《读词偶得》《读诗札记》《清真词释》《俞平伯选集》,这一大堆书中,有新体诗、有旧体诗,有散文、有小说,有随笔、有考证,最近又有《唐宋词选释》,嘉惠后学,贡献很大。

他于丁巳(一九一七年)秋九月十六日,和许宝驯夫人结婚。一九七七年,又复岁次丁巳,梁孟偕老,整整六十花甲,平伯著《重圆花烛歌》,用古风叙述,某刊物上曾全篇登载。许夫人娴雅能曲,凡唱《西厢记》的,一般为《南西厢》,北曲传唱甚稀,而许夫人能唱北曲"哭宴"一折,由电台录音,既而录音被毁,兹又重唱试录,以二胡伴奏,成绩很好。

他夫妇俩居住北京数十年,而旧寓乃在吴中马医科巷,即"春在堂"故址,有"前曲园""后曲园""曲水亭""瑞梅轩""小竹里馆"诸胜,奈年久失修,亭榭倾圮,池水阻涸,重行修理,殊非易易。我想总有一天,能够得到修葺,恢复旧观,或许作为文物保护单位,以供四方人士的游赏。

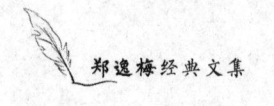

## 沈钧儒的"与石居"

沈钧儒,浙江嘉兴人,字秉甫,号衡山,生于一八七四年一月二日,前清进士,后东游日本,入法政大学,遂为当代名法学家。曾加入同盟会,参加辛亥起义,思想是很进步的。解放后,为人民政府领导干部,他的革命精神,始终如一。

他秉性坚强,特别喜爱石头。他的蓄石,与一般旧式士大夫不同,不当它为欣赏品,而是行旅的采拾,朋好的纪念,意志的寄托,地质的研究,因此任何石头,只要符合以上四项,便兼收并蓄。他的书斋,橱架累累,不仅藏着图史,而且列着大小不一的石头,石头都标着小纸片,说明这是从八达岭拣来的;这是从庐山五老峰拾得的;这是苏联拉兹里夫车站旁的一块石,列宁曾经躲藏在这个地方;这是伊塞克湖边的东西,唐代玄奘法师一度走过这个湖边;这是中朝边界鸭绿江畔国界桥的;这是罗盛教烈士墓上的;这是他祖上传下来先人摩挲过的,真是光怪陆离,不可方物。因此题了斋名为"与石居"。于伯循书,侯外庐加以识语:"右三字斋为民主老人属题,寓意深远,昔朱舜水鼎镌之下,有明志之句云:涅之缁之,莫污其白,摩专磷专,孰漓其淳,硁硁其象,硗硗其质,是非眩之而益明,东西冲之而不决。与石居其斯之谓欤！"他所蓄石，有赭有黄，有白有黑，有长有短，有圆有方，极蕴怪含灵，怀奇逞变之致，老人顾而乐之，自夸着说："不但拥有百城，而且囊括四海。"他的诗有云："吾生尤好石，谓是取其坚。掇拾满所居，于髯为榜焉。"很率直地作自道语。

谈到他的诗，亦不例外，富有革命性。邹韬奋这样说过："沈先生的人格的伟大，与爱国爱友爱同胞爱人类的热情，读了他的诗，更可得到亲切的感动。我希望他的诗能培养成千千万万的爱国志士，参加我们的神圣的民族解放战争，从艰苦奋斗中建立光明灿烂的祖国。"原来他和韬奋及李公朴等于一九三五年发起救国会，力主抗日。一九三六年，一同被捕入狱，为著名的"七君子"，当然相知更深的了。他的诗，由他的儿子沈叔羊编成一册，名《寥寥集》，中分数类，而以《在苏州时》，列于卷首。这正是被禁苏州高等法院的看守所的时期。这看守所恰巧和他幼时所住盘门新桥巷旧居很相近，他因有"新桥垂柳时巷，四十年光一卷舒"之句。又在狱中听李公朴等唱义勇军进行曲，又吴慈堪端午节饷以光福枇杷，都作为诗料。又李印泉送盆梅，他把棕缚解去有诗："无限商量矜惜意，先从解放到梅花。"也是意在言外。张小楼是公朴的岳丈，一再绘绿萼梅与怒涛送进狱中，博公朴解闷。公朴与老人同赏，老人一再赋诗，公朴羡之，因从老人学韵语，囹圄之中，居然逸兴遄飞，意志奋发。老人自己又说："有时正在盥洗，赶紧放了手巾，找纸头来写。有时从被窝里起来，开了电灯来写，想到就写，有的竟不像诗了，亦不管它，择其较像诗的录在本子上"。充满着革命乐观主义精神。

他长须飘然，额部微突，遥望之，几如南极老寿星。

一九六三年六月十一日，病逝于北京，八十九岁。他擅书法，其哲嗣沈叔羊所著的《谈中国画》，封面题签，即是他老人家的手笔。

附：

《与石居》

吾生尤爱石，谓是取其坚。

掇拾满吾居，安然伴石眠。

至小莫能破，至刚塞天渊。

深识无苟同，涉迹渐戋戋。

## 名医马培之入宫诊病

号称御医的马培之，本名文植，江苏孟河人。他悬壶吴中，声名很盛，因此吴人便把他所设医寓的一条小街，称为"马医科巷"，至今还是这样叫着。

一八八〇年，清慈禧太后患病，服药无效，于是诏征海内名医。时江苏巡抚吴元炳，以马培之应诏。马培之时年六十一岁，他平素听得"伴君如伴虎"这句谚语，诊治失当，罪必论死，于是心中惴惴，寝食不安，临行和家人告别，泣不成声。这年七月初六日束装首途。他的四儿紫辉，和两个仆人随侍北上，乘舟由孟河赴苏州，向苏抚报到，即寄寓其亲戚金养斋家。亲戚也为他担着心事，甚至占牙牌数以卜吉凶。然后乘小轮船赴沪，再由海船往天津，谒见李鸿章。既而乘车进京，在景运门外，由忠观察导见恭亲王、王夔石侍郎及太医院院判李卓轩。李询问他的年岁和经历后，便告诉他慈禧太后的病状，约于二十六日进内引见。先见慈安太后，太后面东正坐，座前供一长几，光绪坐在几前，马即行一跪三叩首礼。慈安询问了他一遍，嘱他慎重将事，然后令他退至长春宫候懿旨。有人见他胸前没挂朝珠，有失仪表，向内监取朝珠一串给他，以符典式。未几，

一太监传进,至礼元殿,立阶下。内殿开启,他随太医院李卓轩进内殿。慈禧太后面东坐,前设小几,垂黄纱帘幕,行一跪三叩首礼,内务府大臣跪在左面,太医院李卓轩跪在右面,慈禧命他进诊,马膝行至几前,几上置两小枕,太监侍立两旁,启帘请脉,细察病情,奉旨后,由马面奏,随即退至东配殿处方。先呈内大臣诸侍医看过,嘱医士用黄笺恭楷进呈太后,太医院更把所用的药,根据医书,用黄笺标记,由总管李莲英递进。兹把所处的方剂,录在下面:

"七月二十六日,臣马文植恭呈慈禧太后:脉息,两寸虚细,左关沉而微弦,右关沉小带滑,两尺沉濡,缘积郁积劳,心脾受亏。心为君主之宫,脾为后天之本,二经受病,五内必虚,不能生木,木失畅荣,脾乏生化之源,荣血内损,以致经脉不调,腰痠、肢体倦怠,谷食不甘,寒热时作,经所谓二阳之病发心脾是也。谨拟养心调脾之剂进呈:当归、白芍、白术、淮山药、生地、茯苓、陈皮、牡蛎、合欢花、红枣、藕。"(分量漏列)

这样诊治了多次,慈禧病情好转。一时王公大人纷纷请他诊病。他战战兢兢,深恐一有失误,易致杀身之祸,他便自己伪装有病,故意晕跌于地,才得乞归田里,释了重负。

马培之生前撰有《纪恩录》,记这事很详。我友吴绮缘的父亲从马学医,曾录一副稿。绮缘生前把这副稿给我阅览,我当时录一概况。至于马的原稿,不知是否保存,绮缘下世有年,恐副稿也不知去向了。

## 张謇、沈卫争状元一席的内幕

封建统治者以科举笼络人心，束缚思想，而一般知识分子沉溺其中，不能自拔。父责其子，兄勖其弟，在科场中出人头地，博得一举成名天下知的状元郎，借以光荣门楣，这种遗毒由来很久的了。秀水沈淇泉（卫）点了翰林，颇以未能独占鳌头为生平遗憾。

抗日战争前，沈淇泉为海上寓公，孙筹成和他有戚谊，很是契洽。有一天，汪柳门之子某，托筹成转请淇泉写一小幅，筹成踵门代求，淇泉说："这是狭路相逢的冤家。"筹成莫名其妙，问其究竟，才知道淇泉本有状元之望，却被汪柳门一言丧邦压抑掉。当时淇泉撰有《佹失记》，自鸣不平，奈记中牵涉许多名流，褒贬左右，未免有所顾虑，因此藏诸私箧，秘不示人。淇泉既逝世，该手稿被王蘧常所获。筹成和蘧常为表兄弟，便借录一通。曩年襄园茗叙，筹成出所录副本假我一阅，虽寥寥数页，却属绝好科场掌故。

淇泉为清光绪己丑恩科，受知于顺德李芍农、衡山陈伯商，始膺乡荐。庚寅二月，北上应保和殿复试，四书文题《耕者九仕者世禄》，试帖诗题：《经涂九轨》，得"经"字。

淇泉结联："车同钦盛世，机巧黜重溟。"因其时维新人士，提倡筑铁路，而顽固派反对甚力，该卷大为汉军徐荫轩所赏识，置诸第一，且进呈光绪，亦领首称善，一时朝贵争相延誉，期以大魁。不料在此紧要关头，淇泉忽得母病急电，即仓卒南下，三年丧服满，再度入都，先补贡士，复试列一等，继补殿试。这时衡文阅卷的大臣，都喜培植自己的得意门生，借此夸耀。黄慎之颇思擢拔淇泉，阅卷一过，向淇泉翘着拇指说："好好！"可是翁同龢却拟擢拔张季直（謇），于是季直成为淇泉敌手。淇泉向慎之探季直卷，慎之说："不兴不兴"！过了三天，淇泉至乾清门往听胪唱，忽有人从稠众中拍淇泉肩，长揖道贺，其人自言江西徐姓，素喜相法，特来访觅状头，并谓："己丑曾相过李盛铎，认为可登高第，李果然中了榜眼。今日相君，紫气布满天庭，必获首选无疑。"淇泉笑着道："状元已有人定去。"便拉了徐某往访季直暗相之，徐左右环视，退谓淇泉："此君秋气满面，必分刑部，即翰林亦不能得，遑言状元，请放心可也。我寓鸿升店某号，明日请我吃喜酒，不验打招牌。"一笑而散。淇泉当然很得意，以为状元可稳稳到手。岂知在评定甲乙之际，翁同龢力诋淇泉卷，盛誉季直。张之万不赞成，认为"季直卷字迹干枯，无福泽，其人必老迈，不宜为多士之魁。"翁乃商诸汪柳门，汪谓："沈淇泉为了母丧，是庚寅补殿的，如庚寅得状元，那么新科没有龙头了，不妥不妥。"并把这理由直陈张之万，最后便决定取季直卷为第一，以淇泉补殿试故，抑之又抑，而把尹铭绶、郑叔进、吴筼孙递升为榜眼、探花、传胪，淇泉仅点翰林。

淇泉不但黄慎之赏识他，许以魁元，同时邵友濂于淇泉北

行之先,便猜可得鼎甲。费屺怀也预祝淇泉获得状头。淇泉说:"这不敢妄想。"费说:"我两人可赌一东道,君得元,以一万字小楷屏赠我,不得,我罚如例。"及揭晓,费大力扼腕,说:"出于意外,东道输了。"过了一个月,果然持赠小屏八帧,书画各半,淇泉始终宝之,作为纪念。而汪柳门以淇泉被抑,由于他的一言,事后颇有歉意。旧例有新贵订期同谒师门之举,洪泉也随众至汪宅,凡二百数十人。汪嘱当差谢客说:"大人累了,向诸位道乏,改日再见。"于是诸人纷纷散去。当差又传命:"哪位是沈卫沈老爷?大人吩咐有话说,请慢走!"淇泉既入,汪亲为解除冠服,延之上座,款以茶点,且说:"老弟不要介意,此次固然抱屈,但鼎甲亦不过一时高兴,于将来名位绝不相关。"敷衍一套,也就算了。

沈卫书法对联

## 老报人史量才的机关密室

《申报》创刊于一八七二年,直至一九四九年休刊,历时七十七载,无怪人们要在《申报》二字上加一"老"字,称为《老申报》了。当时该报的老报人很多,先有陈景韩、张蕴和,后有史量才。史的往事,谈的人很多,但还有没谈到的,不妨补谈一些。

史量才

偶访钱须弥老人。他和史量才是很熟稔的,他告诉我,史量才主持《申报》时,住居沪西哈同路(现名铜仁路,解放后,一度为市教育局办公处),华屋若干间,美轮美奂,高爽轩畅,有草坪,有假山,奇木佳石,拱挹映带,极游娱宴飨之乐。须弥当然常去,为入幕之宾。有一次,午前去访史,这时没有其他宾客,量才留他午膳,说:"这儿有一个所在,您从未到过,我们就去那儿进餐吧!"那时,不知怎么一下子座后的两面大着衣镜,忽地自动移开,其中具有一门,抠衣进入一密室,真如武陵渔父到了桃花源,为之讶异不置。那密室陈设精雅,沙发上铺着极名贵的海龙软垫，四壁书画，都是一时名流吴昌硕、吴湖帆、赵叔孺等的作品。且有多宝橱二具，什么商彝周鼎，秦砖汉瓦，以及古俑玉佛、瓷盎晶章，陆离光怪，为之目眩神迷。既而肴核纷呈，无不充肠适口。须弥问他："设此何用？"他说："沪上匪氛太炽，这是用以逃避绑票的。"须弥尚觉这儿有进口没有出路，未免美中不足。他连说："有，有。"即领须弥至后间，在墙边一按，顿现一仅能容身的小洞，说："万一急难，那就不能不钻一下狗洞了。"说得两人都笑了起来。

史量才死于一九三四年十一月十三日。死前他患着胃病，根据医生的劝导，须好好地休养。他就赴杭州西湖疗养，可是他不耐寂寞，且上海事情急待办理的很多，小住了一个时期，即欲返沪。他自己有新型的汽车，就和他的儿子咏赓，和儿子的同学邓祖询，一同乘着汽车，从公路开往上海。讵意开到海宁附近翁家埠大闸口，忽有暴徒拦路开枪，史氏和邓祖询及司机黄锦才被击毙，咏赓肄业之江大学，是一位体育运动员，行动矫疾，竟未遭殃，馆方得讯，已在夜半。十四日报上，一定要载着这项新闻和启事，这却不易措词，成为一个难问题。在馆方深知史氏的被刺，有两个原因，一是《申报》社论，曾有一篇《剿匪与造匪》，不满蒋政府而加以尖锐的讥讽。二是史氏曾以中南银行代表名义，出席南京经济会议，会议主持者要他认购巨额债券，史氏当场拒绝，并把情况揭载报端，因此触忤了蒋政府。蒋便不择手段，下此毒手。凡这情况，在蒋政府统治下是不能发表的，发表了那就影响今后报纸的发行。但又不能讳莫如深，完全不提，这就大费斟酌了。这时编辑人员大都回家，只有少数负责的留在馆内，奈无人肯勉为其难而毅然执笔。经过商讨，认为惟一的办法，就是请赵叔雍来。可是赵

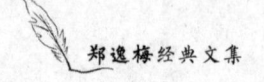

已回到南阳路惜阴堂的公馆，便打电话去请他立刻来馆，岂知赵不在家，和钱须弥一同外出。馆方一再打电话到钱家，钱家也不知道到哪儿去，无从找寻。实则赵喜冶游，开了旅馆房间，请钱招一交际花来作伴。钱固老于花丛，当然门径熟悉，一招便到。赵偎依甚乐，钱即返家。家人告诉他《申报》馆来了很多电话，急找叔雍。钱立刻赶到旅馆，时叔雍已入睡，敲门催起，赵驱车赴馆，排字房工人等待发稿，急于星火。明天报上居然揭载史量才被刺消息，如帷灯匣剑，隐约其辞，即出于叔雍的手笔。史的儿子咏赓，现正担任《申报史》的编撰，这段往事，大约在《申报史》上占着一页吧！

大亨一词出现于清末的上海，是上海方言中专指称霸一方的帮会头目或达官巨富。然而"大亨"一词，并不是中国的"土产"。十九世纪中叶，英国人约翰·A.亨生（John A Hanson）发明了一种在车后驾驶的双轮小马车，并以自己的名字为此马车命名，"亨生"几经改良，成为豪华私人马车。1880年后进入上海，被称为"亨斯美马车"。华人中第一个拥有"亨斯美"的人是《申报》老板史量才，还是花费了数十万两之高价从一个德国人手中买来的。于是上海人就将拥有这种马车的人称为大亨。后来引伸开来又把称雄一方者叫作大亨，并一直沿用到了今天

# 首创中文打字机的周厚坤

打字机,为轻便印刷机的一种,原只适用于西文,因为西文用二十六个字母拼成,比较简单,而中文是方块字,和西文拼音字不同,不易办到的。不意在一九一四年秋间,上海商务印书馆居然在没有办法中想出办法,创造了中文打字机。我早年的同学华吟水,他服务商务印书馆数十年,和我谈到过这件事。情况是这样的:

前清末年,有周厚坤其人,留学德国,他很想仿西文打字机创造中文打字机,课余之暇,专心研究,后来学成归国。这时张元济主持商务印书馆编译事宜,听说有周厚坤拟创中文打字机,便招他来,一谈之下,很合意旨,即请他进馆,专力担任中文打字机的设计和制造工作。虽然经过几次失败,但周厚坤仍抱着坚强信心,潜思冥想,一心要把它造成,终于在一九一四年秋制成第一架中文打字机,当时称为铅版打字机。张元济大为称赏。但该机有一缺点,机上铅字是下向的,纸张衬在下面,字有否错误,很不容易辨察。正想改进,岂料周厚坤忽因事离职他去,未能继续研究。而中文打字机既具雏型,那文教界人士纷纷前来参观,尤其东瀛人看到后,非常艳羡,偷偷地仿造，并加以改良，居然行销于市，以博利润。

商务印书馆方面，自周厚坤离职，复请舒震东续行改进，把周氏所造的和东瀛人所改良的，相互参考，几经试制，于一九一六年，制成舒震东改良中文打字机第一式，后更制成第二式，但使用时还是不很方便，直至第三式，制成十架始向外销售，其时是一九二五年。再经改造，成第四、五式，形式虽较美好，实际用起来还是不够便利，所以用户不很欢迎。后经用户提供意见，改成第六式，横直都可打，使用时指挥自如了，就向工商部注册立案，获得专利权。

这第六式打字机，当时每座定价二百四十元，商务印书馆且在报纸上大事宣传，称为"是新式办公室中最忠实、最精细、最迅速亦最经济的缮写器"。更列六大优点，一、字体："大小适宜，用以缮打公文书信，学校课卷，商业文件，字迹鲜明，行列整齐，既便观看，又省纸张。"二、容积："机身大小，与西文打字机同。全机容字五千七百余枚，通用文件，足够应用，标点符号、注音字母、西文字母、阿拉伯数字、夹注字等，一切齐备。"三、检字："文字排列，均照字典部首，一经练习，检觅甚易。"四、复写："衬用复写纸，每次可打同样者八九份。"五、速率："粗知文字，即可练习，练习一月后，每小时可打千余字。"六、印刷："打于蜡纸上，即可用以油印。如用石印汽水纸，将浓厚之黑色炭酸纸衬打，落石后可以石印"。

"一·二八"战役，商务总厂被毁，中文打字机只得移交外厂承制，商务印书馆只尽销售之责罢了。

## 马太龙谈溥仪出宫经过

"仓皇辞庙日,垂泪对宫娥。"这是南唐李后主被逼离宫时的哀语,不料末代皇帝溥仪,却作了历史的重演,这是一九二四年,鹿钟麟受黄郛命,驱逐溥仪出宫。某刊物曾记载其始末,但据马太龙所谈,颇有出入处。太龙为马衡(叔平)的哲嗣,马衡当时亦参与其事,亲身经历,而太龙趋庭所闻,那是有可靠性的。

马衡为北京大学的史学系主任,和马裕藻、马隅卿、马绳甫有"北大四马"之称,后又任故宫博物院院长。他寓居北京小雅宝胡同,和李石曾的干面胡同相去不远,二人常相往还。当年十一月五日,马衡在家养静,忽接李石曾的电话,问下午是否外出?答在家不出门,李便约定饭后来访。

下午,李果然乘着汽车践约,立邀马衡同去,问什么事,李谓:"到了那儿,您就会知道。"马衡只得盲从前往,车到了神武门忽地停驶,李请他在车上等待一下,不一会,卡车二辆,分载军警,雄赳赳,由鹿钟麟率领而至。门前虽有太监把守着,但在这军令森严下,不敢阻挡,也就长驱而入了。及至养性斋附近,一齐下车,直闯进去。这时溥仪正在启着舶来品饼干匣,

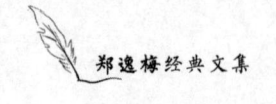

皇后婉容在旁，执刀削着苹果，突然见到戎装佩刀的来人，惊慌失措，急忙跪下，婉容也屈着双膝，哀求救救我们两口性命！鹿立保决不危害，但必须即刻离此，已安排好醇王府给你们居住。

溥仪和婉容恳请稍宽时日，俾得有所准备。这时外间枪声连续不已，鹿加以恫吓，说："倘不即走，那么军队哗变，就难于设法了。"便备车四辆，溥仪及婉容同乘一车，侍监等随同离宫，并把各室各库房遍贴清室善后委员会封条，一一封闭。这时忽见一遗老某趑趄其间，鹿传命搜查，在遗老某身边搜查出一马褂及一书册，严辞诘问，某答以"皇上匆促出走，穿衣不多，这个褂儿，拟送呈御寒。这本册子，乃皇上天天临写的字帖。"石曾即请马衡加以鉴别，马衡阅后说："这个马褂，任他带去，至于书册必须留下。"原来这书册是王羲之的《快雪时晴帖》，为艺苑之瑰宝。

太龙浙江鄞县人，名震，别号山雨亭主，又号风楼老人，今年已七十五岁。寓居沪西愚园路四百七十弄，楼室轩畅，砚盎井然，即他尊人马衡晚年的故居"凡将斋"。

他渊源家学，擅四体书，行楷取法褚遂良、李北海，又参以北魏《石门铭》《郑文公碑》，故苍劲中姿媚跃出。草书得力于怀素、孙过庭，隶则兼学《礼器》《史晨》《华山》等碑。篆则出于金文、古籀、石鼓等刻。

曩时沈尹默常趋"凡将斋"，饮酒挥毫，遄飞逸兴，太龙亦随侍其间，多所请益。马衡以治印负盛名，有时不暇应付，使出太龙代刻，太龙受其翁熏陶外，又揣摹让之、扔、叔昌硕诸家，更以金文、甲骨、秦汉碑入印，尤具古泽。边款效法陈秋堂，可以乱真。沈尹默、李宗仁、于右任等所用白文大印，

即出太龙之手。其弟子沈宽，为钤拓印谱四册，一自患着目障，小印及牙章，辄由沈宽代镌，太龙又精古印度佉卢文，曾任教中央大学，继傅斯年授英国文学史，且译雨果的《悲惨世界》，真可谓多才多艺了。

# 周退密谈上海第一号汽车

上海第一号汽车，大家都知道是四明巨商周湘云的。我所撰的《上海旧话》一书中，曾有这么一段的记述：

"周湘云在工部局方面花了很大的代价，捐得汽车第一号的执照，引以自豪。那汽车司机，必须领有执照。当时大名鼎鼎犹太人欧爱斯·哈同司机的执照为第一号，因此哈同很想用第一号司机驾第一号汽车，成为珠联璧合。便和周湘云相商，请他情让，可是周湘云坚不答应。哈同靠了他的恶势力，特地雇用了一批流氓预备等待一号汽车出来，一拥而上，夺取执照，按租界章程，如此行径，最多罚款了事。结果这消息给周湘云听到了，把这一号汽车，终年锁在汽车间里，不再驶出。后来绑票风气大盛，一号汽车太引人注意，越发不敢乘坐了。"

目前晤到湘云的侄子周退密，谈及这件往事，才知我的记述错误了，大家的传说也错误了。这辆第一号汽车，不是湘云的，而是湘云的弟弟纯卿的。纯卿也是一位巨商，有花园在沪西华山路，取名"纯庐"，占地四十亩。可是他患着精神恍惚症，平时闭门谢客，外间知道他的不多，不若其兄湘云名声的响亮，因此第一号汽车，便传说是湘云的了。

一九四五年，纯卿病逝上海，出殡的一天，盛列仪仗队，大事铺张，曾以一号汽车，拖运灵柩，招摇过市。实则一号汽车，为十九世纪末期的出品，式样陈旧，行驶时摇摇晃晃，车窗玻璃也往往琤琤作响。车头两盏灯儿，又很笨重，一无可取，真如处士般所谓纯盗虚声罢了。

周氏长袖善舞，也颇风雅，喜爱文物书画，收藏之富，可和庞虚斋相媲美。尤其退密为后起之秀，名昌枢字季衡，一九一四年生于故乡四明。童龀时，肄业清芬馆，从名宿黄际云拔贡，攻读经史古文，和那著《竹人三录》的秦彦冲为同砚。他聪颖异常，窗课"钼霓触槐论"，文词纵逸，别有见解，大为老师所赏识，认为可造之材。一九三〇年，入上海中医专门学校，未卒业，改从四明名医，也就是他的岳丈陈君诒习岐黄。既而因其胞妹昌芷患脑膜炎死，认为中医诊断无佐证，中药少特效，便改习西医，进上海震旦大学医科。奈体弱多病，功课繁重，又改习法律，毕业后，一度任律师。震旦大学是重法文的，由于他法文造诣很高，大同大学聘他教法文，和施蛰存为同事。解放后，任教哈尔滨外国语学院。一九六四年，才调来上海外国语学院，任职至今。编写《法汉词典》，出版行世。

他渊源家学，十二岁从他的尊人，习《说文部首》，临写《篆书建首》，此帖为乾嘉时拓本，迄今他犹保存着。他的尊人，在竹臂搁上，篆"耽书是夙缘"，他把这五个字奏刀镌刻，居然成品。他于书法，喜王觉斯、倪鸿宝，一度临翁覃溪的小真书，得其神髓，兰陵左诗舲孝廉见之，谓足以凌轹时辈。曾撰《论书绝句》四十首，又性嗜印章，著《论印绝句》二十四首。平生藏秦汉瓦当及砖文甚伙，常用老子语"道在瓦甓"，倩高式熊、钱君匋刻为印章，钤于拓片上。又用顾贞观寄吴汉槎"金

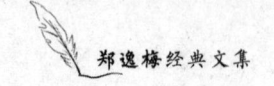

缕曲"首句，刻"季子平安'四字，那是柳北野的手笔。他的诗集，为《忍冬华馆诗稿》，忍冬华，为其尊人最喜爱的花木，既可入药，又供观赏，植于庭除，老干蟠拿，别饶意致，花时清芬四溢，一室皆香，诗稿命名，殆有孝思不匮之意。擅填词，著有《石窗词》，我为他作序，其中多师友唱酬，夫妇涉胜，以及赏花题画之作。刻有"老去填词"印，则是用小长芦钓师"解珮令"句，也是很恰当的。搜罗文物，有魏正始的"高勾骊残碑"，是发现此碑的吴光国自己的藏本，有吴氏亲笔题跋，尤为可珍。又"汉三老碑"，今在杭州西泠印社，而他所藏，则为该碑尚在客星山周氏时所拓，亦与西泠所拓，有上下床之别。又无意中获得"秋海棠赋"手稿，书作小行楷，寓娟秀于古朴之中。他一见即断定为阳曲傅青主真迹，及考文内所及年月，与霜红龛的出处年月，完全吻合，引为奇遇。又藏"天发神谶碑"三段的整张拓本，也极难得。又"四朝名画册"，那是溧阳叶志诜平安馆旧物，虽其中宋画，未必是真，但其它都是前人精构，足以怡赏。又有从印度流入中土的牙雕孔雀明王像，高五寸，宽亦五寸左右，法相庄严，孔雀羽毛作开屏状，雕镂细入毫芒。有戚串求助于他，他没有现资，便把这珍品慨然给戚串易钱了。

## 孙筹成谈临城劫案

轰动中外的临城事件，发生于一九二三年五月五日。在津浦线的山东临城车站附近，有土匪二千名左右，劫掠浦口开来的火车乘客，内中有许多英美人和日本人，因此成为国际上的严重案件。事件发生后，外人提出抗议，北京军阀政府不得已便收编土匪头子孙美瑶部队为正规军，并任之为旅长，到六月十二日才将所有外人，全部放回。港报耿昭君曾写了一篇《绑票大奇案》谈这件事，且涉及孙筹成其人。

孙是浙江嘉兴人，名福基，前清秀才，辛亥革命时参与作战，因有"戎马书生"之号，参加"星社"和我是数十年的老友。临城事件，他当时身入匪窟，并见过孙美瑶，所知是很详细的。他告诉我："孙美瑶时年二十五岁，圆圆的脸，穿白纺绸长衫，简直是一个白面书生。匪群因他富有机智，尊他为'当家'。他的叔父孙桂枝为'老当家'。桂枝年四十多岁，貌很苍老，蓄着长须，穿青布长衫，一副乡愚状态，岂知这样的叔侄两人，竟呼啸山林，为剧匪之魁，的确人是不可貌相的。"

劫去中外乘客二百多人后，匪方防着官军追击，故意把西人列在后面，让他们高举双手，挥着白巾，以示不可冲突，免

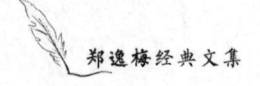

伤生命，官军投鼠忌器，只能看着他们远遁，毫无办法。山上有"巢云观"，肉票囚禁在观内，距车站有数十里，且都是山路，崎岖难行。这时两匪挟着一客，疾走如飞，被劫者平素养尊处优，车舆代步惯了的，一旦半拖半走，非常狼狈，鞋子落掉的很多，致脚底被砾石擦破，流血涔涔，及到匪窟，什九面无人色，倒仆于地，灌以姜汤，才得苏醒。西人在住宿上较为优待，搭着高铺，华人卧在地上。华人中有能操英语的，委任翻译，也得和西人同样待遇。

华票中有尤筱林老翁，年逾古稀，忧惧致病而死。有陈世馨夫妇二人被掳，各禁一室，陈疑其妻被匪强作压寨夫人，愤而自山上跃下殒命。其他死于病的续有所闻，官军无法挽救。因为西人被绑，军阀政府深恐发生外交问题，即命山东督军田中玉办理此案，田亲到枣庄，和孙美瑶代表谈判，奈孙提出条件太苛，不能接受，便呈报当局，主张痛剿。孙美瑶撕去五票，也表示决裂，造成僵局。后由齐燮元派徐州镇守使陈调元与江苏交涉员温世珍，会同地方士绅及总税务司西人安德森前往，与匪方举行会议。上海总商会也集议设法，协助援拯，推闻兰亭、冯少山及孙筹成代表总商会，亲赴临城枣庄，并随带食品衣服药物以为救护。于是枣庄与抱犊崮之间，特设通讯机关，被难人士纷纷致书家属，由孙美瑶特制邮票，票作长方形，上盖英文年月日的紫色木戳。官匪双方同意，每天邮信有数十件之多，寄费倍蓰于常函，至今集邮的仍把它作为珍稀之品。

闻、冯、孙三人与匪方谈判，经过许多曲折，闻、冯二人先返，孙筹成与陈调元、安德森却深入山中，居留多日。孙筹成一方面任上海《申报》《新闻报》的通讯员，经常以个中消息，发表报上，引起社会人士注意，尤其被难家属更为关心。事后，孙筹成更把经过始末，写成《临城大劫案目击记》，共数万言，排日登载某报刊上。当时孙筹成居留山中，心中不毋惴惴。他知道那所谓"老当家"孙桂枝，经常写一字条，上盖"孙桂枝印"四字图章，经过步哨线时，可凭此放行。孙筹成乘人不备，偷打一印于空白纸上，以备危急时，即在纸上填写孙某某一名准予下山字样，作为护身符。事后他把这印纸带出，可是后来于迁徙中失掉，否则保存着亦是一特殊文献。

田中玉尚恐匪方要挟，特派飞机在抱犊崮上空回旋飞翔，作为侦察，表示如不听命，拟空中掷弹，与驻军双方夹攻，无非逼匪方及早就范。而陈调元能言善辩，晓以利害，态度忽而硬，忽而软，卒使匪方应允把中西肉票全部释放。匪军受编为正规军队，由安德森出保证书，孙桂枝出受抚书，陈调元、孙筹成一行人均在两书上签名。孙桂枝因编写匪军名册，通宵未睡，次日双目红肿，陈调元见了，亲把自己所戴的墨晶眼镜给他护目。孙美瑶不肯领。陈说："如此客气，不像自己弟兄！"硬要他接受。这一来，更使孙美瑶毫不怀疑，毅然听命。改编后，孙美瑶任旅长，但不到半年，便借端说他"匪心不改"，处以极刑。

## 哈同之发迹

欧爱斯·哈同在上海,堪称首屈一指的大富翁,最初在沙逊洋行,查察垃圾,从事卫生工作,他治事很勤。不久,得着居停的青眼,升为管账,天天坐写字间,不必再做马路巡阅使了。在他查察垃圾时,不知怎样结识了一位住在九江路曲江里过街楼上的中国女子罗迦陵,他做了一天很是疲乏,总要到曲江里过街楼上憩坐一回,和罗迦陵胡乱地聊天,似乎一天的辛劳,借此忘怀了。日积月累,两人的情感热度,已到了沸腾点,而哈同做写字间工作,生活也比较宽裕了些,就此两相结合,为同居之好。

哈同自娶了罗迦陵,真如一帆风顺,积蓄了许多钱,自己也买些地产小做做,获了利益,扩大又扩大,居然囊橐充盈,手头阔绰起来。他是十足道地的犹太人,犹太人的精密理财,是全世界著名的。加之他鸿运亨通,不多几年,他跳出了沙逊,自行组织哈同洋行,在静安寺路畔辟爱俪园,作夫妇双栖之所。他爱好中国艺文,在园中办仓学会,和仓圣明智大学,推崇造字的仓颉。据说他生于三月二十八日,和仓颉同日生,所以每年逢到诞辰,总要祭拜一回,典礼也是非常隆重的。曾刊印《广仓学会杂志》《广仓学会演说报》《广仓千家姓》,重辑《仓颉篇》

《仓颉篇残简考释》《广仓古石录》《广仓砚录》。我友周剑云，曾在那儿任过职务，哈同罗致的人才很多，如王静安、邵景叔、费恕皆、李汉青、张砚孙等，都是学术界的名流。他又喜欢甲骨文，刘铁云故世后，所有的龟甲，一小部分，就由哈同收买下来。又笃信佛教，乌目山僧黄宗仰，便是哈同礼敬的一人。山僧号中央，常熟人，工诗古文辞，旁及释家内典，无所不通，金山江天寺显谛法师为之摩顶受戒，赐名宗仰。山僧又善画，爱俪园的一水一石，一树一亭，都由山僧设计，所以别饶丘壑，具见意匠经营之妙。山僧一度赴日本，从孙总理为革命运动，有人注意他，山僧潜行归国，养晦爱俪园有年。清社既屋，许多宫娥太监，流浪不能生活，哈同大发慈悲，在园中特辟了几楹屋舍，招留他们居住，大有杜陵广厦之概。相传有一笑话，哈同提倡早起，他一清早便到园中散步，这时凡吃他饭的人，必须也要在那儿散步一番，表示不贪懒，不晏起，和主人一样，实则这班人打了一夜的雀牌，通宵达旦，才得二十四圈了局，于是打起精神，掩饰倦态，散了一回步，向哈同请过早安，便回到室里倒头便睡，蘧蘧蝶梦，直睡至傍晚始起。哈同有了财，那当然需要的是势，夤缘设法，在工部局中占着董事的一席，可是英人留难他，务须担任做一公众有益的事，才得进身。哈同便发愿斥资铺大马路，从跑马厅起，到外滩止，完全用铁藜木铺成，这铁藜木方方整整的，这时的代价，是每块一角半，共用去四百万块，雇一百二十个砌街匠。每工一角二分，凡两个半月始竣工，可惜如今损坏了许多，无从添补，变为七零八落了。哈同死，丧礼全用中国式，请刘春霖状元去点主，袁希濂老居士独放焰口，讣告是很大的一帧，他的夫人罗迦陵，亲信姬觉弥，义子义女等，累累一大串，成为柬帖中的珍品。

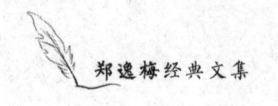

## 商团革命同志

我住在小花园的时候,对面宝安里,有一幢三上三下的房屋,住着一位名叫祝少云的,他喜欢买彩票。有一次,给他买着了一条白鸽票的头彩,那白鸽票每条一角,头奖一万元,现在的一万元算不得什么事,在那时却已轰动了全沪。老聃说的好,"福兮祸所伏"。那祝少云真的因福得祸。原来他的姨太太觊觎多资,便把所有细软,一古拢儿卷着逃逸,直把祝少云活活的气死。人去楼空,这屋便属万国的商团总会。名目虽为万国,实为中、美、英、法、俄、荷、西、葡、瑞、挪、德、日、意、匈、奥等十七国人士所组织。天晴,在跑马厅操演,天阴雨,则假南京路市政厅的体育场举行,约一百余人,计分二十余队,荷着枪,实着弹,大有赳赳武夫,公侯干城之概。每队又分 AB 两队:A 队以西人为多,什九为彼邦商界的领袖人物;B 队多普通职员。又有预备队,参加的大都为我国人。那时,租界上不许我国人挟枪通行,入了万国商团,那就可以肩荷快枪,通行无阻,所以国人颇以加入万国商团为荣,我也在这时加入为团员。记得总司令为英人克拨登,黄须长身,迄今脑幕上犹留深刻的印象。总董便是我们这位阿德哥虞洽卿。这样办理了多年，很有成绩。某次，《民立报》记者宋教仁，在斜桥西园开演讲大会，谓西人既有万国商团，我们也当自己组织全国商团。经他提议，当时就有六千人响应，那万国商团中的国人，具爱国热忱的也纷纷加入。其中有一位某洋行的小职员，粤人黄勋伯，他是全国商团中义勇队队员，住在虹口。某晚，一窃贼在邻家施其肚篋伎俩，越晒台，预备逃走，不知怎样被黄勋伯侦知了，他见义勇为，潜行上去，把那窃贼拦腰挟着，大呼邻人。那贼慌张极了，拔出匕首便刺，勋伯不放，被刺二十余刀，邻人出来把贼擒住，勋伯也就仆地而死。当时新舞台演员，大都加入全国商团的，为表扬勋伯的侠义，特编《王勋伯死不放手》一新剧，连日排演，由夏月润饰黄勋伯，演来热烈动人，大为叫座。那全国商团中人，蓄革命思想的很多，我参加革命工作，便是受这个影响。辛亥年，光复上海，由商团中的革命同志，拥护了陈英士，攻打制造局，当时团员中，牺牲了俞志伟、熊九松等四位，至今已三十余年，当时的团员大都物故，现由辛亥年光复上海商团同志会加以调查，尚存者计一百余人，年龄最小的，也已五十四岁了。听说，同志会已辟地沪南陆家浜，造一纪念堂，以纪念团中为革命而牺牲的烈士，并预备开办学校为百年树人之计哩！

## 火烧民立报馆

民立报馆设在望平街四马路口，门面是朝西的，由民呼报民吁报蜕变而成，主办的是于院长右任，当时称为竖三民，和戴季陶的《民权报》，吕志伊的《国民新闻》，邓家彦的《中华民报》称为横三民的，同为言词激烈的刊物。这时，为《民立报》执笔的，有宋渔父、章行严、徐血儿的论文，叶楚伧、谈善吾、陆秋心，和南社同人的小说笔记，内容充实，光焰逼人。那篇发刊词，出于右任手笔。右任别署骚心，所以文字上也含有屈子的骚意，大为一时所传诵。戈公振所辑的《中国报学史》，把这篇很长的发刊词，原原本本地钞存在《报学史》里，也就可见它的价值了。《民立报》自发行以来，销数为各报之冠，不料辛亥二月初六日，忽不戒于火，焚炀赫烈，祝融大施其威，竟把这舆论机关付诸一炬。但民立同人具有百折不挠的精神，对于言责，不愿一日脱卸，依旧要按日出版，当晚即在附近旅馆开一房间，由汪绮云、钱病鹤画师把本地风光作为资料，画成即付石印，用有光纸印成一大张，共二千份，明日照常销行，称为"民立劫火图"，这图我把它保存起来，且请聿光、绮云、病鹤亲笔提识，装裱成轴，聿光题云："化佛兄属题此图，因忆昔年诸社友合作精神，领导民众，今与诸君举杯相庆，然各鬓发苍苍老矣，聿光记于沪"，绮云题云："居今思昔，民国二十六年重见"。病鹤晚年，改为云鹤，题云："此画当时余与汪绮云老友合作，回首前情，恍如隔世，不胜今昔之感矣！化佛道兄，今于故纸堆中，检得裱背，属题以留纪念，二十六年五月一日，钱云鹤重客海上"。可惜《民立报》主办人于右老未赞一词，稍缓当谒访他老人家，倩他大笔一挥。这"劫火图"计分七栏：第一，"社员老谈，剃头一半，闻火便跑，险些遭难"。按老谈即谈善吾，该画把老谈的狼狈状态，活现纸上，对之令人失笑；第二，"伤心一炬"。画劫时的情形，烟焰弥漫，救火员正在用皮带灌水。第三，"手民火里逃生"。画着许多手民，缘着铁柱下来。第四，"殃及同居之笑林"。画着一个人挟着皮包，一足着鞋，一足只有袜子，慌张的想向窗口逃出，原来这人便是刘束轩，他借着民立报馆的余屋，办《笑林报》，听说束轩尚健在，晚境很不差。第五，"劫火中抢出账箱"。画着许多人，有的从扶梯上跌下，有的舁着账箱，希图出险；第六，"劫火前之民立"，巍巍的三层楼，很是气概；第七，"劫后民立之背景"，那已墙倾壁倒，瓦砾遍地了。记得民立报馆的对面，为《中外日报》，是张佩乙、王伯谦主持的，当时也饱受虚惊。民立报馆，后来迁到法租界三茅阁桥堍，结果被袁政府摧残了。

# 旧时的马车

在城市内，旧时的代步物是用轿子，后来也采用了旧式骡车。马车的使用是从国外流传过来的，所以最早坐马车的大多是些洋人，后来逐渐成为皇家的御用品。直到清末，除了一二品红顶花翎的大官外，其他官员尚不敢乘坐马车。后来风气渐渐转变，一班富商大员都纷纷自备马车，堂皇据坐，也就无所谓了。

在上海，第一个坐马车的，是钱塘人程定夷，他是个收藏家。接着坐的是江建霞、沈淇泉两位太史公，他们都很穷，但为了摆阔起见，认为无马车进出，则有失身份。当时报上曾载打油诗一首取笑："阔得如此穷，穷得如此阔，江浙两翰林，江三沈十一。"原来江建霞是排行第三，沈淇泉排行第十一。国人的马车在租界内行驶，是不得超越洋人马车的，否则就是违章，被巡捕钞了号码去，要受罚款的处分。可见当时洋人气焰之盛。洋人看到前清官吏的服装，都是头戴缨帽，身穿箭衣，他们就将此作为马车夫的制服，只是没有顶珠，以取笑中国官员。日子久了，这种马车夫的服装，也就司空见惯，甚至满清官吏自己乘坐的马车，那车夫穿的也是这种带有侮辱性的服装，等于把它定了型。其时任新衙门会审官的满族人宝子观，他的马车夫穿着玫瑰紫色的箭衣，用黄绸镶边，头上缨帽也是玫瑰紫色的，缨儿是黄的，和箭衣一致，脚上还穿着高统靴，表示威武，真是恬不知耻了。

当时的马车多为四轮的，后来又从国外传入一种两轮的，名"亨斯美"（译音）。这种双轮马车较为精致，且属小型，车轮是用橡胶做的，十分轻便，并由阿拉伯种的高头骏马牵着，马身还披着锦毯，头上戴着小笠，笠上有两个孔，马耳可以露在外面。"亨斯美"马车在当时风行一时，大多是敞篷的，适用于春秋时节。四轮马车则有敞篷的，也有轿子式的，后者即名轿车，轿车的名称即由此而来。"轿车"的内部设备很完美配着晶莹的玻璃窗，外加浅碧色的窗帷，两旁且有插绢花的瓷瓶。天寒时在坐垫上覆着狐皮毯子，虽然外面风雪交加，但乘坐的人一点不受影响。那时凡属公馆人家，都有一间马车间，为停车蓄马之所。

马车有单马的，也有双马的。救火车都是用双马的。民国初年，袁世凯窃国称帝，派郑汝成任上海镇守使，镇压革命，郑气派十足，常用双马马车代步。某日，他趋车前往日本领事馆赴宴，双马马车经过外白渡桥时，被人击毙。

后来市上开设了许多马车行，供客雇唤，可以包租全月或全日。也有个人凑钱买了一辆半新不旧的马车，专门在马路上招揽生意，称为"野鸡马车"。直至一九三七年，上海市内仅剩下八辆马车，以后便完全淘汰了。

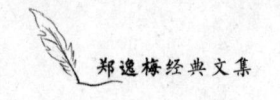

## 显赫一时之马车

现在通衢大道,是汽车的世界,风驰电掣般的往来着,几乎触目皆是了。但据游历过新大陆的朋友报告,在美国,汽车真充斥极了,不但每个商人都有一辆汽车,连得学童上学,都是人各一车;那么上海的汽车,尚没有到普遍化的程度哩!在数十年前,上海马车显赫一时,因此通衢大道,称为马路,那马字的由来,就是指这种衢道,是为通行马车而设备的。所以凡属富商巨宦,他们公馆里,都有马车间,停置自备的马车,和现在的汽车间一般无二。每逢暮春时节,夭桃著花,龙华道上,宝马香车,络绎不绝。那些马车上,大都载着丽姝美女,人面花光,相映似画。也有两轮而很精致的,称为亨斯美,往往大少爷们自己拉缰,在绿荫夹道的静安寺路上兜风,轻蹄得得,斜照一鞭,也是出风头的举动,但是这适宜于春夏。秋冬风厉,那当然要用轿式车,亨斯美便告绝迹,所以人家总雇佣着马夫,那些马夫锦衣窄袖,颇多俊美人物,于是姨太太姘马夫,闹成风流案件,时有所闻。也有开着马车行听候出差的,规模最大的,要推龙飞,地点在白克路派克路口,即今国际饭店后面,这时出差到龙华,大约每次二元四角。四马路为市中心区最热闹处,

旧上海街景

马车出游，必兜四马路，那些有闲阶级，每天下午，总要到四马路三万昌茶馆（今大新街口），沿阳台泡一壶茶，目的是看马车。其实马车没有什么好看，好看的，是马车上的粉白黛绿婴婴宛宛之流，还有那些破旧的马车，专门在马路上招揽生意，如大新街到十六铺，每人两铜元，但必须搭满若干客，始开行一次，否则价太低，马车认为不上算哩。十六铺到大新街的马车，大都停在大有水果行门前，这家水果行是商团司令江一南开的，江一南和革命同志秘密往还，那些炸弹，往往藏置在成束的甘蔗中，的确是大胆作风。一南且能画几笔花卉，人很风雅哩！又有三茅阁桥堍，也多这种马车，专供厮养苦力乘坐，穿长衫的不屑参加，当时马夫方面执着权威的，有四大金刚，这四大金刚都有诨号，诨号叫响了，真姓名反而不忆，一个是火烧木头，原来他黑而瘦长，外面却很有声势。一个叫跑龙套，或许是剧馆里做起码角色的。一个是癞葆生,他对于任何一家马车行都熟悉,时常为阔人御车,关外马贩来,都由葆生招待鉴别。他不但善相马,且善控马。一个是老升和,他色运亨通,那些长三妓女,往往和他有肌肤之亲。总之这种马夫什九有白相人气派,如遇相打,他们一呼百应。

  人家怕他们的恶势力,不敢奈何他们。可是有一回,却强人遇强,气焰大煞。原来大新街口,有一家老丹桂茶园,是夏氏弟兄月珊月润所开的,其实即南市新舞台的前型。勇猛武生张顺来,恰在老丹桂唱戏,他喜欢蓄画眉鸟的,戏毕,两手提着三支鸟笼,大摇大摆地走出来,一班马夫立在马路中,对于路过妇女,品头评足,施其吊膀手段,张顺来提着鸟笼过来,马夫不稍让开,熟视有若无睹,张顺来大怒,他是有着好身手的,就飞起左腿,马夫吃着一记耳光,右腿继起,又是耳光一记,可算两颊匀称,不偏不倚,马夫歪戴的帽给他击下来,马夫觉得来势凶猛,已非所敌,只得退避下来,自认晦气,不敢动手。

## 茶寮之回忆

记得宋徽宗说得好:"茶之为物,擅瓯闽之秀气,钟山川之灵禀,祛襟涤滞,致清导和。"茶和酒虽有联系性,可是酒性烈,茶味澹,酒若比之侠士,茶当喻之高人。鄙人喜欢饮酒,也喜欢喝茶,不过喝茶不到茶寮,总在家里泡着一壶,自斟自品罢哩!原来上海的茶寮,大都嘈杂非凡,极少洁雅之座。可是数十年前,那些茶寮,却有耐人逗留依恋的。爱多亚路棋盘街口,有一家丽水台,这时洋泾浜尚通着黄浦,临流高筑,明牖敞通,附近为花丛艳薮,彼秦楼佳丽,楚馆娇娃,搔首弄姿,色授魂与,故某词人有"绕楼四面花如海,倚遍栏杆任品题"之句,确是一种实景哩!青莲阁现在虽尚开设着,可是旧时的青莲阁,在今世界书局原址,最初名华众会,点石斋画报,且把华众会啜茗品艳,绘在图幅中,列入洋场景色之一哩!四马路上,又有阆苑第一楼,黄梦畹《沪事谈屑》谓:"阆苑第一楼,洋房三层,四面皆玻璃窗,青天白日,如坐水晶宫,真觉一空障翳,计上下两层,可容千余人,别有邃室数椽,为呼吸烟霞之地,下层则为弹子房,初开时,声名藉藉,远方之初至沪地者,无不趋之若鹜,后则包探捕役,娘姨姘头,及偷鸡剪

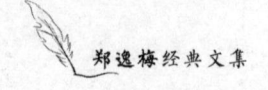

绺之类,错出其间,而裙屐少年,反舍此而麇集于华众会矣。"可知茶寮用玻璃窗,阆苑尚是首创。大马路永安公司原址为陶陶居,宵夜馆兼设茶座,据说尚是洗冠生出身处。陶陶居隔邻为一洞天,也是粤人开设的,大新街口,有华商消憩楼,当时也很有名。先施公司原址,本为易安居,招牌是杨守敬写的,卖茶并卖粤式点心。大马路盆汤弄口,有江南话雨楼,座客常满。大马路四川路口有老旗昌,卖菜卖茶,一般咸水妹都集合在那里,勾引那些水手鬼,几乎成为魔窟,妓女标会,必在画锦里一林春举行。白相人吃讲茶,拆姘头,大都麇集六马路的朝阳楼,和云南路的玉壶春,玉壶春是范刚律师的尊人所开的,范刚常出庭为强盗辩护,此中自有渊源哩!粤妓纷集棋盘街五号路口的同芳、怡珍,那两家是望衡对宇的,同芳装潢得金碧辉煌,兼卖糖果;怡珍兼设烟榻,备瘾君子的吞云吐雾,生涯很不恶哩!最雅致的,要推二马路洗清池隔壁的文明雅集,那家茶馆,是俞达夫开的。达夫,讳礼,别署随盦,浙江山阴人,为同邑任颐的入室弟子,人物花鸟,尽得师传,在上海鬻画,凡四十余年。中年后,改仿徐青藤,又参用金冬心笔法,画格为之一变,壬戌故世,年六十一岁。还有一家照相馆镜中人,也是俞所开设的,可谓生财有道,且物以类聚,那些书画家傍晚无事,总是不约而同到文明雅集来谈天说地,考古证今,更有一般喜弄丝竹的,又把文明雅集作为俱乐部。此中有一位擅弹琵琶的,曾刊行《琵琶谱》,可惜这人的名儿记不起来了。城里豫园一带,茶寮很多,湖心亭在水中央,尤为佳胜,又有鹤亭、船舫厅、绿波廊诸家,绿波廊的名儿,多么雅隽啊,后来被伧夫易称乐圃阆,点金成铁,不复使人注意了。

## 六个半高僧

儒家归宗于圣,道家炼修成仙,释家皈依我佛。所以在释家居佛第一等,菩萨次之,第三为罗汉,第四便是高僧。高僧谈何容易,非有大智慧,大愿力不可。民国以来,可称为高僧,为鄙人所熟识的,却有六个半:一印光,他著作等身,刊有《印光法师文钞》,有尺牍,有序跋,有杂记,不但蕴义妙奥,文笔亦极雅洁。可是他很自谦,人家呼他法师,他却自称粥饭僧,说法师不敢当。他把禅机作一妙喻,他说:"月丽中天,影现众水,不但江湖河海,各地全月,即小而一勺一滴,无不各个皆现全月。又江湖河海中月,一人观之,则其月与己相对,即百千万人于百千万处观之,亦皆各个与己相对,人若东行,月则随之而东,人若西行,月则随之而西,人若安住不动,月则不离当处,一人乃至百千万人,悉皆如是。菩萨于一念中,遍法界感,遍法界应,感应道交,无少差殊,与此一月普现众水,随人随地各见全月,了无有异。"他是陕西郃阳人,驻锡普陀法雨寺的藏经楼,晚年才往苏州灵岩,发扬佛法。有时到上海来,总住在南成都路的太平寺,这太平寺和供养庵相对,是毗陵盛氏的家庙,不轻见客,鄙人去,却很殷勤接见,回去了又和鄙人通讯，所以至今敝箧中尚有他的遗札哩！他八十三岁圆寂灵岩，灵岩造有纪念塔碑碣，上海觉园为建纪念堂，《弘化月刊》为他出生出纪念号。他法名圣量，别号常惭。二谛闲，是台州人，潜于内典，云游四海，到上海来，住南市海潮寺；鄙人去访谒他，恨相见晚，可是口音不通，谈话未免隔阂哩！三道皆，是北京法源寺的住持，从北京来沪，年已六十七八岁了，有很多的著作，当时鄙人就邀他在三马路禅悦斋吃素菜，那惮悦斋是八指头陀开的，现在已辍业多年了。四太虚，是提倡新僧运动的，具科学头脑，有文学修养，德佛学奥旨，编有《海潮音》数十期。记得有一次，某校请他去讲演，他就从佛学讲到理化，听的人没有不佩服他的渊博。鄙人和他相识很早，在光复时，社会党的会所，设在西新桥的仁济堂，太虚沈缦云马相伯等，都是社会党中坚，鄙人也是该党的一分子哩！五兴慈，住持法藏寺，把该持扩为十方丛林，来挂单的络绎不绝，这是多大的功德啊！六弘一，弘一便是南社诗人李叔同，风流倜傥，不可一世，早岁曾和鄙人同演新派剧，他幼化女儿身，饰茶花女一角，扮相很明艳，擅音乐，工书画，敝箧中尚有他所书的楹联和水彩画幅，作为纪念哩！他赁居上海法租界的卜邻里，和袁希濂、蔡小香、张小楼、许幼园，设文化社于南市青龙桥之诚南草堂，号称"天涯五友"，又和乌目山僧、汤伯迟辈，办海上书画公会，一时高邕之朱梦庐，都纷纷加入。辛亥革命后，应陈英士招聘，主《太平洋报》，为曼殊大师修《润断鸿零雁记》。出家后，严守律宗，每天子午卯酉做课，衲袄四季如一，和昔日的豪俊，判若两人，真是奇哉怪哉！还有半个头，要推宽道，他住持南市三昧庵，喜善举，没有宗教门户之见，抗战第三年，他募资三百多万金，救济各界。这种精神，洵属不可多得哩！

# 体育界先进

一洗数千年重文轻武的积习,那就要归功到几位体育界先进的了。据鄙人所知道的,一位是徐一冰,他是浙江人,瘦长条子,貌不惊人,留学扶桑,专事体育。返国后,设立上海华商体操会,把所学的柔软操、哑铃球杆操,教授国人,会址在南京路高阳里四号,操场却在北车站旱桥附近的王家宅,场址开旷,足容千人的操演。此中人才辈出,如王怀琪、钱琳一、金铁军、吴志青等都是。还有一位徐傅霖,那便是妇孺皆知的李阿毛,曾为商务印书馆编过许多体操教科书,这时他得风气之先,很博得社会人士的称誉。那体操会的学员,是男女兼收的,陆礼华和汤剑我,是女学员中的佼佼者。剑我喜驾自由车,傅霖是自由车同志,两人往往并驾齐驱地同出同归,打成火一般热,结果成了一对体育夫妻。剑我擅北魏书,可惜在十多年前故世了。傅霖故剑情深,至今他的家中,尚张着他先夫人的遗墨哩!徐一冰死,体操会

霍元甲先生遗像

1919年,孙中山为精武体育会写下"尚武精神"的题词

便告停止。精武体育会,也具悠久的历史,那大侠霍元甲,即该会发起人,他为洗雪"东亚病夫"四字的耻辱,特地有这组织,可惜成立年余,他老人家被日本人秋野阴谋致死,体育界殒去了这么一颗巨星,这是谁都痛悼的。霍元甲的入室弟子卢惠昌、陈公哲,继续办理精武会,使之不替,且时常请北方武术教师来,用个别法教导拳棒和其他武艺,成绩很不差。既而王一亭、吴志青、滕克勤,在南市陆家浜组织中华武术会,广征会员,最初很简陋,茅屋土阶,没有什么设备,后来才改建楼屋,由鄙人去请国父孙中山写"耀武楼"三字匾额,恰巧这时国父回广东,便托曹亚伯转求,居然蒙他写来。武术会有阅书室,鄙人又代求到章太炎写"修文偃武"四字。二次革命失败,武术会不能活动,也就销声匿迹了。这时,有位山东王子平,他是回教徒,硬功很好,和李景林、张之江是一流人物,民国五六年间,俄罗斯大力士康泰尔,在北京某戏院摆擂台,他能手折一寸长的洋钉,用电车铁轨荷在肩头,每端可悬十个人,很藐视我国人没有武勇,当时就有人怂恿王子平北上和他较量,王认为不必台上比赛,只须给他些颜色看,能让他领教就算了。康泰尔本定表演三天,每座售一元二角,价虽昂贵,可是卖着满座。第二天晚上,王子平和他在后台比赛,后台是泥地,两人握手

约十分钟而罢，看的人莫名其妙。翌日，牌上写着暂缓表演，康泰尔亦即他去。事后，有人去察看两人比赛的地方，康泰尔站立的所在，泥地上的皮鞋印，有二寸左右的深，可见他用力是很大的了，王所站处，只略有痕迹，那便是游刃有余的明证，才知康的他去，是铩羽而归。现王子平尚以伤科济世，有时晤见他，精神犹很矍铄，有什么义举，他还能有所表演哩！

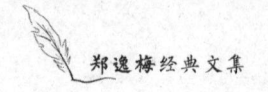

## 投军趣事

推翻满清，光复上海的原动力，大家都知道是义勇的商团团员，当时各领袖公推陈英士为沪军都督，把小东门大街海防厅改为沪军都督府。有人说，陈英士不过一新闻记者，没有军事知识，不能担此重任。有人却谓民主国家，为领袖的，不需要军事知识，有胆量便可。这沪军都督印，卒归英士掌握。这时，民政厅长为李平书，财政为沈缦云，王一亭副之，原来缦云设有信成银行，那是近水楼台哩！一切军队，均归都督统制，鄙人等六十余同志，在西园组织商团义勇队，或设防，或守仓库，各有职务，后来义勇队加入联军先锋队，攻打南京，这时张勋负嵎，非扫荡不可。联军先锋队总司令为徐固卿，吕志伊为参谋，黄克强子一欧，也在其中服务。徐固卿总司令，对于我们加入，很表欢迎，又补充了数十人，成为一中队。我们六十余位同志，各为小队长，那司务长由鄙人担任，便从西园移驻龙华寺内。当时来投军的很踊跃，先验体格，写履历入册，然后剪辫发，制制服，那时四金刚座下，都是剪下的辫发，有数百条之多。这时有个浑名小苏州的，他在六马路格致书院隔壁精勤坊，临时搭着矮房，操

陈英士雕像

陈英士之墓

柳敬亭技，颇能号召听众，他也蓄着革命思想，前来投军。又有一位湖州丝商某甲，他以为陈都督既为造时势之英雄，那么我忝属同乡，岂能不追其后，有所建树，于是毅然决然来投军。不料，明天他的大小老婆和一女儿寻到队里来，哭哭啼啼，并在地上打滚，鄙人认为既来投军，决不能后悔，

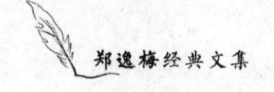

否则形同儿戏，某甲也很坚持，不为儿女情长，而短英雄之气。林康侯族人祖琪等三位，都是张绪当年的美少年，也来投军。龙华寺僧闽人俗姓萧名希能的，年三十余岁，躯体很为壮硕，他也愿抛了经卷，脱了袈裟为战场上的健儿，鄙人劝他既已皈依我佛，何必变改行径，他说入世出世，形异而道同，和尚也是国民一分子，岂能不出一分子之力，结果录入簿册，头既光秃，无须剪辫，制服皮鞋，却不可不穿；不料他的尊足，硕大无朋，皮鞋没有一双配得上，没有办法，只得穿了制服，脚上却套着一双僧鞋，上操场操演。现在他老人家为杭州灵隐寺方丈，能诗，和太虚法师很友善哩！那时的制服是黑色的，白边的帽子，左臂缠着白布，足穿黑皮鞋，队长每人一手枪，一电筒，饷每月七元，每人领两个月饷，预备一星期后出发，共编成三中队，鄙人为第二中队司务长。队长为刘舜卿，后被张勋杀死于龙潭，至今未葬。部署一切，夜车出发，这车是铁篷的，车厢中铺些稻草，人即憩坐其上，临开车时，许多同志的家属，都挽住不放，大有牵衣顿足拦道哭，哭声直上云霄之概，甚至横卧铁轨上，不让车辆行驶。鄙人的先母，也寻到车站，不许鄙人前去，鄙人不敢亲自见先母，恐见了被她拖住，不得脱身，所以托人代劝先母，说："此去并非打仗，到苏州去考察的，毫无危险性，你老人家尽可安心回去，稍缓可到苏州去望望他。"先母信以为真，才废然而回。

## 夜攻天保城

　　商团义勇队，加入联军先锋队，整队出发，乘夜铁篷车赴苏，在阊门外广济桥塊孤儿院暂驻，每天操练两次，上午七时，下午二时，每次操两小时，练习开枪射击，一星期后，奉命移至四十五标军营。某夜，鄙人等策马至宝带桥一游，到了那儿，把马系在树间，这时明月一轮，天宇澄清，宝带桥有五十三环洞，跨在澹台湖上，月光照在水面，莹澈无比，鄙人便和二三同志，闲谈散步其间，都以好男儿自居，愿为民族牺牲。于是胸中了然廓然，只知有国、有民族，把什么家室咧、子女咧、业产咧，都置诸度外。既而又谈到用兵和古今豪杰的成败，精悍之色，不啻当年的岐山方山子哩。过了一天，不料先母果然寻来，鄙人没有办法，托一同乡开四时春点心店的吴春宝劝先母返申（吴君也是来投军的），先母足足哭了一夜。今日回忆，深觉罪戾深重，对不起她劬劳养育之恩哩！军队生活，吃的是糙米饭，煮菜没有油。萝卜干几乎是每餐必备的常肴，鄙人尚苦得来，那娇生惯养的林祖琪等，一时兴奋前来投军，但日久吃这饭菜，教他们怎能咽得下呢，他们三个人便悄然逃走，可是宪兵查的很严，结果把他们三人一齐捉得，绑到我们第二中队来查问，照军法，逃兵是要枪毙的。鄙人很怜恤他们，便托言这三人并非逃跑，是我差出去采办东西的。但延误日期，罪固应得，还请移交本队来办理吧，宪兵果然把三人交给鄙人，销差而去，才得保全这三人的性命。未几，我们又奉命前进，至南京尧化门紫金山下扎营。我们二十五人合一篷帐，地铺稻草，晚间枕枪而卧。帐前逻卒二人，轮流守卫，共数十营，刁斗声，马嘶声，旗被刮得猎猎声，打成一片。鄙人兀是睡不着，当夜十二时，又奉到命令，翌晨六时出发攻紫金山天保城，这时满人铁良有两营兵守着，有机关枪队、炮队，很是威武。这夜索性不睡了，整理一切，破晓出发，走了十多里，东方才透曙光，防敌人扫击，散兵线走着，缓缓而行，走到九点钟，被敌人侦知了，一炮轰来，命中我队，不知死伤了多少人，接着又是一炮，打在车站附近，把河中的水都冲激起来，树木有被削去一半的，我们各奔东西，失了联系。可是依旧一鼓作气，爬向山巅，青苔滑润，往往倾跌而下，欲速不达，打到日中，没有干粮可吃，这时也顾不得许多，胡乱的跑，胡乱的开枪，实在欠于训练，开枪动辄误中了自己人。所以死在坡麓间的，大都枪中背部，这真冤枉极了。直到深夜十二时，饥火中烧，加之以渴，体力又极疲惫，恰巧有泉水，即双手掬水而饮，如获琼浆玉液，事后才知道，是名胜一人泉，幸而走着这条路，否则口渴比腹饥还要难熬，也许不能行动哩。下半夜风雨交加，一片喊杀声，夹着萧萧瑟瑟的树叶声，那真是凄厉极了。鄙人头蒙着毛毯爬行，直爬到明晨六时才登山顶，两旁都是尸体，敌营已熊熊着火，原来铁良等已于黑夜遁逃，他们临走，自己纵火焚烧的。

## 南京战后遗迹

联军先锋队占领了石头城，于是大家都兴奋起来，先冲进马群（地名）营内，戍卒完全逃去，里面却堆积着许多白菜，不知有几百千棵，桌子上尚有凌乱的麻雀牌，可知被围攻的时候，他们满军犹好整以暇，正在作竹林之游哩！煮着两锅白粥，他们仓皇遁走，不及进食，正好待我们来享受，此时粥有余暖，我们有似饿虎见着驯羊，把它大嚼一顿。经这一嚼，精神顿时恢复，才知道此身尚在人世。鄙人见营中遗有黑字红令旗一面，急忙把它收藏起来，留为永久纪念。收卷毕，传令到来，集合蒋王庙休息。那蒋王庙是供祠蒋忠的，我们到了那儿，自己人见了面，觉得面颊都是青灰色，双目尽赤，很是可怖，身上的衣服，东穿西破，无复完整。庙中煮着粥，备着萝卜干，借以充饥，鄙人已在马群营里吃过一顿，不再进食，由他们未曾吃的狼吞虎咽般进着。在吃粥的时候，那萧希能狼狈而来，手臂中枪受伤，那时浙军也来进攻，萧的手臂，是被浙军错击的。我们探听敌方当局的行踪，才知道张勋、张人骏、铁良，都从永西门坐小火轮逃走的。我们进太平门司令部驻扎，那司令部本为陶公馆，有花木泉石之胜，地方是很宽敞的。当进太平门时，

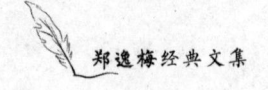

不意该门被土石塞没,我们用炮来把塞没的地方轰打一洞,约有面盆口大小,人才由这窦中钻进去。那时我们的本部驻鸡鸣寺下的两江师范学校,鄙人由司令部移居本部,连夜没有睡眠,这晚正想好好的偃息,不料令来,说浙军兵变,林述庆和邓文辉争夺都督,以致冲突。我们必须整着武装,防备一切,不到二十分钟,又来传达,说是乱军纷扰,不必惊恐,我们才得安心。夜间逻卒照例是两人,这夜派二十人守卫,以昭慎重。明天捉来二三十名乱兵,把他们在照墙下杀的杀,枪毙的枪毙,尸体积着一大堆。一会儿,又捉来一个人,鄙人瞧见了,很为惊奇,因为这人是卖汤团的,鄙人曾吃过他的汤团,肉馅微酸,不很可口,认为是马肉冒充猪肉,鄙人就去掉了肉馅,吃着空汤团。似乎这人做小生意,并不是坏人,经捉来的人说明,才知这人卖人肉汤团,那么鄙人所吃微酸的肉,原来就是人肉。这人绑在林间,被黄一欧等用乱刀砍死。既而,由两江师范移驻竺桥陆军第四小队,地名马标,那儿有孔圣庙,我们曾在庙前摄一团体照,如今尚在敝箧中。这时城内尚路无行人,家家门口都标着欢迎大汉同胞的字条,因为皇城一带,住的都是满人,深恐歧视。所以故意放此烟幕弹的。那五凤桥河水已涸,积尸犹多,真是惨绝人寰哩!

## 饭会与粥会

"一粥一饭,当思来处不易。"这是朱柏庐的家训,妇孺皆知的。我们饭会和粥会,却是群众化而有相当的组织,宗旨无非提倡素食,从事节约罢了。饭会自民国十二年起始的,每月四次,逢星期三举行,因此称为星三饭会,规定六小菜、四大菜、一汤、二点心,都是素的。会员赵云韶设着功德林素食处,所以就在功德林进食。那赵云韶,本是天台的监狱官,目睹刑罚惨酷,罪犯的众多,他大大的不忍,发着慈悲,实行戒杀,开素菜馆以为创。欧阳石芝、狄平子、李云书、王一亭,都加入资本,后来居然闻风而起的不一而足,关䌹之在王楚九知足庐故址开慈林素菜馆,更有人办新慈林,佛教居士林主任朱石僧在广西路开菜根香,贾某经营觉林,一再迁徙,一度开在望平街时报馆隔壁,若干年后,买到名伶毛韵珂的住宅,觉林移到霞飞路,于是素食成为一时风尚。我们的饭会的主脑,是丁仲祜居士,参加的,每人纳费四角。原来这时菜价便宜,每桌只二元四角,且例无烟酒,每次三人当值,轮流为之,最盛时,计开八桌之多,昼间各有工作,时间局促,总是吃夜饭借此畅叙,有时他处居士高僧来沪,我们就欢迎他们来宴会,席间谈佛讲经,非常有趣。那年丁老六十七诞辰,我们即在功德林为他祝寿,记得这天到了四十位,年龄都很高,如庄清华年八十六,范味青七十六,高于晖七十四,朱夑钧七十一,侯保三、蔡松如均六十九,屠友梅和丁仲老同庚,匡仲谋六十四,史问樵六十三,邹颂舟六十二,潘伯彦六十一,冯绪承六十,余则六十以下,统计二千零七十三岁,庄通百说:"这可称二千岁宴。"从这次举行后,好久没有举行过,直到最近鄙人和粤东苏天纪宴李石曾、太虚法师、丁仲祜于功德林。李石曾有世界素食会的发起,他说:"吃了荤便有兽性,要提倡人道主义,不可不从吃素入手。"太虚当然秉着佛旨,绝对戒杀。仲祜说:"吃素可以清肠,血压不会高,血管不会硬,足以延长寿命。"吃了饭,我们拍了一张照留为纪念。仲祜、石曾、太虚都很有意思重兴饭会,预备每人收餐费三千元,两星期举行一次,恐不久的将来,即能实行了。粥会和饭会是有联系性的,所以粥会的会员,大都是参加饭会的。在民国十一年,丁仲祜、吴稚晖、庄清华、裘葆良等,天天到一乐天茶馆喝茶,上天下地,古往今来,无所不谈,很是投契。丁仲祜晚间是吃粥的,就每星期一晚,请他们到丁家去吃粥,素菜六盘,不论风雨寒暑,从没间断过,来宾必签名于册。第一次参加,且写居址及生年月日,册端书有约言,如云:"星一会中,弗尚虚礼,不迎客来,不送客往,宾主无间,坐立无序,真率为约,简素是具,代饭以粥,代茶以水,闲谈古今,静玩书画,不言是非,不论官事,行立坐卧,忘形适意,冷淡家风,林泉清致,道义之交,如斯而已,罗列腥膻,周旋布置,内非真诚,外徒矫伪,一关利害,反目相视,此世俗交,吾斯屏弃。"无非仿着司马温公的真率会而参用其辞意。丁府搬过多次,粥会也随着迁移。后来,仲祜的哲嗣惠康，在西洋学医，得着博士头衔，回国执行医务，设诊所于张家花园对过的麦特大楼，粥会又移到麦特大楼，按期举行。惠康是爱好书画古玩的，室中铜佛陶马以及瓷盎古鼎，符采虎炳，极古色古香之致，我们参加粥会，也得与古为缘，确是很难得的。沪地沦陷之初，物价尚低廉，粮食不成问题，粥会照常，此后市上充斥六谷粉，米没有卖，粥会只得停止，改在仲祜家。仲祜林精舍备些茶点，居然也群贤毕至，少长咸集。胜利来临，惠康诊所移至静安寺路美琪大楼，粥会也移到美琪，吴稚晖八年没来参加，于是重来叙旧。最近又移到霞飞路香雪园，莲叶田田，凉风拂袂，尤于暑晚为宜，诸同人拟在仲秋，举行一纪念仪式，请吴稚晖演讲，并摄一影，由冯云初等担任干事。

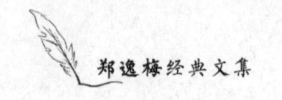

## 关于吴稚晖

国民党元老吴稚晖,他的生活绝对平民化,在重庆时,借住在一家小商店楼上,雇了一个小童,替他烧烧饭、扫扫地、整理整理床铺。可是书童白相心很重,时常溜出去,往往近午尚不回来,稚晖便自己煽风炉,自己淘米烧来吃,吃饱了睡息一二小时以为常。有时蒋介石亲来访他,并带几样东西送给他,跑到楼上,小童出去,稚老一枕黑甜,栩栩化蝶,没有人招呼,蒋介石就写了一字条留在桌上,及稚老一觉醒来,见桌上有几样东西,并一字条,才知蒋介石已来过,他领受了就算了事。蒋夫人宋美龄,偶或也到稚老那儿去谈天,地方虽极湫隘,稚老毫不在意,大有斯是陋室,惟吾德馨之概。胜利后,他到上海,卜居吕班路蒲柏路口,下面是一家云林裱画店,他住在三层楼上,从旋转的扶梯循级而登,一间是书室,壁上张一布质的日本旗,白白的地,红红的太阳,似乎已日久,旗上有不少的蛀孔,有许多人签名,原来这旗是薛岳将军赠送的胜利品,

吴稚晖

吴稚晖书法对联："词章奔放若天马，写作工秀如来禽"

上首挂一日本军刀，外有皮鞘，约三尺许长，很是雄壮，对面悬一文化计划表，可谓有条有理。书室的隔壁，壁上悬自己照片，又祖宗像，装成小立轴，可见他老人家的孝思不匮。地上堆着几箱书，一张写字台上，都是人家送给他的书咧、画册咧、零星东西咧，杂乱无章，不暇整理。许多写件，又是一束一束的，不知有几多束，他总笑着对人说："笔墨债还不清，幸而他们不组织

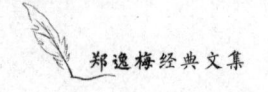

债权团来索讨,否则难以应付哩!"又一间,是他的卧室,一床一桌,非常简单。暑天,他赤裸着身体,一丝不挂,午睡在床上,来客一概挡驾。月前鄙人曾偕陈存仁医师去访候他,他和陈医师大谈其卫生和健康的方法,一同拍了一帧照片,留为纪念。鄙人画净光永生佛,他就挥毫为加题识,如云:"净光永生佛,即阿弥陀佛之全称,译名也。亦可云无量寿佛、阿弥陀者。戴季陶先生云:译音即净洁光明永久之义。佛者可幻无量身,亦即大千世界之代名词,南无者,即至心诚意之谓,至心诚意,欲化阿弥陀,即成化佛先生矣。丙戌六月弟吴敬恒与先生同客海上,写此五字,媵其画佛。"原来他在题识之前,尚写净光永生佛五个大字哩!辞别下楼,在云林裱画店浏览一下,他老人家所写的对联,一副一副的裱贴在壁上,可见他写字生意,的确兴隆。店里又代售一书,名为《革命文豪吴稚晖》,其中有一则,很为风趣,谓:"先生海外大学之计画成,率领一班学生出洋,百余人处于海船之四等舱内,而先生则在船面竖两竹竿,张一毯子以蔽日,下设藤桌,在波涛汹涌中,终日治事,并不绝往来巡视彼晕船呕吐者,送茶侍饭,将护备至,甚至每日尚须为此辈打扫狼藉满地之瓜子壳、水果皮、垃圾等。一日,群围集于一处,仰观新出之告示,乃赫然为先生所书之一张条子,上书:地上拾得一条臭脏的裤子,已代洗净,是哪一位的,请自领回。"又有一则,说他老人家在渝白昼提灯笼。这事传说纷纷,鄙人曾在星一粥会上,问过他老人家,他说并没有这回事,是外间附会的。

## 谒见班禅活佛

班禅额尔德尼

班禅额尔德尼,是西藏的活佛。民国十四年夏,曾到过上海,交涉使许秋帆为设行辕于丰林桥交涉使署,供张极盛,耆绅辈又设彩饰于圣母院路范回春氏的大千世界。班禅部下,有大堪布罗桑以次约二十人,仆役四十余人,中央及省政府会派大员随护,班禅乘黄轿,备极庄严。总商会议事厅,又有各团体之宴请,门口扎着黄色彩牌楼,映以电灯,灿然炫目。范古农、关炯之、程雪楼、王一亭,都来欢迎为礼。班禅演讲,由翻译向众传译,刊载各报。过了一天,鄙人绘了一幅佛画,并买三尺蓝绸,预备作谒见礼物,原来蓝绸是供给他做哈达的。晨八时,约翁国勋同去,过丰林桥,步哨有七重之多,森严非凡,进了交涉使署,由传达处导交翻译,由翻译转交当差,当差有西藏人,也有北京人,领鄙人到会客室稍坐。这时,会客室中有四个和尚,还有两位老太太,不一会儿,翻译引导我们到楼上,地上铺着黄布,作为地毯。礼物

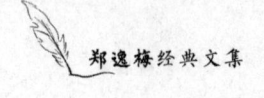

早由翻译送呈班禅,班禅出见时,穿着黄袍、黄背心,足上穿靴,双目看人,炯炯有光,略有髭须,坐在黄沙发上,台几凳椅都披着黄绸。第一个见的是天童寺当家和尚,他向班禅叩首。见毕,班禅喃喃有辞,鄙人莫明其妙,翻译说:"活佛问哪一位是钱化佛?"鄙人就上前,这时穿着西装,向他行鞠躬儿,他就摩鄙人的头顶,抚鄙人的肩部,又喃喃有辞,翻译说:"活佛问你有没有病痛?"鄙人答道:"很健康,没有病。"他从袖中取出一蓝色绸结给鄙人,翻译又出赠一束藏香、一盒西藏红花,香味异常浓烈。鄙人另外带一幅画,请班禅赐题,他点头表示同意,约后天去取。鄙人致谢退出,回到会客室,打开绸结一看,绸上织成六尊佛,这就是所谓哈达。旁人得到的,有莲花纹的,有卍字纹的。六尊佛的最为上品。当差见告。摩顶抚肩,这是活佛表示非常亲善,经这一摩一抚,足以解灾避晦,至于问你有没有病痛,如有病痛,活佛有一种绝细的丸药,能治百病,人临死痰塞,这丸药能立刻化痰,延长寿命。到了后天,鄙人去取,他所题的是藏文,另赠黄绫符箓一方。鄙人把这符付诸装池,下补一佛,王一亭为题"我佛如来"四字。鄙人又把写有藏文的哈达,配着章太炎的汉文"五族一家"。满洲孝廉公李一亭的满文,某某的蒙文,尚缺回文。托哈少甫去代求,经一年之久才写到。五族文字既全,合装成轴。鄙人于边缘用中文说明,又请人用英文翻译,这在鄙人的集藏中,很为特色哩。

## 社会百面观

佛家有色相之说，《华严经》："无边色相。"戏剧的化装，无非揣摩色相罢了。鄙人游戏三昧，曾一度献身戏剧界，有时袍笏登场，居然为郎庙之宰，有时涂了白鼻子作小丑，借此发泄我胸中块垒，有时为时装新剧，对于社会诸色人等，必须细加体会，才能传神阿堵，博得观众的叫好。那时大马路浙江路口先施公司对面，有五云日升楼茶馆，据闹市中心，鄙人为揣摩上中下诸色人等的状态动作，总是每天在日升楼沿阳台泡一壶茶，冷眼旁观，从形形色色中悟出个妙理来，化装摄影，成了一百幅，题为《社会百面观》，当时拟铸版印行，后来没有成为事实，敝箧中尚存有胡寄尘一短序，如云："夫人之忠奸贤愚喜怒哀乐，存于心者也。然而，忠者贤者，人见而知其为忠为贤；奸者愚者，人见而知其为奸为愚。即以一人论，喜怒哀乐，亦莫不蕴于心而见于其面，人人之心不同，即人人之面不同，一人之心时时不同，即其面时时不同，然则面之不同，实由于心之不同，盖自然之理也。若本属一人，既无忠奸贤愚之别，非关感触，复无喜怒哀乐之分，而能幻出百相，各不相同，如钱化佛者，其技亦奇矣，人谓化佛善变其面，吾谓化佛

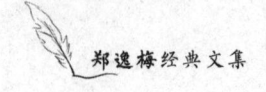

善变其心。其人属于何人,而即幻出何相,不必勉强,自然得神。此化装之秘术,而演剧家之神技也,惟化佛能之。昨遇化佛于发民社,出彼之《社会百面观》示余,嘱为之序。百面观者,化佛所摄之百影也,忠奸贤愚哀乐无不备,而无不肖,则以证之前说,愈可信矣。"至于照片留下的,或饰旧官僚,或饰老学究,或饰刘姥姥式的村妪,或饰卓别林式的滑稽家,还有一帧,鄙人把身躯藏匿着,只露出一颗大好头颅,仿佛遭着斩割般,两边列着炮弹和枪弹,形状是很可怖的,这帧曾由范君博取去,刊印在《游戏新报》上。

## 楼台亭阁在上海

上海说也可怜，简直没有什么名胜古迹，连得建筑方面的点缀品，足以留人驻足的也寥寥无几。鄙人幼时随着先公到上海，那时西门大境路有一座丹凤楼，沿着城脚约有十多间屋子，供关帝和其他神像，有一石牌坊，记得石上刻着一副对联："千江有水千江月；万里无云万里天。"楼头有炮数尊架着，据说是洪杨时，清兵用以防守的，似乎吴猷如画报，曾有那么一幅《丹凤守御图》。鄙人幼年时，常和几个小朋友，在楼畔城脚上放风筝，如今虽鬓毛已衰，回想童时景状，仿佛尚在目前哩！至于台，较为古旧的，有万军台，在今新开河畔，这台筑得很高，陟登其上，南黄浦一片浩渺，桅樯矗列，大有巴陵岳阳楼朝晖夕阴，气象万千之概。台名万军，顾名思义，大约也因战事而设。谈到亭，当然要推豫园湖心亭了，亭翼然而立，在水中央，有九曲桥可以通达，这九曲桥是水泥构成的，从前却是石桥，旁设木栏杆，饶有画意，池中植莲，某君记豫园之胜，谓："堂前临大池，构亭架曲梁，夏时红莲盛开，晓起立桥上，面面皆花，绛霞炫目。"可惜道光二十二年，城隍庙被英兵所占，九曲桥头所植红莲，首遭厄运，如此池中已找不到翠盖红裳，只有人

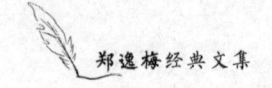

豫园湖心亭

家放生的鳞介，潜沉喽喋罢了。湖心亭设炉卖茶，我们同道的一班书画家，在南市的，大都集在亭中，品茗谈艺，很自优游快适哩！老北门旧校场的沉香阁，可为阁的代表，阁阅年虽久，可是尚不倾圮，附设着许多机关，杨东山的高足凡若干人，组织素月书画社，一度设在其中。其他如三茅阁，沿着洋泾浜，中供三茅君的像，香火很盛，现今阁址早已废去了，但三茅阁桥的地名，尚在人们的口舌间。又青莲阁，也有相当历史，最初开设在四马路书锦里西，即今世界书局地址，楼上卖茶，楼下百戏杂陈，不啻大众化的游艺场，山梁中人，麇集其间，搔首弄姿，招引游蜂浪蝶。民十后，房屋翻造，青莲阁才移到大新街口去，情形和前大不相同了。

## 大度宽宏之国父

孙中山

国父孙中山先生，鄙人见过数次，蒙他惠赐墨宝，此次国父诞辰纪念，由陆丹林主干，征集许多国父的遗墨，陈列北四川路的博物馆，鄙人当然有数件出品，惜乎在展览的时期，鄙人恰巧忙着搬家，没有工夫亲去参观。据说，出品很多，如叶遐庵、梁亚烈、陆丹林诸子所藏，都很精彩，那么鄙人的一部分未免相形见绌了。国父生前为人，大度宽容，从不当面呵斥他人。记得有一天，某伧夫去见国父，不但毫无礼貌，并且语无伦次，国父对他望了一望，返身向内室进去，不再理睬他。伧夫觉得自己难为情走了，国父重行出来接见他客，连连向他客道歉，说是有劳久待。某岁，国父在美洲三藩市，这时崔通约适办《中国少年晨报》，报馆设在领事馆的楼下，通约和领事许苓西、黎荣耀等，都是旧交，许黎两人虽为清吏，却深明大义，所以通约和他们非常投契，酬酢频繁，有人中伤通约，向国父报告，说通约是我们同盟会中人，他却和清吏往还，泄露秘密，这人非惩戒他不可。国父说："士各有志，不能相强，况我真诚待他，他决不有负于我。"后来武昌举义，党人争先归国，国父犹留滞美洲，通约偶在《少年报》上发表感时诗有云："话到党人姓氏香，一年忙过一年忙。英雄竞灿莲花舌，是否纷争利市场？""生平不喜因人热，到处都成作客凉。领袖何时生我土？国亡种灭倍心伤。"有人把诗诵给国父听，说是讥讽国父不是领袖，这种人非把他置诸死地不可。国父付诸一笑说："何必如此小题大做？"其人再三怂恿国父，说这种人不加处分有辱党人颜面，结果国父就把通约从同盟会除名，始终没有兴文字狱。通约把国父亲笔除名的原稿保藏起来，作为文献，这帧东西如尚留存，也是珍贵的遗墨，大可陈列哩！

## 电车之创始与变迁

上海电车的创始,尚在前清光绪二十三年。那时,我国妇孺们,都说电车乘不得,偶一不慎,就要触电,因此电车最初通行简直没有乘客,电车公司即在车旁标着"大众可坐,稳快价廉"字样以资号召。这时,都是有轨的,没有拖车,现在所称一路二路直至二十四路,便是通行的先后次序,从一路至十二路,是有轨的,其余的是无轨的,且车上无铁栅栏护,原来乘客不多,也没有人敢跳车和车行时上车,所以不必有铁栅的设备。直到后来,乘客拥挤,于是加拖车咧,装铁栅咧,卖票揩油,雇用查票员咧,乘客往还次数较多,可购月季票咧!现在电车生意发达已极,有人代它计算过,每天电车行驶路程,大约三万二千英里,把这路程来和日本横滨到美国旧金山的四千五百英里路程比较一下,等于横滨到旧金山的三次往复路程,至于乘客,每天大约六七十万人,因太拥挤,鄙人年迈力衰,挤不过人们,所以来电车的机会很少,往往徒步而行。在敌伪时期,电车尤多特殊的形形色色,忽而零碎钞票市上绝迹,把公共汽车上的镍质代用币找出找进,一度又用邮票充车资,忽而车上贴着布告,乘客下车,须把车票交给卖票人,既

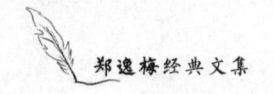

上海电车开通

而又声明车票必须手持下车，便于查票员检查，不能给卖票人收去，忽而又设立卖票亭，乘客须先买票后登车，时常警报封锁，把电车和乘客封锁在半途上，封锁一二小时，或三四小时，甚至整个一夜都说不定，弄得进退维谷，人人嗟怨。时常封锁，电车进厂，失了常规，以致有例须进厂，而乘客尚多，司机人和卖票员开一次黑市车，纳倍蓰的车资，不给车票。又车分头二等座位，买二等月季票的人，下车时二等车门挤不出，由头等车门下车，给查票员拦住了，硬要他重买头等月季票，把人家的居住证攫去作抵押品，种种纠纷，不一而足。现在胜利了，一切俱照章行事，所不满意的，一车辆太少，二卖票人欠缺礼貌，这是希望公司当局，加以改进哩！

## 新推背图

　　《推背图》相传是唐贞观中李淳风、袁天罡共为图谶，每图附诗一首，预言历代兴亡变乱之事，至六十回，袁推李背止之，故名《推背图》。传本不一，前清时为禁书，所以只有钞本，没有刻本。日本人却把它刻出来，一般好奇的人士，都欲购置一册，用以预测。鄙人所说的《新推背图》，并非演衍袁李的作品，却是别具机杼的玩意儿，其时尚在民国二十六年之春，鄙人忽地觉得大祸行将临头，脑幕中幻现着生灵涂炭，遍地尸骸的恐怖景象，因此绘一佛，危坐蒲团，屏上别有一画，红烛高烧，蜡泪下滴；烛架旁堆着无数骷髅，名之曰"寸烛万骷"，白题一行云："分寸之烛，已造成无数之骷髅，光阴如箭，转瞬皆空，可不警哉！"杨皙子作四大字："刹那千劫"。蒋竹庄题之云："《楞严》云：无常变坏之身，念念迁谢，新新不住，如火成灰，渐渐销殒，岂惟年变！亦兼月化，兼又日迁。沈思谛观，刹那刹那，不得停住，故知我身，终从变灭；变者受灭，而彼不生灭，性元无生灭，读此经文，未有不蓦然警觉者，但转瞬仍迷，依然不觉耳。我佛慈悲，现前指点，觉与不觉，惟在一念之间耳，其意深哉！"这画付诸装池，悬于壁间。

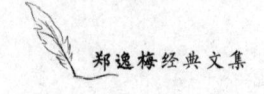

过了一天,有事到徐朗西那儿去,朗西正在作画,一鸟在枝上鸣叫,下面都是丘墓和白骨,鄙人问他为什么作这幅图,他说:"这是我的幻想,恐怕就要变为事实吧?"鄙人不觉惊讶起来,难道心灵感应,竟有这样的奇妙吗?于是便把《寸烛万髅图》告诉朗西,并向朗西索了这画回去,两画合在一起,以觇异日是否应验。不料,是年秋天,倭奴肆暴,烽火连天,牺牲了不知多少无辜人民的性命,那么我们两人的画,不约而同,岂不和李淳风、袁天罡的图谶差不多么,呵呵!

## 毕倚虹致死之我闻

仪征毕倚虹殁世有年。客有谈及毕之死事，为当时各报所未载。然确凿与否，不可知。所谓姑妄言之，姑妄听之而已。毕之死，死于经济之压迫，固也；但尚有其他原因，则以色戕身是。毕主《小时报》笔政，又兼办《上海画报》，更为《申报》撰《人间地狱》长篇，其他各刊物之特约撰述，大有指不胜屈之概。加之执行律务，每月收入，数不在千金下。但毕以儿女成群，家累綦重，且喜问花寻柳，浪掷缠头，出入代步，居然自置汽车，疾驰过市，一洗文士寒酸之气。而千金之数，犹不足开支，不得已到处乞贷，所负不赀，以操劳过度，愁虑撄心，未几抱病，厥状殊危，遍延名医，迄无少效。臧伯庸医生闻之，愿为悉心诊治，以尽友谊。察视之余，曰君病虽剧，尚有可救之方，惟在此半年中，万不能再事笔墨，而为小说家言。毕至此，不觉泪盈于眦，曰："君言良善，奈一家数口，除此无以为活何？"臧曰："君之家庭开支，如极端俭约，为数几可？"毕曰："月非四百金不办。"臧慨然力任，曰："仆虽非富有，然此数尚可筹措，是后君专心摄养，仆当月致四百金，至半年后始已。"毕大感谢，曰："本不敢累君，然高谊云天，情不

陶然亭

可却；当俟病愈后，力图报效也。"从此，毕若释重负，病果日有起色。每晨至顾家宅公园徜徉为乐，饮食增进，容颜亦腴润可喜，且不药矣。不料月余忽又复病，困顿床榻，一如前状，乃请臧伯庸来诊察。臧大疑讶，阳为慰藉语，而阴则赴毕平日常去之某旅社探询之，毕果于日前挟一丽姝，在此连宿二宵。臧至是乃频摇其首，曰："病不可为矣！"旬日后，毕竟以逝世闻。此事如确，则毕可为好色者戒。臧则义侠可风，医界中之凤毛麟角，谁曰不宜？

## 梁任公推崇黄公度

善夫黄任之之言曰："任公先生政业之在民国,自有千秋论定。就文章论,戊戌迄今三十年来,自士大夫以至妇人竖子,外薄四海,惟先生为能摄取其思想,而尽解其束缚,一其视听,此诚诱导国人迎吸世界新法,第一步最有价值之工作也。晚岁,指示人以科学方法,治国学之途径,凡所著书,俱未告成,图书辞典,亦甫著手,遂赍志以殁。要之近世纪文章震力之大,应声之远,谁能如之?"任公之一生,尽于数言中矣。任公却极推崇黄公度其人,公度殁,任公为撰墓志铭,有"弱龄得侍先生,惟先生教之诲之"等语。《饮冰室诗话》中,更一再述及公度,如云:"公度之诗,诗史也。"又云:"吾重公度诗,谓其意象无一袭昔贤,其风格又无一让昔贤也。"又云:"公度穗卿观云,为近世诗家三杰。"又云:"黄公度尝语余云,四十以前所作诗,多随手散佚,庚辛之交,随使欧洲,愤时势之不可为,感身世之不遇,乃始荟萃成编,藉以自娱,即在湘所见之稿也。"公度既不屑以诗人自居,未肯公之同好,余又失之交臂,未录副本,近于诗话中称其诗,海内外诗人贻书索阅者甚多,然急切无从觅致也。念其官日本参赞时,如重野安绎、森春涛、龟谷行诸君,皆有唱酬。又闻天南某氏曾在新加坡领事署钞存《人境庐诗》一卷，余因征之东瀛南岛，幸得数十篇，自今以往，每次诗话中可必有一鳞一爪矣。但所刊载，未必为公度得意之作。要之公度之诗，独辟境界，卓然自立于二十世纪诗界中，群推为大家，公论不容诬也。"

按公度，讳遵宪，别署东海公，又号水苍雁红馆主人，嘉应人。清光绪初，随何子峨星使使日本，其时正值琉球事件，公度献议何使，力主强硬，奈政府不之纳。及朝鲜开港，公度又力言外交当由我主持，政府复不能用。既而甲午之役，日人要我开租界于苏杭，公度参南洋大臣刘忠诚幕府，忠诚委以全权，与日领事珍田舍已会议。公度持苏杭为内地，与畴昔沿江沿海之口岸有别，遂草新约，收回治外法权。珍田莫能难，签约达彼邦当轴，彼邦当轴深怒珍田之辱命，提抗议于我政府。清廷懦怯，竟为所屈，而公度所拟之约遂废。其倔强不媚外有如此，洵难得也。与梁任公更有一度之结合。公度尝斥资办《时务报》于海上，颇欲征求一相当人才为主笔，奈一再物色，迄未有得。其时梁任公在北京，公车上书，文笔之酣畅淋漓，条脉清晰，世无其匹。公度读而大喜，招之来申。相见之余，为谈世界大势及古今学术之变迁，直至掌灯，任公始别去。明日，袖稿来见曰："一昨得聆宏论，开我茅塞。归而喜不成寐，力草数万言以志之，幸乞郢政也。"公度观之，称扬不绝口，乃延之以主《时务报》笔政。盖知遇之深，胜于寻常，毋怪任公之推崇不置也。

## 黄季刚之凶宅

黄季刚

南社多朴学之士,黄季刚其一也。季刚名侃,为太炎弟子。既逝世,太炎为撰墓志铭,有"使季刚而用,民国之政,必不媮薄以逮今日"之说,其推崇可谓备至。与苏曼殊甚友善。季刚之《梦谒母坟图》,曼殊之笔也。二人在海上,同住爱而近路之国学保存会藏书楼,凡若干月。曼殊死,季刚哭之以诗,有"晚岁楼居不可期"句,且亲往视殡焉。季刚为国学保存会辑《国粹》学报,所刊多明清二朝禁书,为当局所忌,遂止。因蔡子民之招,任北大国学教授;赁其友吴承绶屋,携眷以居。季刚以不善居积,常处窘乡,致负租金无以偿,既而爱子以病殇。季刚痛惜,归咎于屋之不吉,尽室以迁。临行,揭字条于大门曰:"天下第一凶宅。"承绶以既不付值,又肆诅咒,诘责之。季刚曰:"再饶舌,须先赔我儿子来。"承绶目之为书呆,无如何也。季刚授课,常持三不到主义,谓:"天雨不到,奇寒盛暑皆不到。"

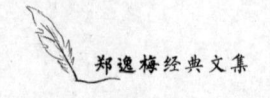

于是学生每遇天雨或奇寒大热,辄以今日天气黄不到为谈笑之资。其诗曾刻二卷,凡四百二十余首。实则季刚之词,亦殊婉约可诵,惟流传不多耳。予录得其解语花《题红礁画桨录》云:

"晴漪漾碧,夜汐流红,摇散文鸳影。泪珠溅镜芙蓉老,谁遣怨魂轻醒?鲛宫正冷,收情网断珊慵整。空自怜填海冤禽,此恨随年永。溟涨愁澜无定,送虚舟何处,奇兴难并。碎萍漂梗乘潮远,似与阿侬同命。娇郎更病,算往事殷勤犹省。招桂旗岩畔相逢,终是凄凉境。"

## 廖仲恺蓄蟋蟀

廖仲恺先生,番禺人,与胡汉民同为先总理之亲信,平日倚为左右手者也。先生体矮,出必以摩托车代步。然以矮故,疾驰过市,埋坐车厢中,人不得见。善诗,陈炯明之变。先生被拘,自信必死,曾留诗二绝,以与夫人诀别云:"后事凭君独任劳,莫教辜负女中豪。我身虽去灵明在,胜似屠门握杀刀。""生无足羡死奚悲,宇宙循环埋杀机。四十五年磨劫苦,好从解脱悟前非。"囚居狱中,犹不废吟咏。有诗四首,以志哀愤云:"珠江日夕起风雷,已倒狂澜孰挽回。徵羽不调弦亦怨,死生能一我无哀。鼠肝虫臂惟天命,马勃牛溲称异才。物论未应衡大小,栋梁终为蠹蠕摧。""妖雾弥漫溷太清,将军一去树飘零。隐忧已肇新开府,内热如焚热饮冰。犀首从仇师不武,要离埋骨草空青。老成凋谢余灰烬,愁说天南有殒星。""吟到潜龙字字凄,那堪重赋井中泥。当年祈福将刍狗,此口伤心树蒺藜。空有楚囚尊上座,

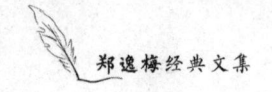

更无清梦度深闺。华亭鹤唳成追忆,隔岸云山望欲迷。""朝朝面壁学维摩,参到禅机返泰初。腐臭神奇随幻觉,是非恩怨逐情多。心尘已净何濡染,世鉴无明枉事磨。莫向空中觅色相,白云苍狗一时过。"先生与伍廷芳友善,诗中所谓"天南殒星",盖伍适于其时逝世也。先生性仁慈,不杀生物。蓄蟋蟀,分贮以盆,友有知其所好,贻以佳种。有所谓玉尾者,头圆项阔,而洁白如玉。又鸳鸯子,两牙一红一白。又赤须,遍体青色,两须赤如红缨,皆所向无敌,号称常胜军。惟先生不忍观其残杀,乃隔别不使交锋,人以英雄无用武地讥之。先生曰:"蟋蟀秋虫,如此清响,助我秋兴,于意殊适,若奋牙张吻,无端决斗,徒见其可憎可恶耳,非我之所愿也。"由此可知惟仁慈人始有肝胆,有热血。今先生虽死,而肝胆照乾坤,热血溅宇宙,虽死而不死矣。

## 严复与帝制

严复

我国谈逻辑之学者,当以严复为创始。严复,原名宗光,字又陵,一字几道,福建侯官人。师事黄宗彝,然颇服膺桐城吴汝纶,每译书成,辄就正于吴。吴读其赫胥黎《天演论》,叹曰:"自中土翻译西书以来,无此鸿制,匪直天演之学,在中国为初凿鸿濛,亦缘自来译手,无似此高文雄笔也。"其他如斯密亚丹《原富》,耶方斯《名学浅说》,穆勒约翰《名学群己权界论》,斯宾塞尔《群学肄言》,甄克思《社会通诠》,孟德斯鸠《法意》诸书,均为后学之津梁。袁氏当国,杨皙子等发起筹安会,邀之入会,严却之。杨乃以书贻之云:"筹安会事,实告公。盖承极峰旨,极峰谕非得公为发起人不可,固辞恐不便,事机稍纵即逝,发起启事,明日必见报,公达人,何可深拒,已代公署名,不及待覆示矣。"严阅之大不怿。翌日,报载筹安会启事,严列第三名,从此称疾谢事,杜门不出。及康张复辟,严又反对之曰:"复辟非惟

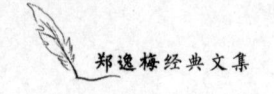

无补于苍生,抑将丛诟于清室,名为爱之,适以害之。芨叔违天,乌足尚乎!须知清室若可再兴,则辛亥必不失国。"其拥护民国有如此,世以帝制罪魁诬之,未免冤矣。严染阿芙蓉癖,应聘某大学教授,以癖故,深恐学生之攻讦,往往匿于榻下潜吸,大感困苦。半年后,即辞去。严幼习海军,为海军之前辈人才,亦以烟癖,不敢出任军官,殊可惜也。偶事吟咏,古茂可喜,寄伯严云:"已回春雁数鲥鱼,目断南云少尺书。可有园林供独往,倘缘花月得相于。江湖无地栖饥凤,朝暮何年了众狙。说与闭门无已道,去年诗句太勤渠。"《题江杏村侍御梅阳归养图》云:"气尽渔阳惨,心酸得宝歌。鼎湖龙已远,丹穴凤如何?百六春将晚,东南雨苦多。回文苏蕙子,谁是窦连波。"《寄苏堪》云:"江南一别今三载,书到樱花想未开。李白世人原欲杀,陶潜吾驾固难回。诗应有子传家法,事去无端感霸才。满眼瞻乌方靡止,可能安稳卧淞隈。"有《野墅诗钞》曾印椠行世。

## 破宋案有功之何海鸣

当项城袁氏之行动非法，逞其野心，深遭忌嫉者，为桃源宋渔父先生。时渔父以唐内阁之瓦解，亦翩然下野，然仍以纳政治入轨道为己任，且主张政党内阁尤力。沿江而东，历鄂皖宁各处，演说其主张，并暴政府之短。二年三月，拟乘沪宁车赴京。方欲登车，突被奸人狙击，于是舆论哗然，尤以《民权报》攻击为最激烈，主笔政者为何海鸣。越二日，英法租界捕房，捕获主使人应夔丞，而海鸣实为破案首功。李定夷于《小说新报》撰《洪述祖外传》，曾述及之。略云："破获宋案者，《民权报》主笔何氏也。时记者共襄《民权》笔政，知之甚悉。何氏虽降身军阀，不能始终民党，然于宋案确有破获之功，其手段之敏捷，比之名探，无多让焉！当时以应党林立，何虽破获此案，民党报纸，相约坚守秘密，而何亦深居简出，旋赴浔阳，谒赣督李烈钧，规划起兵事。由是益无人知何与此案之关系矣。先是渔父既死，民党报纸刊其遗像，同声悲悼，《民权报》亦登载之。何家时有一退伍军士藉居，见报端遗像，忽谓何曰：'昨日在车站被刺者，即此人耶！'何闻其语，讶而诘之，乃曰：'前此十余日，在某茶肆中，有人示余此照，谓苟能死之者，当得五千元之酬金，余不敢应，当时亦不知目的物即宋先生也。'何知有线索可寻，乃进而严询之，谓不吐实，将送入捕房。军士又曰：'是日曾有人引余至北京路某家，其门牌则余已忘之矣。'何立偕之至北京路寻觅，至十九号，军士指之曰：'此地是矣。'盖即应之住宅也。罪人既得，何立报告民党总部，由黄克强借以汽车，出而办理，并告密于捕房，派暗探围应夔丞宅。至第三日而应与武士英皆就擒，证据全获。后至电局，将洪应往来密电，悉数查得。此惊天动地之暗杀案，仅出三日而破，破而重要证皆获，诚一大快事。当时何主《民权报》笔政，故首先宣布案情，遂大书特书曰，袁犯赵犯洪犯，复将各种证据，范铜为版，分送各报，一一露布。项城大窘，乃抱一不做二不休之念，激起湖口独立。迨二次革命失败后，此案几消灭于无形。不图天道好还，帝制中蹶，炙手可热之热焰，一旦扫地无遗，漏网凶犯，终归案定谳也。"

何持节不坚，二三其德，定夷惜之，固甚当也。然何除破宋案外，又有功著史乘者。二次革命运动，何继黄克强之后，任江苏讨袁军总司令，坚守南京。冯国璋、张勋，先后进围。扬州师长徐宝珍，复督兵会攻，何以匹马孤军，血战十余日，卒以援绝粮尽，遂不得不弃城而走。当时何在围城中有口占二首云："谁云孺子仅能文，慷慨陈师义薄云。脱却青衫披战甲，书生上马作将军。""落日孤城血影红，江东子弟尽豪雄。将军两日攻天保，立马钟山第一峰。"讽诵之余，可想见其为人。故毕几庵之《人间地狱》说部中，以赵栖梧隐射姚鹓雏，谓："鹓雏酒后，喜录他人之诗词于壁上，更以其情人玲芸胭脂水录何君之作，以赏其雄隽，一时传为美谈。"何既遁去，袁氏悬赏十万金以购其头。袁氏死，何乃从事小说家言，与文坛诸子相周旋。酒酣耳热，犹以一头颅，可抵十万金为豪。过赵李家，谐谑风生，遂有欢喜团子之号。写倡门小说，脍炙人口。其他单本，如《海鸣说集》《奇童纵囚记》《琴嫣小传》《求幸福斋随笔》《求幸福斋丛话》；又辑《侨务旬刊》《寸心》杂志，若干期而辍。曩蒙见惠《海鸣诗存》一册，计有《初学集》《东游草》《眼枯集》《葬心集》四种，至今犹留笥箧，颇多可诵之作，如《夏寒》云："月冷湘帘懒上钩，窗前零落百花球。恼人天气还多病，细雨如丝织乱愁。"《渔家》云："渔家有女载轻舣，学绣红罗对晚窗。忽地停针问阿母，鸳鸯底事总成双。"《醉作》云："未能婢膝从明主，不向空山哭子期。天下滔滔无可说，低心且自事峨眉。十年放浪仍如故，一剑苍凉未著痕。人世却怜心力倦，余生聊报美人恩。"《鮀江杂诗》云："将军战后如衰柳，公子翩翩尚少年。检点征衣作才子，也应横绝大江边。"

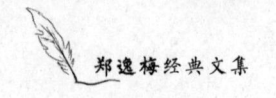

## 关于徐锡麟之一页史乘

革命流血最惨者,当推山阴徐伯荪锡麟烈士,而其彪炳史乘,亦以徐烈士为最动人景仰。当烈士之被害,其时各报纸处于专制刑威之下,咸以大逆不道目之。幸不久虏运告终,社墟鼎革,烈士之精神主义,遂得大白于世,是亦可以无憾矣!偶于友人处,见藏有某君贻彼之函札凡二通,皆述及烈士之佚闻,为外间所未知者,盖烈士曾出洋游学,其时负笈东瀛者,自费生不准入法政及陆军,系鄂督张南皮所建议,政府利用之以遏制革命思潮。烈士知此制限,本已爽然,惟犹有自费生认作官费生得以入学之通融办法,乃由东洋电恳伊戚俞公廉三,转电浙抚张,据情电商驻日钦使,而事遂谐。其时俞卸湘抚职,适在鄂为寓公也。顾烈士此行,本志在陆军。拟由成城入联队而进士官学校,为将来回国以武力从事地步,诒意试验体格,以目力短视,屏不予入,乃益嗒焉若丧,废寝馈者累日。不得已,浪游三岛,结纳彼邦人士。不半载折回鄂垣,归囊中无他长物,只有军用地图数幅,出口大将刀一柄,二者均属彼邦禁物,不知从何得来,烈士真神乎技矣。烈士既不得志于学,乃思得志于官。俞公谓之曰:滇督李、川督锡、皖抚恩,皆与有旧,而亦爱才，君自择之，当举不避亲也。"烈士仓卒无以应，退则踌躇再四，私自计之曰："滇本边陲，鞭长莫及，川省又闭关自守地，惟皖则毗连东浙，温台健儿，越中君子，呼应较灵，遂决计往皖，发难捐躯，系五月二十八日，通电到鄂，全体戒严，检查邮电，如防大敌。讵意出事之明日，同人犹接得徐书，内有此间军警学各界多已赞同，武昌军警，当不无相识，务请转劝勿生反对等语，则此书之漏网亦幸矣。其平时通讯，书函封面上均署"伯荪缄"字样，惟此书则署"徐缄"。盖才大心细，临危不乱，有足多者。又其时恩抚幕中，系一越人沈姓，乃老于刑名者，与俞亦有旧。烈士到省后，出其交际手段，使之深信不疑，故当道幕府，皆依畀有加。其出事后草恩抚遗表者，即沈君手笔也。据实直书，双方顾及，而能毫不牵涉者以此，此又烈士之眼光四射，胸有成竹，足以使人倾佩也。又烈士未出洋时，久已结纳豪杰，兵式体操，娴习有素。及出洋回鄂，则以日本之刺刀，勃朗宁之手枪，携带在身，抚摩不去。一日，游武昌花园山后之炮台，四顾无人，竟跃跃欲试，由二三同行阻止之乃已。张良之椎，荆轲之匕首，盖其所怀挟者素矣。所述虽琐屑，然足补稗史之所不及，即视为茶余酒后之谈助，亦无不可也。

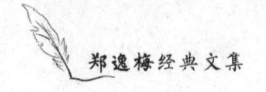

## 段祺瑞之棋友

三造共和之段祺瑞,逝世有年矣。同社赵君眠云,为谈段之轶事,谓段以棋会友,先后不下数百人。棋友知段之习性,皆故意于局势危迫时,松一二子,使其转败为胜,否则段寝食不安,辄致病也。癖好累身,于兹可见。幕下棋友某,湘人也,随段有年,独为一局消闲之客,凡有关时局,及出处大事,靡不参与,段殊器重之。尝谓左右曰:

段祺瑞

"某观世具有法眼,无怪其棋品之高,与他人不同,由其见地异也。"后某忽以噤口痢逝世,段深悼惜之,对人语及,常挥老泪。既赐恤其家属,又为买地以卜葬焉。左右以段失一棋友,甚感寂寞也,乃辗转托人,觅得一山西棋客,荐之段处。段偶与对局,山西某客胜三子,段面虽赞誉,而心甚轻之,谓其所亲曰:"某客以攻剽争劫见长,棋品下劣,非我所喜也。封银若干为客程仪,谢之使去,并语人不必再荐棋友,且云我喜诵经,足以养心静气,自适我意,棋今将永戒,盖不独劳精神,且致清夜有失眠之患，非老年人所宜。"但未几又复逸兴遄飞，好弈如故。消息传出，旧时门客之工于此道者，乃悄悄来。段喜甚，敬礼有加，于是门庭若市矣。段持开放主义，来者不拒，一一与之酬对，其手法欠佳，一战辄北者，则赠银遣之，或二三十金，或四五十金不等，大抵计其来此路程之远近而定也。又有某揣知段之心理，初与段对弈，精神贯注，无懈可击，段深佩其能，既而辙乱旗靡，卒致大负。段诘其故，某曰："近来处境殊窘，有断炊之虞，当弈至严重时，一念及于妻孥冻馁之状，则此心不属，举棋失措矣。"段怜之，立斥三百金以赠。嗣后每遇艰困，往往乞助于段，段无不应允。统计数年间，几达万金之巨云。

## 康南海腕下有鬼

戊戌政变之中心人物，当推康南海有为先生。先生本名祖诒，字广夏，号长素。幼读于村塾，异常顽劣，读经书至"敢闻夫子乌乎长"，辄自续之曰："马鞭长，顶屋梁。"且朗声诵之，为师谴责而不悛。盖"马鞭"乃粤语，谓马之阳具也。成童后，态度庄重，一反其所为。年十八，从朱九江游，研究理学及经世致用之道。九江卒，先生独居西樵山，潜心佛学，仰视月星，俯听溪泉，忽大彻悟，以为与其布施于将来，不如布施于现在，遂以澄清天下为己任。居江夏时，曾一度见张香涛，香涛出联嘱对以难之，联云："四水江第一，四时夏第二，先生居江夏，还是第一，还是第二？"先生立应之曰："三教儒在前，三才人在后，小子本儒人，何敢在前，何敢在后？"香涛为之惊服。先生记忆力殊强，书籍过目不忘。至坊间购书，往往出价极低，什九不得成交而去。然书中内容，先生在一翻阅之间，已能知其大概矣。喜遨游，一日至梁溪梅园，见有伪托其名而书"香雪海"三字者，先生乃重书"香雪"二字，并附一诗以证之云："名园不愧称香雪，劣字如何冒老夫？为谢主人濡大笔，且留佳话证真吾。"卜居沪上辛家花园有年，即

康有为故居

今清凉寺故址。考据金石,鬻书自娱,著《广艺舟双楫》,详究书体。其书学陈希夷有独到之处,而先生却云吾腕下有鬼,盖自谦之辞也。晚岁重来海上,有从字篓中得一无款之画马立幅,而付诸装池者,请先生书"天马行空"四字于上,而加款钤印也。其人得之,以先生之画为号召,售得数百金。先生知之,不之究诘也。先生平日主张士女居室,不许在城市工场尘溷之地,使其有清淑之气,而政府当别置各种旅馆于山水明秀之处,以为士女行乐。令其受生之始,已感天地清明之气,及妇人之有孕也,即入胎教院,其院尤必择胜地,则人种自日进一日。闻者以为言之有理。

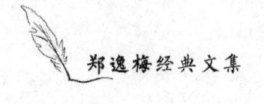

## 端午桥之胆怯

晚清大吏端午桥,官两江总督,礼贤下士,延况蕙风为幕友。端藏碑版,富甲海内,悉由况定之。《陶斋藏石》一记,即出况手。时合肥蒯光典礼卿,以进士道员,分发江南,与况学不同,乃绍介兴化李审言以问之。每见端,必短况而扬李。一日,端招饮,蒯又及况,端叹息曰:"亦知况必将饿死,但我在,决不容坐视其饿死耳!"况闻之感激泣下,有致怨于李,李以是不得志于端。端入川被杀,李诗以吊之,有"轻薄子云犹未死,可怜难返蜀川魂"之句。轻薄子云,盖指况也。当端之入蜀也,从资州起行,以不惯控马,与弟竞生同乘二轿。时序秋深,霜叶红染,方欣赏间,抵一兰若,随从戎卒忽哗变,似明皇西幸六军不发故事,一时快刀出鞘,直刬端胸,竞生欲救,亦被枪毙,死状殊惨。谥以忠愍,盖端之于清,确甚忠心耿耿也。端擅书法,予曩于故金石家王冰铁处得见端所作楹帖,殊挺拔古逸。又工诗,如霸昌道任内之作云:"故国河山在,荒庭魑魅多。夜深翁仲语,村僻虎狼过。家法群阉炽,边师练饷苛。即今天寿麓,寝殿尚峨峨。""原草日侵道,山榕本不材。冷官殊自惜,征檄忽飞来。快接刘蕡草贲宅,惭登郭隗台。小园三月别,应报好花开。"诗不多作，外间流传仅此而已。闻端平日胆量绝小，不敢微行。徐锡麟、秋瑾之案发，端在金陵，夜烛治官书，必呼侍从执武器以环列，甚至入内室燕寝，亦须戎卒在侧，顷刻不离，如夫人以诸多不便，乃叱去之。一日午间，气候郁蒸，提学使陈子励来见，端葛衣纨扇，与之谭晤。旋陈伛体向靴间取一折扇，端惊极，脱呼曰："子励何为者？"陈曰："无他，取以拂暑耳。"端为之羞窘，遂索观其扇上书画，借以掩饰，然此趣史，已传遍遐迩矣。端喜阅报纸杂志，尝诏满学生曰："当今之世，新报固不可不阅，而留学生所出之杂志，尤不可不看，看愈多，则留学生排满之方法可以透澈，而吾可以思抵制之计。"盖其时革命思潮，已澎湃于宇内，而留学生更出《浙江潮》《江苏》等杂志，抨击满清政治之腐败，不遗余力也。

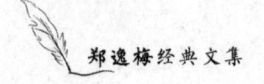

## 丁文江恶竹

竹之为物,蘀蘀青青,宜烟宜雨,千古表同情于王子猷者,不乏其人。而故丁文江先生独深恶之。某岁,避暑莫干山,满山篁竹,风吹声喧,文江为之夜不成寐。翌日清晨进粥,以箸蘸粥液,书嘲竹打油诗于案面云:"竹似伪君子,外坚中却空。成群能蔽日,独立不禁风。根细成攒穴,腰柔惯鞠躬。文人多爱此,声气想相同。"其庭园间不许植一二竿。即器玩凡竹制者皆不用。藏文与可画竹一幅,素为家传之宝,至文江乃以赠友某君。某君亦地质学家,与文江甚相契合者。肴馔不食笋,谓笋乃竹芽,亦宜摈绝之也。

## 李合肥之书法

有清一代，名臣辈出。而李合肥历聘欧洲，折冲尊俎，访俾斯麦，友格兰德，具世界知识，非一班迂腐老朽者流可比。李不但治理军政，即文艺亦优为之。家藏宋塌《兰亭》一，每日昧爽，便起临书，以一百字为度。临本从不示人，云借以养心自律。其致书于弟，动辄述及习字，而又推崇赵孟頫，如云："三弟笔性颇佳，习颜柳各体，似太拘束，活泼之气不能现于纸上，最宜改习赵字，而参以北海之《云麾碑》，则大有可观。"又云："三弟来函，既改习赵氏，慰甚。惟以功夫太浅，不能深得其意。此天然之理，不足道，只须有恒，不必多写，多写则生厌，厌则无功。每日临赵松雪《道教碑》，三页足矣。尚有一言以相告：临过之后，默思赵字之结构，以指画之。多看亦易进步，所临之字，不可废，至朔日齐集订成一册，以之比较，自有心得。"又致瀚章兄云："由虞永兴以溯二王，以及六朝诸家，世称南派。由李北海以溯欧阳询、褚遂良及魏北齐诸家，世称北派。欲学书者，先明二派之所以分。南派以神韵胜，北派以魄力胜。宋之苏东坡、黄山谷，似近南派，米襄阳、蔡襄似近北派，子昂合二派而为一。嘱四弟从赵法入门，他日趋南派或北派，庶不

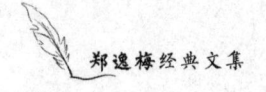

迷于所往也。望将此意转告二弟。"又与珏成云："弟于古文，喜读韩愈《论佛骨表》一派文章，于书法最爱赵子昂。因频劝子弟时常摹习，持之以恒，不难见其功也。"予曾于友人处见李所书楹帖："一径松风秋入画，半窗蕉雨梦生凉。"行楷绝流利，殊可喜也。据云李书不轻易与人，故流传不多，人益宝之。

## 张南皮一怒毙妇

南皮张之洞,道德文章,彪炳当世,卒谥文襄公。似其为人,一无疵病可指者,实则有一累德之事,南皮亦颇贻后悔,即踢毙其妇是。南皮与妇伉俪素笃,既生子矣。某晚,忽因小儿事,互起争执。南皮一时忿怒,失足将妇踢倒,急行扶起,已人事不知,鼻中流血不止,迨延医诊治,已属不及,翌日殒命,乃买棺安殓,一切如礼,乃运柩回里。其内兄子祥,欲兴问罪之师,幸子祥乃南皮尊人及门弟子,碍于老师情面,未便遽生波折,乃以葬礼必须从丰为要求。南皮尊人允之,始未成讼。然南皮不敢回家者年余,盖甚愧对子祥也。南皮因此事深自引咎,一再于家禀中提及之。如云:"大人来谕,每以儿年少气盛,诫儿须心和气平,处事忍耐。淳淳训谕,无一信不提及,乃儿竟不能仰体慈意,肇启衅隙。子祥内兄即看大人面子,不予深究,而儿心中目中,亦实歉仄万分。"又云:"儿平日间伉俪之情甚厚,此次实为失足,并无别意。肇事而后,亦追悔莫及,使无大人在堂者,虽身殉亦所甘心。此可质诸旅京诸先辈,当可得其详细也。"又云:"设无大人庇荫,则儿此时或缧绁加身,安得此衡文秉学,进退人才。故儿今日之一丝一粟,皆出自大

人之厚赐，儿虽冥顽不灵，亦当知感。语曰：'经一蹶，长一智。'儿前承大人训谕，未能体会，致有今日之祸。今后敢不勉力趋上，以负大人厚望，使再不革面洗心者，殆真非人类矣。"既而南皮尊人又为南皮定婚高氏，以备续娶。南皮犹以为于心未安，谓此虽与例无禁，于理无伤，而于情则似乎难言，乃展缓至三年后，始成嘉礼。且时时怀念前妇，久未释怀云。

## 谭浏阳学剑于大刀王五

戊戌政变,六君子中以谭浏阳之死为最壮烈。盖浏阳尚侠好剑术,尝师事大刀王五。五知浏阳识略超人,欲率其党羽至北满南漠间,别立为国,奉浏阳为首领,浏阳不许,五甚惜之。后以政变被逮,于狱中题壁曰:"望门投止思张俭,忍死须臾待杜根。我自横刀向天笑,去留肝胆两昆仑。"盖念南海与大刀王五也。又传其就义时,尚有"剩好头颅酬死友,无真面目见群魔"句。事后梁任公知之,乃为续成一绝云:"道高一尺魔千丈,天地无情独奈何?"皆慷慨激昂之什也。顷我友俞一士君自北平来书,谓在平市发现谭浏阳遗剑,剑长三尺,柄有"复生"二字,虽已锈蚀,然略加擦拭,即灿然发光。据闻剑埋于某氏家之后圃中,某氏与浏阳为交好,剑固寄存其家者。又浏阳被杀,某氏恐被累,乃埋剑后圃以灭迹。今某氏子孙式微,以屋转鬻于人,凿池引泉,遂获是物,被一扶桑古董家所见,以六百金购去。宝物沦亡,殊可惜也。浏阳于学,无所不窥。著有《仁学》《剑经衍葛》《印录》《思纬吉凶台短书》《兴算学议》《壮飞楼治事十篇》《寥天一阁文》《莽苍苍斋诗》《远遗堂集外文》《秋雨年华馆丛脞》,有刻有未刻,距今只数十年,遗稿散佚，无复全璧。兼擅书，墨迹亦不多见。浏阳生前，与陈伯严吏部友善，当时有两公子之目，后又同学佛于金陵杨仁山居士。浏阳又与唐绂丞为二十年刎颈交。浏阳死，绂丞欲代收骸骨而未及，曾作联挽之云："与我公别几许时，忽警电飞来。恨不与二十年刎颈交同赴泉台，漫赢将去楚孤臣，箫声呜咽；近至尊刚十余日，被群阴构死。甘永抛四百兆为奴种长埋地狱，只留得扶桑三杰，剑气摩空。"造句奇崛刚健，其为人可知。毋怪与浏阳生前沆瀣一气也。

## 钱三之骗术

新正多暇，与诸同事作拉杂谈，以消永昼。周君钟武，海虞人也，为述海虞有钱三者，以骗术起家。其人灵心四映，诈术多端，往往有匪夷所思者。时李合肥身居揆席，声势赫奕，其公子某欲作明圣湖游，道经鲁省小作盘桓。合肥乃预为致书山东巡抚，嘱为照拂。不料未及行期，公子抱病。事为钱三所知，乃乔装为公子状，直赴鲁省巡抚署。巡抚以相国公子，款洽殷勤。酒酣，钱三启口向巡抚挪移款项二千两，巡抚许以明日当为筹措。既退，即与幕友商量，谓相国公子年龄似不合，得毋有冒替之虞。幕友曰："是有法可辨。相国公子固善书，曩曾求得一扇面，今尚在箧衍中。明日不妨先请其书一楹帖，以为纪念，则真伪无遁矣。"明日午宴，巡抚乃敬之首座。谓款已筹妥，惟素慕公子书法，师王祖褚，得晋唐遗风，愿得一联，以辉蓬壁，未知公子能俯允所请否？钱三立应曰"可"。及磨墨伸纸，正凝神审势间，忽投笔拂袖而走。巡抚诧讶，往叩之。曰"中丞太小觑人，偶移银二千两，便以书奴见视，某岂如酸儒辈定例鬻字以谋生计哉？"巡抚惶恐，善为慰藉，并立献二千两。钱三不受。固请之，固故不受。卒再贿其随从五百圆，遂纳谢而

去。及得相国书,辞以公子以病沮游兴,始知受绐,然已追踪不及矣。数年后,钱三满载而归,结纳权贵,居然在缙绅之列。其子名中青,擅武艺,膂力过人,能挽强弓,作由基射,发机如惊飙。将至的,矢似坠而忽上昂,名曰"凤凰点头"。有清一代,年羹尧外,中青乃第二手也。所骑又为名驹,绕场三匝,驹忽竖尾似张屏;中青欠身发矢,人无知者。某岁赴试,试未终场而暴病卒。

# 黄克强引咎自责

世称开国二杰：曰孙总理，曰黄克强。克强先生卒于民国五年十月三十一日，去今已二十年。此二十年中，国事扰攘，外势日迫，地下有知，当必抱痛。克强先生，湘之善化人，世居邑之东乡，原名轸，字堇午，因长沙起义失败，清吏捕之急，始易名兴，字克强。体貌魁梧，蓄髭鬖鬖然，平居喜御西装，整洁自有风度。寓居海上爱文义路，后迁福开森路。与报界人士颇多往还，故报界前辈叶楚伧、柳亚子等均与之有旧也。先生幼读于两湖书院，崭然露头角，时张香涛督湖广，拔送之赴日本留学。先生素具民族思想，与同志组织华兴会，以宫崎寅藏之绍介识总理，遂取消其旧有组织，而加入同盟会，同盟会之势力乃益雄厚，非先生之力不克臻此。归国后，实行革命工作。黄花冈之役，先生与赵百先，同主其谋。既失败，先生深自引咎。致冯自由书，有"广州之役，弟实才德薄弱，不足以激发众人，以致临事多畏惧退缩，遭此大败。而闽蜀两省英锐之同志亦损失殆尽，弟之负国负友，虽万死无以蔽其辜。自念惟有躬自狙击此次最为害之虏贼，以酬死事诸人，庶于心始安，亦以励吾党之气。"自由力劝之，并筹汇二万金于广州设立暗杀机关，

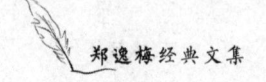

招同志代行其事，始不轻往。及赵百先郁愤死，先生又为之嗟惜不已，曰"伯兄平日之气概，不获杀国仇而死，乃死于寻常之疾病，彼苍不仁，已歼我良士，又夺我大将，我同胞闻之，亦将悲慨不置，况于目击心伤者乎！"其热烈激昂有如此。民国建立，袁氏背叛毁法，杀宋渔父，先生奠之归，曰："袁世凯杀宋遁初，目中无民国矣。"遂有讨袁之举，以不敌，重为亡命客。及云南起义，乃复归，卒以积劳成疾，死时年四十有四。先生不但善于谋策，且兼擅吟咏。予囊曾录存数首。如《和谭石屏》云："怀锥不遇粤途穷，露布飞传蜀道通。吴楚英雄戈指日，江湖侠气剑如虹。能争汉土为先着，此复神州第一功。愧我年来频败北，马前趋拜敢称雄。"《祝湖北＜国民日报＞》云："万家箫鼓又宜春，妇孺欢腾楚水滨。伏腊敢忘周正朔，舆尸犹念汉军人。飘零江海千波谲，检点湖山一垒新。试取群言阅兴废，相期牖觉副天民。"《三十九岁初度作》云："三九年知四十非，大风歌罢不如归。惊人事业随流水，爱我园林想落晖。入夜鱼龙都寂寂，故山猿鹤正依依。苍茫独立无端感，时有清风振我衣。"《咏鹰》云："独立雄无敌，长天万里风。可怜此豪杰，岂肯困樊笼。一去渡沧海，高扬摩碧穹。秋深霜气肃，木落万山空。"盖皆深具寄托也。

## 追记总理蒙难一轶事

当民国十一年孙总理北伐之计划已定,乃誓师韶关,向赣边进发,不旬日间,大庾岭以北南安一带,次第克复。不料陈炯明在粤叛变,扰乱后方,并委叶举为总指挥,驻扎白云山,六月十六日,率众炮攻总统府。总理预先得讯,避登永丰舰。海军陆战队孙祥夫,更进攻总理坐舰,被楚豫等舰击退。总理率舰驶进省河车歪炮台时,陈派重炮兵二营,会同要塞炮兵,于两岸夹击,舰长欧阳格奋勇突进,总理亦乘坐是舰当先冲进,并令蒋中正指挥广玉楚豫各舰,衔接而前,卒冒险冲过车歪,至白鹅潭驻泊。陆军复以水雷轰总理坐舰未中,总理之不死于难,亦云幸矣。据闻总理有一仆曰陆庆者,嗜酒若命,往往误事,总理固不之重视也。陆庆有一友,肤色黝黑而孔武有力,诨号黑虎者,为叶举营伍中人。某晚,黑虎饮酒过量,不觉大醉,遂以炮攻总统府阴谋泄之于陆庆前。陆庆以告总理,总理初犹不信,经僚属一再以明哲保身之道为劝,始避登永丰舰,否则环攻之下,未有不玉石俱焚者。事后,总理深感陆庆之德,叩其家世,知亦香山人,其家素业农,父卒之岁,适值饥馑,庆固遗腹子,尚未生,母以三日不得食,欲自经于道旁之树,

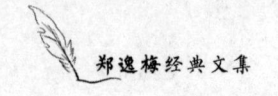

忽为行人所见,即解救之,且馈银两以维生计。翌年分娩,岁大熟,于是以"庆"为名,抚养而至成人。母之劬劳,固属昊天罔极,而解救馈银之人,当时只知为孙姓,未悉其为何许人。有德未报,亦殊可憾耳!总理聆至此,大为惊诧。盖总理幼时,曾闻其尊人述及其事,所谓孙姓者,乃其尊人也。

## 王铁珊朴俭无华

宦海耆旧,若梁燕荪、岑西林辈先后下世,而王铁珊氏又以捐馆闻,惜哉!氏名瑚,曩曾一度为江苏省长,德政化民,如降时雨,至今人犹称道之不衰。氏为我苏名士刘雅宾弟子。晚近以来,师道日替,而氏事刘雅宾惟谨,雅宾贫甚,氏时时资助之。及死,氏赙特厚。开吊之前一日,氏长车赴吴门,诸官吏,若镇守使道尹等,以氏为上峰也,亲往车站迎候,迓氏至书院巷公署,设宴款之,夜即下榻其间。翌日,镇守使道尹,备绿呢大轿,请氏乘坐。氏曰:"岂有吊师丧而坐轿者乎?是大不敬,当徒步以往。"镇守使道尹平日固车骑惯常者,今日乃不得不以氏故随之步行,两足疲乏不堪,然只能暗中叫苦,不敢申述也。一时传为笑谈。此眠云为予道者,以视袁慰亭之致书张季直,初则称之为夫子大人,及官头品顶戴,改称为季直先生,既而官拜北洋大臣,乃迳称之为季直吾兄者。一厚一薄,相去不啻霄壤矣。又据眠云谈,氏邃于旧学,其时基督将军冯焕章,礼延海内名士,若阁甘园王开化辈为教师,从事学问,以求进益。闻氏之熟于经书也,乃请之讲《易经》,每日一小时。冯氏见辄呼先生而不冠姓,以示敬异。盖氏之朴俭,德行高尚,在在足使冯之心折也。

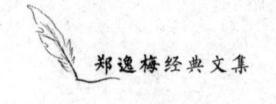

## 杨士骧喜啖羊肉

有清名宦杨士骧,以干练称于时。任山东巡抚,以曹州教案,自胶州至高密,悉为德兵所驻守,铁路警政,俱被横夺。士骧先隆礼貌以欢结之,渐以理势开晓,德人竟撤兵而还我利权,且请其国主而赍杨以宝星也。又以黄河岁溢为灾,官吏利倾帑岁修,因缘为奸。遂身巡河堤,厉赏罚,决则官奏劾,兵弁依律论斩,由是终杨任,河无决溢,督直隶时,陛见之余,至前门某街,入羊肉馆一快朵颐,同座者皆下隶厮养,杨不为意。啖既,甫出门,遇同僚李京卿驱车过,与之为礼,讶询何以至此,则谓此间羊肉馆素负盛名,微时尝食而甘之,今日偶经其地,肉香触鼻,不觉馋涎欲滴。因拉李入座试尝之,李虽频加赞美,然殊感坐立不安。杨据败桌,坐敝凳,又复大嚼,其脱略形迹有如此。杨通艺事,善作对。一日赴回人马龙标之宴,肴馔皆鸡鸭,摈绝豚肉,酒酣,乃笑谓马曰:"尊姓名可与鸡鸭杂为对。"闻者咸笑。盖俗以鸡鸭之肾肠心肝为杂也。杨之夫人嫉妒甚,虽置姬妾而不许值宿,杨苦之,乃自制一挽联曰:"平生爱读游侠传,到死不闻绮罗香。"杨死于宣统元年五月,享年五十。其弟士琦,即以是联悬之灵前。士琦好学,案牍余暇，手不释卷，尝谓于史喜《通鉴》，于诗喜工部、玉溪、临川、遗山，于小说家言喜《世说新语》，曾斥资校刊《世说新语》，并作序于其端云。

杨士骧书法作品

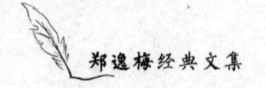

## 袁项城五子百衲之诗才

袁项城诸子多隽才。次子寒云，固以陈思王自况，四子成斋，亦善韵语，尝见其时事诗，有"烽燧连云天外起，弓刀匝地战中听""仙霞未出通南服，僰道先开下绝陉"等句，笔力殊雄健也。五子克权，字规厂，别署百衲，又号忏昔楼主。与兄寒云同师方无隅。年少才美，诸前辈咸以小友呼之。娶端溭阳女小华庵主为室，曾游瑞士等国，诗境益诡怪奇丽。刻有《百衲诗存》一册，始丙辰，迄戊午，凡二百八十三首。陈方恪、易顺鼎、夏寿田为之题辞。承以邮惠，至今犹留笥箧，为予爱诵者。如《邺园杂诗》云："漂泊江湖似转蓬，十年哀曲古今同。华亭鹤唳真堪忆，误杀云间陆士龙。""甘泉截竹学鸾声，差似今宵月色明。花落不归伤晼晚，柳阴停辔看春耕。""引吭高歌大有人，悔从宛洛染缁尘。六州多少伤心泪，洒向羊碑草不春。"《醉起》云："容膝偷名爱日轩，尘嚣总不到闲门。偶然醉起官梅畔，满袖残花媚酒痕。"《南朝》云："大业锦帆未可留，蒋山横翠望中悠。南朝一部兴亡史，不说萧梁说莫愁。"《无题》云："宛转迷楼记不真，墨花点染旧绨巾。抛家髻上犀分水，薛氏梳中褥却尘。卯酒漫图千日醉，错刀聊慰百年身。天津桥畔春风起，愁绝河梁侧帽人。"《秋夕忆旧》云："嘹亮商声破顶寥，诸天雨暗法轮高。奈何重按宁哥笛，风满池塘月满桥。"《有忆》云："别来池馆静云关，鹤市钿车入梦难。崔浩英年原倜傥，小姑居处自清闲。筵头鹦鹆曾回舞，山下蘼芜莫乱删。近欲珠林依佛子，频伽再世听喃喃。"又百衲盛于意气，某次，以故旧礼谒某公，某公初膺重职，谈笑之间，大有睥睨人群，无堪俦匹之概。百衲归，集温飞卿句以嘲之曰："恶木人皆息，升平意邃忘。蛇矛犹转战，元老已登床。清跸传恢囿，吹笙送夕阳。风华飘领袖，乌帽紫游缰。"一时传诵者甚众，而某公无如之何也。

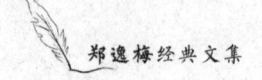

## 宋哲元之大刀

冯玉祥赠给宋哲元刻有"抗日先锋"字样的大刀

抗日将军宋哲元喜峰口之夜战，士卒效命，横厉无前。其时大雪纷飞，冈峦关塞，一白皑皑，日军瑟缩于营帐间，或饮酒以驱寒，或爇柴以取暖，方默计何日得班师而归，重叙室家之乐，不料鼍鼓喧天，燎炬照地，宋军冲陷而入，一时坦克车、轰炸机无所施其猛烈。宋军固善以大刀杀敌者，光摇冷电，势挟青霜，敌人慑伏，叩头似捣蒜，宋军举刀乱斫，一一丧元。此役也，敌死凡数千，弃兵而遁者，亦失魂夺魄，莫知西东也。有大同山人者，索得杀敌之大刀一，陈列于劳神父路中华全国道路建设协会中。我友陆子丹林，任《道路月刊》辑事，昨访之，则大刀装于颇黎龛中，长三尺，阔寸许，头平微作上削，柄系青帛，端成环形，铓锷间血痕斑然，几欲锈蚀，抚之雄心勃发，令人作跨蓬莱斩长鲸之想也。

## 张宗昌办《新鲁日报》

军阀张宗昌督鲁,自称义威上将军时,在济南办有《新鲁日报》,日出两大张,有社论、有专电、有本地新闻等,报馆门前,戎卒荷枪,两旁鹄立,编辑出入,戎卒立正致敬。盖编辑虽文人,然亦畀以武衔。如少校中校上校之类,此种怪现状,为从来办报者所未有。主持者有鉴海上《神州日报》之副刊《晶报》,风行海内,乃仿之出副刊《新语》,载长篇小说二种,一《蛇环记》,一《虎穴历险记》;其它小言也,剧谈也,影评也,诗话也,笔记也,轶事也,谜语也,应有尽有。稿费较其它刊物为优,借以吸引来稿。有转轮小说,则纯为诸特约小说家为之,其它更有随报附送之《新鲁月刊》,月出一大本,言论悖谬,且痛斥北伐军。时予在吴中,吴中人家有定阅是报者,无非爱读《新语》之饶有文艺耳。自北伐军抵苏,吴侬胆怯,恐反动刊物之藏置贻祸,悉付诸祖龙一炬,今则无复有寸楮之留遗矣。

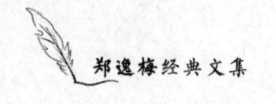

## 陆士谔之龙泉剑

故青浦陆君士谔,擅小说家言,本我道中人,后以鬻文为苦,乃改操长桑君术以问世,然兴至仍不废撰述。日前予往访谈,陆君谓:"业医往往可得意外之物,前为江南刘三治病,获苏曼殊山水真迹一幅,君已睹赏之矣。兹者浙江龙泉人蔡起澜之夫人来信求方,蔡君赠龙泉宝剑一柄。"脱鞘见示,则寒光凛然。执之令人作杀敌诛仇之想,不觉把玩者久之。又指案头之盆卉一,曰:"此玉叶树,产于檀香山,以珍异故,禁止出口。"予视之,则一树根,作片面劈截之状,蓄于水中,根茁芽发叶,湛然深碧,而光泽可喜,尤为难得。陆君曰:"前应诊于虹口卢宅,为一少妇治症,仰首构方,适见架上玉叶树,不禁注目者再,病者之父,知予爱好,遂举以相赠,即案头佐静添幽之物也。"予曰:"此无异曩日查伊璜在吴六奇将军府赏英石峰,题以绉云二字。六奇乃舰运辇载,送绐云查家故事。"陆君莞尔曰:"病者之父,风义固不让六奇当年,惜予非风情潇洒才华丰赡之查孝廉比,未免有惭佳贶矣。"按陆君尚有一事足述,女子某沦为某家婢,某略知文墨,并喜读岐黄书,慕陆君名,致书叩询,陆君知其身世之可怜,乃设法招之来沪,供给衣食,认为义女。某既出樊笼,得遂所愿,专心学习,居然深知脉理。陆君抽暇更授以古文辞,于文章义法,亦耳熟能详。予访陆君,辄见某服御朴素,端庄凝坐,言笑不苟,洵末世罕觏之好女子也。

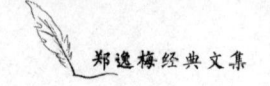

## 蔡松坡与唐继尧

云南起义，如火如荼。在民国史上，占重要之一页。年年是日，朝野人士一致纪念，而与起义人物蔡松坡、唐继尧辈，尤具敬仰之表示。盖先烈遗徽，自有耐人追述者。爰摭平日朋好所谈，录其一二于左。松坡蓄一黑马，高蹄锐耳，毛鬣生风，产滇南，善走若飞，松坡每历战阵，辄乘之驰骋。一日，困于林麓壑涧间，敌弹似雨，幸马超跃突围，始告脱险。某次戎装佩剑，试马春郊，挟其爱侍小凤仙与俱，见之者以为英雄名马，著一美人，无异重瞳御乌骓，而虞姬起舞也。又爱一犬，松坡戎马关山，赴滇入蜀，犬追随不舍，既而纳谿之战，犬为袁军击折一足，然虽跛而眈睛直视，猛健如故。及松坡死，蜀人开追悼会，场中陈列黑马及犬，并军符、令箭、鞍鞯、肩舆、旗帜等遗物。旗作浅黄色，中有一蔡字，旁书"护国第一军总司令官"九字，见之者仿佛铁骑玉轴，气奋风雷，有如昨日事也。唐继尧礼贤下士，名流归之如市。章太炎至滇省昆明，唐数骑往郊外迎之，并鸣礼炮一百有一响，既同至署，设上等滇肴以飨之，供帐之盛，无与伦比。又佛学家欧阳镜无至滇，演讲佛教之宗派，如成实宗、三论宗、涅槃宗、律宗、地论宗、净土宗、禅宗、俱舍宗、摄论宗、天台宗、华严宗、法相宗、真言宗,按日演讲,凡十三日止,继尧日往聆之,颇有皈依我佛之意。及欧阳镜无去,馈以行赆盈万,因更聘印光溪云诸高僧,设水陆大斋,用荐死难阵亡诸将士,虽耗费甚巨不惜也。李烈钧、李怀霜辈莅滇,继尧莫不躬亲迎迓,礼以上宾。有说士李六更者,亦在滇演讲,口若悬河,殊多妙绪,继尧款洽之余,询其命名之由,李曰:"国人鼾睡正酣,虽打五更犹不清醒,则非予大声疾呼,打六更不可。"继尧笑领之,曰:"此语爽隽,如啖哀梨也。"继尧无媚外性,某国领事之花园,槿篱被人拆毁,翌日,领事向继尧提出抗议,并要求赔偿。继尧厉声斥之曰:"芥末细事,而值得如许举动,贵领事抑何大才小用耶?"领事羞惭而退,即招工补编篱落,不敢复提只字。

蔡锷（蔡松坡）

唐继尧

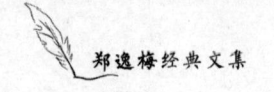

## 光复上海之四烈士

辛亥年光复上海商团同志会,日前假豫园萃秀堂举行公祭先烈,并摄影聚餐,招待来宾。参与其盛,并特邀于伯循、潘有猷、胡朴安、陈其采、吴绍澍等前来指导,且于席上演说,予叨陪末座,得与其盛。为光复而牺牲之烈士,设位于米家书画舫,盖一船室也。烈士凡五人,曰荣九松、俞志伟、张沛如、刘舜卿、沈文彬,位旁更列何曰琰之遗照一帧,戎装佩剑,状极英俊。何氏乃商余学会会长。所谓商余学会者,即商团之先声也。荣、俞、张、沈四烈士,死于攻制造局之役,刘舜卿则赴宁攻天保城,被张勋帅所戮,死状极惨者也。商团同志,当时凡五千余人,今来参加者,仅一百八十余人,其余或已化为异物,或则散处他乡,一时无从探访。来者大都蓄须,年在花甲左右,最少者为赵升实,当时为敢死队,只十七岁,今亦五十有二矣。堂壁缀以各种纪念物,有陈英士所颁给商团之铜章,有好义急公等褒语,又有给光复上海商团最出力之李文洪优等奖凭,照片多帧,有全体早操所留之影,均军服荷枪,惟皆垂垂有辫,因开创之际,尚在前清光绪三十二年,固仍沿清制也。一照四人,有赳赳干城之概,足旁累累皆炮弹枪子,则攻克天保城携来之胜利品也。会中更有一纪念册，黏存诸沪军都督所颁之公文，及商团臂章，又有李平书、沈缦云、王一亭、孙玉声、郁屏翰等发起商余学团之缘起。是日郁元英适在座，因以见告，此缘起即其先祖屏翰先生亲笔所书。既而施宴设席，诸同志口沫横飞，大谈其以往革命史，谓当光复之际，陈英士于《民立报》馆中特辟一室，夜间不备灯烛，与诸同志秘密商议起义事。英士颇以无兵力作后盾为忧，诸同志以商团多热血健儿，且有枪械，愿为先锋，于是英士胆始壮，遂下决心，一面攻道台衙门，一面包围制造局，枪械不足支配，无枪者挟大刀以赴敌。即有枪械者，每人亦只二颗子弹，用罄即无以施射，然以先声夺人，清兵竟丧胆，急悬白旗，亦云幸矣，但商团同志之誓扫匈奴不顾身之勇气，洵足垂史乘也。

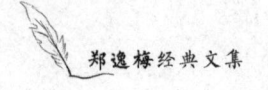

# 袁寒云手稿

顷获袁寒云手稿，署名抱存，惟一角为蓝墨水所污，虽字迹尚可辨识，然白圭之玷，殊可惜也。是稿标题为《篆圣丹翁》，盖为张丹斧而作，未免有标榜溢誉处。但张丹斧书法确有功力，奈彼疏狂成性，不肯精心为之，故流传遗墨，往往瑕瑜互见耳。其文如云："今之书法家学篆籀者多矣，而能真得古人之旨趣者盖寡，或描头画脚，或忸怩作态，则去古益远。在老辈中，惟昌硕丈以猎碣为本，而纵横之，而变化之，能深得古人之真髓者，一人而已。昨丹兄见过，出示所临毛公鼎，予悚然而惊，悠然而喜，展读逾时许，而不忍释。盖丹翁初得汉简影本而深味之，继参殷墟遗契之文，合两者之神，而泳以周金文之体，纵横恣放，超然大化，取古人之精，而不为古人所囿，今之书家，谁能解此耶！其微细处若绵里之针，其肥壮处若庙堂之器，具千钧之势，而视若毫毛。予作篆籀，尚拘守于象，而丹翁则超之于象外矣。俗眼皆谓予为工，而不知其荒率者，难于工者百倍犹未止也。工者循象迹求，犹易以工力为之；率者神而明之，不在方寸之间。无工力不成，无天才亦不成。岂凡夫俗子一所得梦见者哉。予能知之，黄叶师能知之，恐再求知者亦不易也。

予读其所作，懔然有悟，他日作书，或可有进欤！予尝曰："秦以后无篆书，晋以后无隶书，今于数千载下，得见古人，洵予之幸也。"按黄叶为宣古愚之别署，曾几何时，而寒云也，丹斧也，黄叶也，先后下世，留此数行笔墨，供人探索而已。

袁克文最喜彩串昆剧

　　袁克文行二，是袁世凯使韩时，韩王所赠姬人金氏所生，克文在汉城出生前，世凯梦见韩王送来一只用锁链系着的花斑豹，跳跃踉跄，忽然扭断锁链，直奔内室生克文，所以世凯赐克文字豹岑，抱存、寒云都是后来他的别署

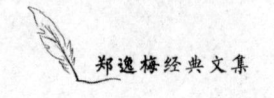

## 文公达考证扶桑非日本

《天倪室遗集》，文公达所著也。虽寥寥只二卷，却多考证之作。庐江陈鹤柴识公达深，序其遗集有云："萍乡文公达大令，树臣观察之孙，芸阁学士之子也。夙承家学，舞象游庠，敏慧逸群，博闻强记。余识君于沪，君方弱冠，藻思绮发，挥翰若流，时出隽言，亦骈亦散。以贫故，邀游粤皖燕京，返棹浔阳，复羁沪渎，几三十年，疗愁无术，赴召玉楼，以癸酉二月晦日中风遽卒，年五十有二。遗二女，无子。余夙有苔岑之契，寻鉴遗文，怒焉伤怀，辑缀付刊，弥深山阳闻笛之感已。"当其羁沪，供职《新闻报》馆。某次宴会，予于席间，曾与之一度把晤，清言霏玉，迄今犹能想象及之也。尝谓："古籍所言扶桑，词章家皆以日本当之，其说久矣，然不能无疑。盖诸书所言扶桑，其辞若甚渺远，似非今之日本，一也。日本历史流传有绪，其于此说，亦无可以互证之处，二也。扶桑既为一种植物，考之于古，征之于今，皆无足以当此者，三也。扶桑之说，欲求其他以实之，则今之澳大利，庶几相近。"又云："古诗多语病，《丽人行》固是名作，然'肌理细腻骨肉匀'一语，却极可笑。昔王渔洋奉使祭南海，其咏粤中风物诗，有'夜半发香人睡醒，银丝开遍素馨花'之句，后人以诗谑之云，'不知奉使渔洋老，枕畔何由觉发香'，而少陵野老，踯躅江头，不知何由得悉肌理之细腻与夫骨肉之匀也。"其读书心细如发，殊堪倾佩。公达有卢仝癖，喜饮碧螺春，煮茗飨客，长谈不倦。负诗名而不常吟咏，却与养花轩主时相唱和。时轩主设小说函授社于西爱咸斯路（今永嘉路），公达得暇，辄至社中，斗韵联句，相得甚欢。公达死，轩主哭之，有"诗心此后何人会，犹听淞江半夜潮"之句。轩主，以曾左彭说部斐声于时之徐哲身也。

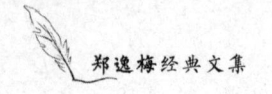

## 本事和银幕名称的开始

电影的故事情节,印成特刊或说明书,称为"本事",这是名导演陆洁开始的。他编导了《人心》《小厂主》《透明的上海》《殖边外史》等,都有"本事"。我在上海影戏公司担任编撰,写了一系列的"本事",我敝帚自珍,一一留存着,不料在浩劫中全部失掉。

国产电影第一部爱情片《海誓》,是上海影戏公司但杜宇所拍摄的,女主角便是殷明珠(现尚健在,寓居九龙)。这时女演员不多,且大都出身封建旧家庭,思想受到束缚,明知拍戏是虚构的,可是赤裸裸演爱情片,不仅被家长所反对,即自己也觉得害羞,不敢尝试。殷明珠却活泼成性,又复大胆作风,毅然担任了这个爱情片《海誓》的主角。由于她表演得真切动人,又能捉摸着电影的特性,展示人物的心理状态,一会儿把感情克制着,一会儿又一任感情的奔放,使感情和动作融化为一,造成艺术的效果。摄成,放映于沪西静安寺路(今南京西路)的夏令配克电影院。这个电影院是专放西方第一流名片的,放映我国国产片《海誓》,是破例第一次。

称电影为"银幕",创始者为《小说世界》的主编叶劲风。

《小说世界》和《小说月报》,都是商务印书馆的出版物。《小说世界》为周刊,创刊于一九二三年,自三卷五期起,卷首特辟一栏,登载电影方面的文字和插图,称为"银幕上的艺术",成为杂志登载电影图文的开始。那"银幕"两字,顿时成为新名词,大家都应用了。

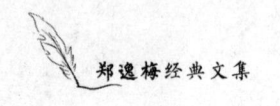

## 玲玉香销记

回忆阮玲玉的文章,喧腾报刊。的确阮玲玉是一代艺人,评价很高,是值得回忆再回忆的。

我早期参加过电影工作,在上海影戏公司担任编撰,那时联华公司拍《玉堂春》,即借上海影戏公司进行,阮玲玉任该片主角,因此我得和阮玲玉相识,觉得她不仅清便婉转,曼妙多姿,而且演艺充满着真实的情感,给人深刻的印象,在当时的影星中,是佼佼出群的。

阮玲玉

玲玉的结束,是很悲惨的,服了三瓶安眠药片而自尽。原因由离异的前夫张达民,为了索诈,向法庭控诉,这一下打击了她脆弱的心灵,卒至出此下策,闻者无不为之嗟惜。她的逝世,轰动于社会。当那天在上海万国殡仪馆成殓,前往吊唁的,塞断了一条胶州路。她居住在新闸路沁园村,新闻界、电影界人士，纷纷来此摄影，几至户限为穿。

　　这时，我在新华影业公司承担宣传主任，新华的办事处，即设在其舞台京剧院。原来这两个机构，都是张善琨倡办的。同事戏剧家汪仲贤，编《玲玉香销记》，作时装戏演出，由韩素秋饰阮玲玉，汪仲贤饰导演卜万苍，演来有声有色。且在戏院门前玻璃橱窗中，陈列了玲玉生前的服御，和所写的手迹，又要我编了特刊，在报上发表。连续满座。这样演了半个多月，张善琨又邀张达民亲自登台，和观众见面。达民初有难色，善琨给以重酬，达民也就为利所动，允如所请。但彼自知其行径，为社会所唾弃，深恐被群众所殴辱，善琨保障其安全，特许他从隔邻大世界游乐场暗道通入其舞台后台。这个经过情况，时越数十年，知道的已寥寥无几了。

## 塔圮雷峰忆昔年

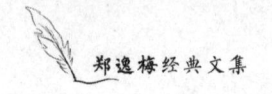

雷峰塔倾圮于甲子年，屈指算来，已经六十多个寒暑了。曩时我揽胜西湖，荡舟归来，天将垂暝，恰巧领略了雷峰夕照的绝妙景色。厥后再度游湖，舟行至此，总觉得眼前空荡荡，缺少了一个点缀品，不但失掉了物质上的美，并心灵上的美感也付诸乌有了，引为莫大的遗憾。听说有关部门正在考虑这个问题，希望能早日施工重建，使这风铃云级，恢复旧时的观瞻，以补这个遗憾。

事有凑巧，我正在涉想旧游，忽邮递员送来一挂号件，打开一看，却是女作者王映霞贻赠我一柄那年甲子雷峰塔倾圮的纪念扇，一面为王二南连正带行的法书，一面为楼辛壶所绘的雷峰塔，两相配合，成为佳构。王二南，别署不须老人，乃是王映霞的祖父，也是郁达夫的太岳丈，生平多才多艺，举凡诗文、金石、栽植，以及烹饪、缝纫等等，无所不能。书法浑雄俊发，深得钱南园神髓。该扇写着一段雷峰塔的考证，并倾圮的日子，如云："钱忠懿王俶之妃黄氏，于南屏山雷峰显严道院建塔，奉藏佛螺髻发，并以石刻《华严经》，鳞甃其下。用形家者言，高止五级，成于宋开宝八年八月。民国甲子八月二十七日下午

雷峰塔

圯，塔基尚存。不须老人纪事。"按开宝为宋太祖年号，在公元九六八年至九七五年之间，距今已有千年历史了。但据黄妃塔碑记（雷峰塔一名黄妃塔），谓："始以千尺十三层为率，爰以事力未充，姑从七级。"今不须老人谓"高止五级"，两说有歧异，我当年虽目睹塔影峰光，却已不忆七级与五级了。楼辛壶名虚，别署玄根居士，缙云人，流寓六桥三竺间，书画外，兼擅诗古文辞，为南社耆宿。是扇所绘，澹澹着笔，塔以浅绛出之，杂草丛茁塔砖之隙，益形荒芜寥落，寒鸦点点。远岑相衬映，颇具元人笔意。辛壶且题一词："去年羁旅吴淞畔，倏报浮图陷，可怜西子堕云鬟，几点飞鸦哀怨总情关。夕阳无语红衰草，那个心如捣。湖居怎不管闲愁，一任晚钟凄咽六桥头。"所谓晚钟，乃指南屏钟声，悠悠扬扬，荡入湖水湖烟中，别有一种韵律哩。

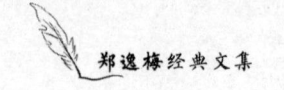

# 上海园林举隅

上海是世界著名的大都市，当然很热闹的了，可是尘嚣万丈，车马喧阗中，却也有清静所在，供人憩息的，那就得谈到园林了。

露香园　上海最古老的园林之一。园虽早已不存，现在犹称其处为露香园路，成为名存实亡。按《上海县志》："明时道州守顾名儒，筑万竹居，其弟名世，又于其东旷地筑园，穿竹得石，有赵文敏所书'露香池'三篆字，因名园为露香园。"又《阅世篇》："水蜜桃惟吾邑露香园有之，色艳而味甘。"又徐蔚南《顾绣考》："明时有园主与女眷居此园，比刺绣擅名，时称露香园顾绣。"清道光十九年，海疆有事，即在是园设立火药局，制火药不慎，轰然炸毁，成为焦土。此后，欲呼其处为九亩地。上海的新型剧场名新舞台，即建设在此，尚有万竹小学，为胡适之幼年读书处，沿用万竹居的旧名而已。

豫园　今尚完整。传统形式，耐人玩赏。此园建于明代嘉靖万历年间，属于邑绅潘允端所有。当时占地七十余亩，园有假山，出于园艺家张南阳设计（南市天灯弄的日涉园，也是张氏设计，今已废），叠石别具丘壑，每年重九佳节，开放给人登高，称之为"大假山"。园的东部点春堂，堂额出于沈秉成手笔，沈为苏州耦园主人。堂一度为小刀会办事处，悬有名画家任伯年的杰作观剑图。玉华堂前的玉玲珑石，相传为宋代宣和花石纲遗物。通向内园有九龙石桥，亦明代故物，惜于修建中把它拆毁了。

九果园　据商务印书馆所刊印最早本《上海指南》所载，内云："曹家渡西吴淞江北岸，俗名吴家花园，清光绪间，邑人吴文涛所构，旧植果树九，故名。有环江草堂、闹红画舸、萝补小筑、望江楼诸胜。壁间有米元章书《英光堂帖》、吴云篆书"归去来辞石刻。"厅事五楹，额曰"绍修堂"。我闻其名，没有到过，今无迹象可寻了。

小万柳堂　在万航渡，原圣约翰大学的右面，为无锡诗人廉南湖和他的夫人吴芝瑛双栖之处。南湖名泉，和民初首揆徐世昌为同学，芝瑛为桐城古文家吴汝纶的侄女，和女烈士秋瑾结异姓姐妹，擅书法，其瘦金体尤名重一时。廉的先祖廉希宪，有万柳堂，因袭其名为小万柳堂，有帆影楼、剪淞阁诸胜。堂的南部为南园，溪流环抱，竹柳成荫，有亭耸立，登之悠然有高世之想。小万柳堂对岸徐棣山筑小兰亭，茂林修竹，雅似兰亭，有美国种大丽花数十本，绝艳美，向于中秋开大丽花会。

徐园　海宁巨商徐棣山所筑。徐拥有资财，在唐家弄卖了三亩地，筑双清别墅，俗称徐园。园内有鉴亭、鸿雪轩、桐韵旧馆等以供憩息。棣山死，其子贯云、凌云兄弟以原地太隘窄，把园搬至康脑脱路（即今之康定路），有十二景，南社雅集，经常在此举行，《南社丛刻》尚有徐园雅集照片。昆曲传习所，常借此演出。又西洋电影，在这儿首次放映，开了我国人士的眼界。一自抗战军兴，容纳无家可归的难民，园址也就废圮了。

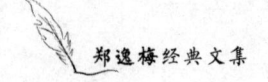

吾园　在上海城西南隅。李筠嘉所辟。筠嘉号笋香,工吟咏,有《吾园记》,叙述筑园的由来,有吾池、吾桥、吾廊、吾室。自云:"有桃百株、竹千竿,鱼数千尾,豢得雏鹤二。暇辄与二三朋好,啸咏其中,彼此忘形,不辨宾主。"闻龚定庵来沪,曾寓该园。嗣改龙门书院,不久毁。撰《上海小志》的胡寄凡有诗云:"行人但见吊龙门,李氏园名不复存。雅集幸留诗卷在,风流想见水云村。"

申园　在静安寺西,中建层桥,环围花木,右偏筑有亭榭,并浚方池,较为宏畅。四周有通衢,车马可以直达园内,绕行一周而出。自午后至日暮,来游者结队成群,品茗看花,流连忘返。逢到夏日,彻夜灯火,纳凉消暑的不断来往。随园后人袁翔甫撰一联云:"百尺旷襟怀,更饶它翠袖联云,香车流水;四时供啸傲,最好是夕阳西坠,明月东升。"按袁翔甫别署仓山旧主,曾主《申报》笔政,在福州路石路口赁小楼一角,称杨柳楼台。门前植杨柳多株,绿荫如幄,室中湘帘斐几,幽雅绝俗,结吟坛于此。嗣由张小楼借设书画公会,小楼工书画,为七君子之一李公朴的丈人。

西园　凡二所,一在静安寺之西,有品泉楼,因附近有珍珠泉而命名,花木扶疏,芳菲不绝。一在城南斜桥,为邑人张月槎所建以旷雅胜,槿篱竹扉,板桥茅屋,饶有林泉逸趣。售门票,为公共娱乐场所。

张园　原名味莼园,在静安寺路,今南京西路泰兴路口,本西人格农所建。清光绪十六年,为无锡人张叔和所有,初仅二十余亩历年展拓至七十亩。园外柴扉,题曰"烟波小筑",又在古树上榜"味莼园"三字,都出袁翔甫手笔。有海天胜处,为演剧场所,有安垲第,为售茗点开会之所。辛亥革命,孙中山回国，就任临时大总统的前一天，即在该处出席演说。又霍元甲和西人粤皮音比武，也在园中举行。前年，上海电视台放映霍元甲电视剧，邀我讲张园旧况，我把回忆得起的讲述了一些，并展示了一张该园的风景照片，在荧屏上和观众见面。盖张园旧址，早已改建市廛，无从目睹了。

愚园　愚园路即因此园取名，更在张园的西面。光绪十六年，四明张姓所建，画栋连云，有四面厅、花神阁、杏花村、倚翠轩、云起楼等，南社雅集，好多次在云起楼觞咏为乐。园中蓄有虎、豹、猩猩，为动物园的开始。凡易五主人，园亦改建市廛。

半淞园　在沪南高昌庙路，一九一八年上海人姚伯鸿所建。姚为鸣社社友，工词章，与画家周备笙友善，亦擅丹青。园占地六十余亩，亭、台、池、石，一切都按山水画稿，加以变化，有江上草堂、倚山楼、凌虚亭、碧梧轩、水风亭、四照轩、剪江楼等。又可取道斜坡，拾级登上迎帆峰，观浦江帆船。星社诸子，在江上草堂，举行雅集，我也参与其盛，曾几何时，园废而社亦星散，能不感慨系之。

瓜豆园　在龙华镇南，鸣社诗人陆云僧筑，俗呼陆家花园。花木繁茂，有怀桔庐，寓陆绩怀桔意，为主人居息之所。我曾藏有瓜豆园雅集照片，那著《官场现形记》的李伯元，倚柱而立，坐的有辛仲卿其人，新闸路的辛家花园，即辛氏所有。辛家花园，池莲多是名种，康有为一度寓居园中，后园归常州盛宣怀。我曾集陆放翁诗成两绝，一咏瓜豆园之盛："世上不知何岁月，此身如在结绳前。悠然顾影成清啸，始信桃源是地仙。"一咏其废："想见清伊照碧嵩，斯名岁晚亦成空。年来洗尽东陵梦，狼藉残花满地红。"

觉园　一称南园，在今北京西路铜仁路口，那是粤商简照南的私园。简氏好佛，园中植有菩提树，又设佛音电台于其中，书法家袁希濂皈依佛教，亦寓园以养静。

六三园　在江湾路、四川北路之间，为东瀛名士鹿三郎所筑，一称鹿园。园中植樱花多本，花时灿烂锦簇，绿色的更清艳。词人况蕙风来此见之，大为欣赏，作临江仙词十余阕。牡丹杜鹃亦称盛。小山之麓，流泉绕之，池中铺以石，清澈见底。挹翠亭畔为鹿栏，蓄雏鹿数头，凡馆舍等题额，均标大正年号，一楹联极可诵，如云："天上四时春，看好花不断，明月长圆，缥缈蓬莱几洄溯；座中前度客，尽旧谱留题，新诗覆瓿，大千萍梗话因缘。"出于日本人之手，殊非易易。一次，鹿三郎邀请钱瘦铁、曾农髯、汪英宾、杨树庄、王西神观舞，舞者十五六辈，都是妙龄女郎，且唱日本歌曲，如新莺出谷，簧舌轻调。主人在广场布席，西点极精，歌女持杯劝进，西神为作《鹿园歌舞记》。

昧园　在法华，鸣社社长郁葆青所辟。植牡丹，多名种，姚黄魏紫，主人辄邀客欣赏，且和冒鹤亭、陈子言、张燕昌、李拔可诸诗人举行修禊，夏敬观为绘《春禊感旧图》。又仿法式善的诗龛，邓春澍绘《鸣社诗龛图》，成为风雅之薮。主人有《昧园诗》："白石桥边开野棠，绿杨径里话茅堂。一帘花影迎风碎，几卷诗篇带酒香。戏鸭陂塘晴浴砚，听鹂池馆醉飞觞。湔裙修禊人归去，剩有斑鸠唤夕阳。"园的景色，不难于诗中窥见了。

宋公园　在沪北，因称闸北公园。这儿有宋教仁烈士墓。宋湖南桃源人，别署桃源渔父。主《民立报》笔政，且著《民国宪法草案》，言论犀利，抵触了袁世凯，被袁的党羽刺死于北车站，乃埋骨于此。墓前为宋的石像，像为坐式，一手执卷，一手支颐作冥想，宛然如生。像的下座，有章太炎篆书"渔父"二字，座后有于右任的铭题："先生之死，天下惜之；先生之行，天下知之，吾又何记。为直笔乎，直笔人戮；为曲笔乎，曲笔天诛。呜呼！九原之泪，天下之血，老友之笔，贼人之铁，勒之空山，期诸良史，铭诸心版，质诸天地。"这数语，渊渊作金石声，抑何壮烈。可是这一系列，经十年浩劫，毁损无遗，今复重修，恢复原状，以资凭吊。园中花木，补栽了很多，芳草萋萋，绿荫处处，也足留人驻迹。

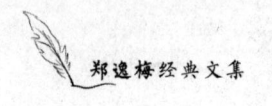

## 旧社会的拜年名帖

旧社会每逢春节，那风俗习惯，实在太繁琐了。仅就拜年而言，例必备有拜年名帖，这些名帖是用具有喜气的梅红纸制成，其人地位愈高，名帖愈大，一般也有六七寸，中间三个字为姓名，都是端端正正的楷书，有自己写的，也有请书法家写了刻成木版，然后印在纸上的。这样的名帖，随身携带，很不方便，好在旧时的士大夫阶层，每出辄有当差的随侍者。投帖人把名帖装入楠木或紫檀的匣子里，平平服服，一点没有折纹。当登门拜年时，先由随侍者投帖，然后门房送呈主人，主人整肃衣冠迎客。

我素喜集藏，光是名帖就粘存有若干册，偶出展阅，也是很有趣味的。且这些名帖中，颇有珍稀名贵之品。如清代四大书法家之一梁同书及名画家奚冈、钱杜、吴让之等名帖，都是亲笔手写，不是木刻的，尤为可贵。那刺马案的马新贻名帖，也甚为少见。关于大魁天下的晚清状元，有己未的孙家鼐，甲戌的陆润庠，癸卯的王寿彭，丁丑的王仁堪，还有在戊戌政变中牺牲的六君子之一杨锐，曾任民国大总统的徐世昌，伪满大官郑孝胥，蒙古族诗人三多，同光体祭酒陈三立，清代四大词人之一朱祖谋,再加俞曲园、罗振玉、盛宣怀、赵之谦等,真是应有尽有,不计其数。

还有一张名帖是嘉定秦绶章的,他号佩鹤,善诙谐。我想到他的一件趣事:有一个姓王的开玩笑问绶章:"您是秦桧的第几代?"绶章不加思索,立即回答:"这毋须多问,彼此是亲戚,心中有数的。"原来秦桧娶的是王氏。

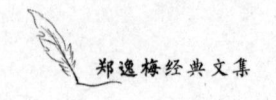

# 书信中的问候用语

青年们读《鲁迅书信集》，往往看不懂那些在信的末尾的"大安""时祺"一类词的含义。年轻人缺乏这方面的知识，他们不知道过去在写信时，末了要向对方问候，是个不可少的礼节。那时候，书信的问候用语很繁琐，延续到今天，又是怎样由繁而简的呢？下面就谈一谈这个问题。

最早的书信结集，当推《苏黄尺牍》为代表，这是宋代苏轼和黄庭坚与人的书信，那末尾请安，并不具一定的程式，是纯任自然的。直至清朝嘉庆、道光年间，流行的袁子才《小仓山房尺牍》，也还没有什么固定框框。大约在光绪、宣统间，书坊刊印了什么《尺牍初桄》《书翰津梁》等书，书信末尾的请安才定型化了。如写给父母及长辈的信，称金安、钧安、崇安、颐安等，按《说文》："钧，三十斤也。"《礼记》："百年曰期颐"，凡此都属贵重隆高及寿考之意。官场间写信，彼此称升安、勋安，无非祝颂对方升阶晋爵，在功名上有所发展。甚至有称觐安的，按《周礼》："诸侯秋见天子曰觐"，则受信人必然是重臣大员无疑。又有轺安，轺，为贵族所乘的车辆，是写给出使官员的。和一般朋友通问，请安随着时令而变化，称春安、夏安、秋安、冬安，气候炎热称暑安，气候寒冷称炉安，指的是围炉取暖。逢到过年，那就有年禧、年厘之称，《尔雅》："禧，福也。"厘通禧或熙，若读作里，那音和义都错了。也有称大安、时安、近安、台安的。给商人称筹安、财安，取意筹措获利。给士人称道安、文安、着安、撰安，那是敬祝对方文以载道，撰述日丰。给病人称痊安。给做客他乡者称旅安。给丧家称礼安，原来古有居丧守礼之说；给女戚称坤安、阃安，或壸安，《易经》："坤，顺也，以喻妇德"，阃为内室，乃妇女所居。壸音悃，宫中的通道，以比妇女深处闺阁。这个壸字比壶字多一划，不能写错，倘误写为壶安，那对象就应属于医家了。凡行医称悬壶，壶为壶卢，即今之葫芦，中空可置药剂。对方夫妇共同生活，称双安。双方上有父母，称侍安，乃侍奉晨昏之意。给教师称铎安，铎，金口木舌，为施政教时所用的铃。此外，尚有不用安的字面而寓意安的意义的，如时祺、文祉、大绥、曼福、潭吉等，潭有深广之意，因此称人居宅为潭第，无非祝人全家安好。总之，请安种种，不胜枚举，且思想意识上，含有陈腐气息，不符合新时代的要求。

解放后，把这许多老调儿一扫而空，仅用"此致敬礼"四字概括一切，不分等级，到处通行，便利极了。但其中有一小小问题，敬礼和问安，辨别一下，稍微有些区别，什么安是属于对方的，所以写到这儿，例须另起一行，作为抬头。至于敬礼，却是自己的行动。可是现今写信，大都把敬礼也另行抬头，那么反而属于对方的了。既属对方，那就不是我向人致敬，而是强迫人向我致敬了。所以笔者认为，敬礼二字应当连着上文写，不宜另行抬头，这个建议，是否合理，有待知者商榷。

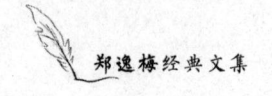

## 灌唱片

这也是一种新颖的事物吧！欧美各国，用密纹唱片来灌制文化名人声音档案，务使謦欬常留，斯文不坠，这确是一个好办法。我们的新社会，朝气蓬勃，不甘落后，便急起直追，踵事争胜。上海唱片公司素具规模，为百代、高亭、蓓开等唱片厂的集合体。在这有利条件下，快速地灌制数套声音档案片，先后灌制了刘海粟、万籁鸣、俞振飞、黄佐临、贺绿汀、曹禺的片子（巴金尚在酝酿中），蒙不弃菲葑，区区的我，也叨陪末座，那未免有邾莒小邦，竟摩齐楚之垒之感哩。

唱片公司要我讲的，是我的"写作经历"。我今年九十多岁，东涂西抹，迄今已逾七十个寒暑，回忆一下，当然有些可讲。况我上过一次银幕、十多次电台、四次荧光屏，尝试一下灌片，我是有兴趣的，即应允下来。该公司的代表朱忠良同志和我约定了日期，并对我说："一张密纹片，可灌六十分钟，倘内容多，可灌两片。"我回答说："一片已足够，无需两片了。"但六十分钟的讲稿，预备得充分些，那就非万言不可。事先准备好，到了那天，由公司派车来接，下了车，先参观了什么部，什么房，踏进门，仿佛坠身机械的汪洋大海中。然后导入灌片所在地，那大型、中型、小型的机件，满房皆是。由忠良介绍，认识了几位操作人员，他们和我约法三章："灌片时，坐在椅上不能活动，讲稿一页讲了翻次页，也避免有声响，因为这些声响虽极微弱，灌进片中便扩大了成为杂音，起混淆作用。翻揭纸页没有声响，很难处理。这怎么办呢？操作人员告诉我："这很简单，翻检时，停讲片刻，翻检好了继续讲。倘咳嗽、或须饮茶润喉，都无所谓，停讲一下便可，因裁接时可以删掉的。"最后进入高度隔音的小室，里面装着长形的话筒，和一具对讲机，我一人独处其间，所有操作人员都在外面控制着。他们在对讲机中对我说："请作好准备，开始讲话！"讲了一些，对讲机发声问："是否要休息一下？是否要喝茶？"我回答："都不需要。"继续讲下去。又讲了一些，对讲机发声说："从某句起，到某句止，请重讲一遍。"原来讲稿一式两份，操作人员手边也有一份的。大约讲到一半，操作人员怕我疲劳，就通知我："到此告一段落，留一半明天再讲。"到了明天继续讲，有如轻车熟路，一切都较老练了，顺利完成了任务。他们立即放一遍给我听，自己的声音，不消说得，听起来别有一种亲切之感。

过了若干天，忠良又来和我相商："片经过整理，计时凡六十有八分，那么一片太多，两片太少，考虑到两种办法：一、把讲话加快些；二、删去若干话。请您酌量定夺。"我说："讲话加快，似乎不像老年人的口吻，还是代劳删去一部分为妥。"结果经操作人员巧为裁接，居然一气呵成，相当贯串，这种特殊的技术手法，非局外人所能想象得到的。这个唱片，朱忠良标为"涉笔生花七十春"。

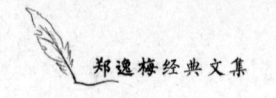

## 旧时乘车的怪现象

衣食住行，行占四项之一，当然是很重要的。水行有船，陆行有车，也就解决了这个重要问题。公共车辆，载客多，行程远，又很快，更便利了群众。旧时的电车，由西人主办，分着头等厢和三等厢，后以乘客多，加了拖车，也属三等。这很使人难解，为什么有头等和三等，没有二等？这种越级是有缘由的，原来西人自以为高人一等，应坐头等厢，华人相差不止一级，给坐三等厢，藐视我国人民，这是多么气人啊！

旧上海有英法两租界，把爱多亚路（今为延安路）作为分界线，路以南为法租界，北为英租界，乘英租界的车辆，到此为止；乘客没有到达目的地，必须步行穿过马路，再乘法租界的衔接车，挤上挤下，多么麻烦。后来，总算英法两当局统盘筹划，打通了界线，才得行驶无阻。但乘客到了那儿，又须重行买票，也费一番手续。至于华界由国人自办的车辆，英法两租界始终不通气，仍没有彻底解决。

在抗战时期，市上缺乏分币，买票成了问题，这怎么办呢？便异想天开，把邮票权充币值，奈经过多人之手，邮票玷污了，即被拒不收，不得已把票面包以蜡纸，互相找兑，成为怪现状。

这时物价飞涨，生活不易，我是执教的，便兼授几所中学的课，我成为车辆上的老乘客，目击耳闻，颇多笑话。我又教职业夜校，归家较晚，那时乘客寥寥，一些下班警察，乘车是不买票的，纷纷上车，往往我的左右都是警察，直把坐在中间的我，有如被监押的罪犯，为之哑然失笑。有一次，晚上从天后宫桥乘车归家，车抵恒丰路桥，卖票的驱客下车，说车要进厂不去了。乘客和卖票及司机相商，勉开一次西行车，愿给倍值的车资，居然钱能通神。又一卖票的不讲文明，动辄触忤乘客。我友董世祚，擅气功，一次登车，被卖票的推下来，并用开门的铜钥匙，在他头上叩击了一下，不意他毫不动摇，可是卖票的那击人的手，却不能动弹了。不得已，乞求挽救，他在卖票的手上轻轻一抚，才恢复了活动，他训斥卖票的下次不得如此！卖票的只得惟惟领教，同座的乘客无不拍手称快。

## 车祸种种

"市虎杀人",是习闻的一句口头语,由此可知车祸之为烈,借此提高警惕,这是必要的。近来车祸率有上升现象,交通安全,成为社会一大问题,负责当局,正在采取措施,以免覆辙的频仍。

遭到车祸,或死或伤,据我回忆,在社会知名人士中就有一系列之多。较早的,如南社诗人林寒碧,于马霍路(今黄陂路)被西人汽车辗死,他的夫人徐小淑誓欲身殉。小淑便是埋葬秋瑾的徐自华之妹。继之有书法家沈商耆,乘人力车,被运货大卡车撞倒,伤重殒命。著《清宫十三朝》小说的许啸天,和我同任教职于诚明文学院,我适主编《永安月刊》,蒙他惠稿,没有多久,他在外滩相近,亦死于飙轮之下,能不令人伤感!又江苏师范学院教授凌敬言,著述等身,尤擅曲调,在南京遭车祸,不治身死,沈祖棻挽之以诗:"傅原岗(南京地名)前血溅尘,沉沉冤魄恨奔轮。霓裳旧拍飘零尽,谁记当年顾曲人。"祖棻以词驰名,和她的丈夫程千帆教授,有赵明诚、李清照再世之称。不意过了数年,伉俪出游,也遭同样的厄运,幸千帆伤轻即愈,祖棻则无从挽救了。又康有为之女同傃,自幼颖慧,本拟许配书家王蘧常,未果。一日外出,被车撞死,厥状甚惨,死处距寓居不远。又被江鹣霞太史赏识的邹翰飞,著《三藉庐集》,赴苏祝希社诗翁舒问梅寿,中途覆车，折其胫骨，老境坎坷，忧伤憔悴而卒。又漫画界前辈丁慕琴，就诊医院，被车撞伤，致丧失活动力，抑郁寡欢，不久离世。又前《新闻报》总编辑李浩然。他是著《春冰室野乘》李孟符的哲嗣，家居同孚路。一日搭乘公共车辆赴馆治事，忽被一摩托车撞至石阶上，伤势严重，亦付牺牲。又自称大漠诗人的顾佛影，诗具渔洋神韵，其红梵精舍女弟子之多，不亚当年的袁随园。某年，他的同道施济群开吊，他从南汇渡江而来，参加丧仪，也被自行车撞伤折骨，辗转于床，旋即终命。又佛画家钱化佛，被汽车撞伤，他好动不好静，江头圩漫游，是他的日常生活，一旦伤胫，不能越雷池一步，可谓伤死，亦可谓闷死。又行将举行百年纪念的柳亚子，是车祸中的幸运者，一次在镇江乘人力车，车覆受伤，从此谈车色变，不敢再坐。及至绍兴，那位《绍兴日报》的陈姓编辑，以自备车，劝亚子乘之代步，并瞩车夫加意扶持，谓："这可比诸迎贤的'蒲轮'保证安全。"亚子乃破戒再乘，其《浙游杂诗》有云："更喜陈生能厚我，一车借坐最安便。"还有车祸中的幸运者，前辈小说家包天笑，晚为香港寓公，他年届耄耋，尚安步外出。一次，一车劈面驶来，他为了避祸，闪身躲开，却跌入沙坑中。因这儿正在建筑屋舍，黄沙等建筑材料，成为护身的软垫，否则老年人是经不起倾跌的。此外，又有车祸中集体幸运的事。当年宜兴储南强开辟善卷洞，邀顾颉刚、朱孔阳、陈万里、都锦生、胡佐卿五人前往探胜。行至中途，因天雨泥滑，汽车翻身，坠入下坡，车由数十人拖上，欣喜不但人无损伤，车亦安然无恙，即就出事处摄一照片，今尚留存。可是幸运的事，究属是偶然的，不能视为常例，今后不论行人和车辆的司机，务须翼翼小心，免出事故，愿"车祸"两字，成为历史名词，不再有事实出现。

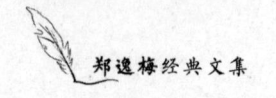

## 历来的火警

近来火警频传，造成严重损失，为社会一大问题。我回忆既往，来谈谈我目睹耳闻的历次灾厄吧！

我便是火里逃生的一人，大家都知道我是苏州籍，实则我本姓鞠，诞生于上海江湾镇。当我在襁褓时，家遭回禄之灾。某晚，贴邻不戒于火，风猛火烈，顷刻之间，延及我家。我母方熟睡，为人声所惊醒，这时已烟焰弥漫，慌乱中抱了我拾级下楼，从半梯失坠，我离抱不知所在，暗中摸索，兀是找觅不得。及火舌伸来，才从火光中找到了我，急急抱了我逃避，不及携取东西，一切付诸荡然。当时，我母没有办法，投靠娘家郑氏，把我嗣给了郑家，因此改姓为郑。

我随外祖父锦庭公居苏城宫巷，紧靠玄妙观。该观为东南道院胜地，创建于晋咸宁年间。前有三清殿，后为弥罗阁，阁凡三层，那《十五贯》中的清官况钟，曾为该阁请赐道藏全部。且有杨芝所绘的"刘海戏蟾"壁画，极为名贵。不料民国二年旧历七月十六日晚，突然起火，我所居宫巷，近在咫尺，凭窗外望，火焰熊熊，照得红透半天。这晚特别炎热，一经火的烤逼，热得大汗淋漓，衣衫尽湿。大火直烧至翌日始熄，杰阁崇楼，化为焦土。有人捡了一方阁砖给我，硕巨胜常，奈于迁徙中失去。

南社前辈陈巢南，早遭父丧，赖其母沈恩柏督教，成为学术名流，任北京参议院秘书长。家在吴江同里，母独居岑寂，后适居周庄贞丰桥畔。不料邻家失火，延及所居，致彼数十年所搜求的文史珍秘、碑版金石、名画法书、佳陶古瓷，都付诸一炬。尤以明代东林、复社人士手迹千余通，最为可惜。其母经此变故，抑郁成疾而死。又南社前辈诸宗元，和山阴胡栗长同参江苏巡抚瑞莘儒幕，南社的革命活动，得宗元、栗长为之掩护，厥功甚伟。宗元寓居西湖红柏山庄，数屋楼楹，藏书万五千卷，并很多名人书画，由其如夫人留守。他往来沪杭间，当一九二九年杭寓遭火，宗元适在上海，如夫人惊惶失措，幸栗长哲嗣长风，所寓相去不远，闻警前来，可是火势炽烈，不能深入，所抢救的无非寻常之物，主要者悉为灰烬。此后，宗元生活艰困，上海商务印书馆李拔可，时常资助。胡长风是我的同砚友，故所知较详。

南社陆澹安藏书甚富，抗战前，赁居沪南，也遭火劫，书籍全部被毁。可是他具雄心壮志，大量续购，月积年累，又复坐拥百城。他编撰三部巨书：《小说辞语汇释》《戏曲辞语汇释》《古剧备要》，涉及的书，很为广泛，他却从未向人商借，亦不赴图书馆翻检参考。但他还是深叹后来补购的书，远不及被毁的精审。澹安于数年前逝世，这些遗书，由其后人一股拢儿捐献公家，以遂澹安生前的宿愿。

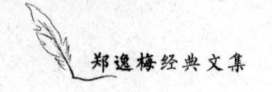

# 江南刘三抗议赛马

革命烈士邹容瘐死狱中,刘季平捐地为营葬事,人无不知有刘义士其人。刘行三,因以"江南刘三"自号,与故小说家陆士谔为葭莩亲,其夫人陆灵素,即陆士谔之妹也。双栖华泾黄叶楼,人以赵明诚、李清照拟之。而刘不寿,尤与明诚相吻合。生前籍隶南社,却不以诗文揭刊南社集中,实则其诗饶有唐音也。与苏曼殊友善,予最爱诵《送曼殊之印度》诗,如云:"早岁耽禅见性真,江山故宅独怆神。担经忽作图南针,白马投荒第二人。"曼殊作画,即以是诗题之。刘生平嫉恶如仇,不畏强御。犹忆民国二十年间,时刘为监察委员,以旅沪西商,于每年冬季,辄赴四郊赛马,田畴被蹂,农民苦之。而上海县长不之抗议,刘憾之甚,因向监察院提案,以县长溺职,请予撤办,其呈文颇可诵,略云:"上海西商,近来每于冬季星期,前赴四乡赛马,男女杂沓,衣衫缤纷,喑哑叱咤,十百成群,越陌度阡,观者骇诧。是时麦已抽绿,豆苗初肥,野菜油油,方当上市,一经蹂踏,尽为泥土,三著籍是乡,引为大憾。曩曾致书当道,极言利害,以为伤毁农作,计亩可偿,为害犹浅,蔑视中国领土,所关者大。理宜抗争,而言未采于刍荛,事旋忘于春夏，近以病衄假归，又睹此践踏之怪状，而本县长仍无一言抗议，人谓县长实受西人馈送，此尚未能证实，但其纵容外骑，不恤农功，溺职丧权，已无可讳。大抵外人觊觎领土，其先托于遨游，殆至里道周知，然后肆其蚕食，上海租界之扩充，其先例殆无不如是，是则可为太息者也。"稿留有副本，刘死，为其里人王君所得，予于王君处录存之，是亦他年文献也。

## 袁项城之筹备登极费

顷诵陶菊隐之《六君子小传》，述筹安会事綦详，可谓信史。而我友方君，辗转录得袁项城之筹备登极费项目，乃摭采之，足备他日修史之考证。该次所用之款，凡二千万金，如此巨数，在三十年前，固足令人咋舌也。三殿修葺工程，二百七十余万，收买报馆及名士文章，各代表之恩给金，各省支会之开办费、电报费，凡三百万金。龙袍两袭，一登极用，值三十万金，一祭天用，值五十万金，用真金丝蟠织而成，遍缀珠宝，而大东珠系取之清室典库，尚不在内。御玺玉质一枚，向古玩肆购得，价十二万金。又金质御印二，一重五十斤，一重三十斤，费六十万左右。宝座值二十余万，又藉用清廷仪仗之修理费八万金，其他尚有内礼费，如各署人员朝贺之冠服朝笏费，登极时用演习国乐之生员冠服费、孔庙之铺设费，及开国纪念会，中央公园与前门一带之灯彩牌楼，十万金。筹备处人员共四百余人，赞礼等人员共千余。办公室皆装热水汀，玻璃板壁，各宫殿宫墙上，均盖琉璃瓦，职员徽章，悉为真金质，所费不赀；加之种种舞弊，及中饱私囊，不可计算。有用之钱，付诸虚掷，结果帝制未成，昙花一现，而人民之疾苦，不可言喻，袁氏之罪，真擢发难数也。

## 乌目山僧与爱俪园

凡谈海上园林，莫不以爱俪园为大规模之建筑。欧爱斯·哈同与其夫人罗迦陵双栖其间。园初名"俪蕤"，后易称"爱俪"。园门之榜，高邕之手笔也。其建筑有海棠艇、宧兰室、接叶亭、絮舞桥、蝶隐廊、冬桂轩、昆仑源、九思庼、饮蕙崖、涵虚楼、藏机洞、铃语阁、北洞天；小瀛洲、西爽斋、鉴泓池、烟水湾、燕誉堂、小苍筤、笋蕨乡、逃秦处，以及延秋小榭、黄檗山房、广仓学堂、涌泉小筑诸胜。盖哈同爱好东方色彩，处处规以旧制也。惟园中诸建筑，有一特点，即什九具梵宇式。其原因则当时设计者为乌目山僧，山僧为方外人，触于目接于脑者，无非兰若精舍，禅房宝殿，无怪其设计之出于不自觉耳。按：乌目山僧为黄宗仰。冯自由之《革命逸史》谓："宗仰又号中央，后称印楞禅师，江苏常熟人。生而颖悟绝伦，自幼博览群籍，尤工诗古文辞，旁及释家内典，因飘然有出世之想。年二十，出家于清凉寺，金山江天寺显谛法师为之摩顶受戒，锡名宗仰，自署乌目山僧。以研精佛理，兼工绘事，渐为世人所知。时上海犹太富商方构筑爱俪园于静安寺路，其夫人罗迦陵崇信沙门，斥巨资，就其园建设经堂，延致群僧讲授梵典。慕山僧名，特礼聘主持讲座,山僧应邀莅沪,受罗夫人香花供奉,几于无言不从。其后,哈同复醵金二十万以刻佛藏,且即其者园立华严大学,教诸释子,山僧之力为多焉。"实则山僧来沪,在筑爱俪园之前,非建设经堂后,始应邀而来也。

## 林庚白预知陈英士死期

柳亚子之《怀旧集》，其记林庚白，谓为"并世之振奇人，太平洋战争爆发前死于香港。庚白，讳学衡，字浚南，闽侯人。富革命思想，武汉首义，君在北方谋大举，预拟收复北京露布，瑰奇雄放，而以骈俪出之。工诗词，又有《梅花同心馆词话》，惜皆未刊。君好星命之学，尝探取当代要人名流之诞辰年月而推算之，谓某也通，某也蹇，某也登寿域，某也死非命。侪辈嗤为迷信，君纵谈自若也。民国五年，遇胡朴庵于都门，为言张辫帅之命，不出明年五月。及十年春，重晤朴庵于西子湖边，一见即曰：'五年都门之言何如？'盖辫帅果于民国六年五月复辟而失败也。此事之前，尚有一奇验。时陈英士为沪军都督，戎装佩剑，英姿焕发，有威震东南之概。某次寿辰，诸朋旧为之晋觞祝嘏，君亦为贺客之一。既退，谓其友蔡冶民曰：'英士恐不得善终。能在民国五年前，作急流勇退之计，则庶几可免。'请冶民乘间婉劝之。奈英士以身许国，不之从，果于五年被刺沪寓，即今之英士路。实则偶尔言中，不足信也。"予喜搜罗当代名人书札，曾获得庚白遗墨，次和演公丈闻福州陷贼韵云："岂独中原见朔风，天涯等是转蓬中。故乡寇逼终无悸，

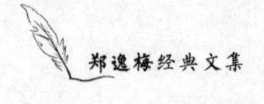

林庚白书札

乱国兵连已两穷。袭远群酋方越货,持盈异族尚弯弓。诗翁莫漫多嗟叹,从古图存要自雄。"时一九四一年六月三日。他日如为辑稿,此诗不可不收入集中也。

## 蔡孑民癖好园艺

　　民国以还，文化新潮日益澎湃，而北京大学实开风气之先。如胡适之、钱玄同、陈独秀诸子，推动尤力。废古文，用白话，而文学革命之论调，沸扬于全国。其时主北大校政者，为山阴蔡孑民，蔡具新颖头脑，锐意改革。胡也，钱也，陈也，惟马首之是瞻耳。蔡微髭，蔼然可亲。晚年侨居海上，以读书写字为遣。求其墨宝者，日有若干起，积年余，致积素充盈其室。盖蔡习于疏懒，惮于一一应付也。庭宇间列盆栽数事，抱瓮灌溉，晨必躬亲为之，不假手于童仆。风日晴和，辄驱车真如，于黄氏园寄其闲踪。园主黄岳渊，早岁从陈英士奔走革命，而雅好园艺，与蔡固沆瀣一气者也。一昨予访岳渊，岳座头犹列与蔡合摄之片影，而于右任、王伯群参立其间。曾几何时，而伯群与蔡，均于抗战之中，先后逝世矣。岳渊谓尚有蔡之手迹在，因出示予，则蔡所作园游之什也。如云："儿曹春假作郊游，一路黄花缀绿畴。待到君家花世界，万千红紫看从头。""问君可有养花方，花镜参详经验长。瘠总胜肥干胜湿，片言扼要作津梁。""不使宝山空手回，濒行精选赠盆栽。花神未必增惆怅，乞得君家衣钵来。"盖岳渊对于树艺诸书，最推《花镜》，

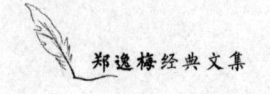

然亦以自身经验为标准,曾有八字诀曰:"肥不如瘠,湿不如干。"蔡为之首肯,且捋髭微哂曰:"种树如是,官理亦何独不然,君真今日之郭橐驼也。"

## 张香涛决狱晕仆

　　侯官陈石遗,尝佐张香涛两湖总督幕,公退之余,促膝举觞,抒情发藻,宾主甚相得也。香涛著有《广雅堂诗集》,石遗极推崇香涛之诗,谓其:"兼有安阳、庐陵、眉山、半山、简斋、止斋、石湖之胜。古今诗家用事切当者,前推东坡,后有亭林,香涛可以方驾之。"予著《人物品藻录》,记香涛某晚,因家庭细故,与其妇争执。妇滦州石氏女,颇贤慧,伉俪亦綦笃,不料香涛一时愤怒,失足将妇踢倒,急行扶起,已人事不省,鼻中流血不止。迨延医诊治,已属不及,翌日殒命。南社景梅九诗翁见拙作,谓香涛失足毙妇,确有其事,据彼所闻,尚有足以补予之未及者。盖香涛一度官山西巡抚,忽发生一离奇命案,而主犯为一少妇。某日受审,香涛固精练明理,发摘如神者,以为可一鞫而伏。当隶皂差役排列如仪,而少妇由狱卒提出,香涛见少妇貌端庄,具有大家风度,不觉一惊而晕,随即仆地,于是秩序大乱。香涛由左右扶入内室,延医诊治,医者谓无病,惟精神突受激刺所致耳,众咸莫名其妙。翌日,香涛果健康如常,但神情似稍有异,众更不知香涛与少妇有何关系也。既而,香涛嘱人探询少妇之生日年月,则少妇之生日,即其石氏夫人

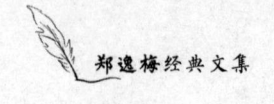

蹴毙之期，而少妇之面貌，与石氏夫人完全相肖，此香涛之所以惊讶失措而晕厥也。据予所知，香涛尚有一异事，彼生平最惮剃发，谓剃发之痛，不堪忍受。然在前清时，又不能不剃，以整容颜。不得已，嘱家人俟其酣睡时，唤待诏来，从事奏刀，运极敏捷之手法，以完其工，否则香涛醒，而剃其半，家人必受斥责云。

## 陆士谔述西太后轶事

故朋侪中熟于清代掌故者，有许指严、陆士谔二子，而予曩年辑《钻报》，每晚诸俊彦纷集钻楼，谈笑为乐，陆士谔其一也。士谔为江南刘三之妹倩，以岐黄术济世；今其哲嗣清洁，犹继其业，清芬未绝也。士谔著《清史演义》，凡宫闱秘辛，朝野珍闻，搜讨网罗，应有尽有。曾为予述西太后轶事，却为演义所未载。士谔殁世有年，已墓有宿草，而此一段掌故，迄今尚在脑幕中也。西太后为叶赫那拉惠征之季女，名兰，字芝田。以故清宫中凡遇兰花，均呼之为莲。宫中三海、颐和园所有联额，无敢用兰字，以避后讳，不啻汉吕后名雉，讳雉为野鸡也。后擅绘事，传系学之于女画师缪素筠。缪供奉内廷，吴友如《飞影阁画报》中有女画师内廷供奉图，即指缪素筠也。后慕杭州六桥三竺之胜，颇以足迹未莅明圣湖头为憾。无已，乃欲命丹青家绘西湖图，张之于壁，以为卧游。其时供奉有奉某者，籍隶钱唐，后意此人生长西湖，必知西湖真面目，召使绘画，定必胜任愉快，不知奉某虽杭人，奈自祖父宦游京师，及奉某已三代生长北方，足迹固未至杭州也。既奉旨，乃以石印西湖十景图为摹本，点染以呈。后喜奖励之，而按图问其名，并距离

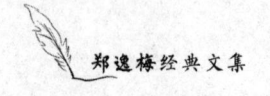

之远近，奉某不能对，乃据实以禀。后怒曰："尔既未至其地，何不早奏，而竟敢见欺，大胆已极！"立掷图于地，命侍卫逐之出。既而复召他人绘图，其人知奉某之被斥，以事前未贿太监故，乃先馈赠，然后绘草图，请太监阅览之。太监阅之即撕毁，谓："是图与奉某所绘者相类，必见斥如故，须别画异样之图，实景如何，可弗问，老佛爷决不亲临其境以证对，不妨随意绘之也。若有询问，亦不妨信口对之。"其人如其言，果得后之赏赉云。

## 杨钟羲反对张季直

　　杨钟羲字子勤，号留坨，汉军旗人，光绪己丑进士，官江宁府知府。有《圣遗诗集》《雪桥诗话》《雪桥年谱》等书。辛亥鼎革，避居沪渎法租界升平里。既而，移寓茄勒路之顺元里，又迁打铁浜之馨德里。散原老人谓其："局天蹐地，傫然安之。但取故纸残帙，托之山海，日渔樵于其中，获而献，献而自喜，不知日月之相代乎前也。"其襟怀可见一斑。钟羲楼居终岁，伏案整辑，往往彻夕不睡。微倦则于胡床假寐，少醒则灯尚荧然，与晨曦相映，十余年如一日。而尤珍惜物品，凡属片纸寸缣，无不手自检存。灯下常为其哲嗣讲掌故，或为长孙课文选，含饴为乐。与沈寐叟、冯蒿庵、朱强村、李审言、端匋斋、梁鼎芬、刘健、王胜之极友善，时相过从。李拔可太守为其门下士，钟羲致其书札，辄留存之。师死，悉付装池，凡若干册以为纪念。

　　钟羲生前，极不满意于南通张季直。盖辛亥之变，钟羲脱身出险，藏书被掠，时有嘉兴朱永锡者，稔钟羲有书癖，为之入郡廨搜检劫余，并获得徐固卿护照，钟羲遣旧仆往运来沪。不意张季直误以为钟羲处之藏书，悉为盛意园物，欲攘夺之以归通州图书馆。钟羲知之大怒，谓："目今五族共和，凡个人财产，

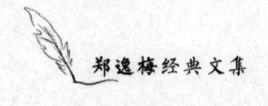

皆应保护，不得侵凌剥夺，何物张謇，竟敢藉词攘窃，置大总统之命令于弁髦，以前清帝国之殿撰，作今日盐政之总监，复为候补内阁总理，现已如此强横，指日实授，势不至扇劫贼之风，夺尽天下人民之财产不止。"卒由樊樊山、龚心铭为之调解，事始寝。钟羲居官极廉洁，宦囊如洗，遭母丧，至无以归榇，刘翰怡助以四百金，始得告窆。翰怡刻《嘉业堂丛书》，钟羲力为雠校，所以报其德也。其哲嗣鉴资，近在海上某机关服务。日前曾谒吾友陆丹林，颇具文学资性，杨家可谓有子矣。

## 瞿鸿禨貌似同治帝

予友湖南景珠山人,为前清瞿相国鸿禨之嗣。因曾追询相国之为人,亦可珍之掌故也。鸿禨字子玖,亦字止庵,家世寒微。其大父某依鬻画为生,道光末年,与何绍基、李星沅、左季高为酒友,始有声于士大夫间。父某中咸丰元年乡试,入赀为刑部主事;中年失明,遂不复出。鸿禨其季子也,幼颖慧能文,成童入泮,人多以远大期之。一日,其父占牙牌数,得"小时了了,大未必佳"语,家人皆懊丧不怡。不料,鸿禨竟于同治辛未成进士,方知"人未"二字之别解,亦殊巧合也。在翰林任编修仅一年,值光绪元年之大考,鸿于赋题之首句,明点出处,且全用经语,李鸿藻、翁松禅阅卷大赏识之,再三斟酌,以其年少,勉置一等第二,立自七品拔升四品,年甫二十有五,慈禧召入,一见即潸然垂泪,盖以鸿禨貌颇似同治帝。鼎革后,鸿禨侨居海上,集旧同僚流连觞咏,号称逸社,冯蒿叟亦与焉。鸿禨殁,蒿叟挽以联云;"寝寐念周京,逸社诗成,每集逋臣赋鹃血;音容疑毅庙,旧朝梦断,应追先帝挽龙髯。"下联云云,即指其貌与穆宗有虎贲中郎之似也。鸿禨自得慈禧垂眷,乃膺试差学差历五省。李鸿藻临终,向慈禧及荣禄力荐鸿禨才可大用。庚子后，旧臣多以昏庸罢，惟鸿礼年力正富，且有开通名，遂自侍郎迭擢入军机。清制，汉军机多承满洲王公大臣意旨，鸿礼初绌于荣禄，继绌于庆王。然其时新政繁兴，文告日不暇给，军机章京，皆仅知例案，不解下笔，惟鸿礼授笔起草，悉合机宜，虽新进而得慈禧之信任。鸿礼亦自恃恩知，曾以万寿推恩为名，密请特赦康、梁及革命党人，慈禧虽不从，亦不斥也。鸿礼茹素不食肉，一日内廷筵宴，慈禧见其未尝下箸，询知其故，立命别备素席，一时以谓希有之殊遇。然庆王以鸿礼屡揭其短，衔之甚，卒假事中伤之，且于慈禧前指其暗通新党，即举前事为证。慈禧遂大怒，曰："瞿某如此无良心，真出意料。"鸿礼书法极遒秀，予藏有其所书扇面一。

## 赛金花并不美艳

赛金花

诵樊云门之《彩云曲》，令人想象赛金花之娇容秀姿，为绝世之尤物。比诸《长恨歌》中之杨玉环、《圆圆曲》中之陈圆圆，无多让焉。然予曾见赛之照片，则已垂暮之年，服御亦不精究，毫无动人之处。以为北门学士之眷爱，尚在豆蔻梢头，自具婉娈之妙态。固不能以今日之媻皮，以抹煞当时之妍骨也。然曩年晤顾衡如于席次，闻赛于勾阑中，顾为赛之恩客。予询赛状于顾，顾亦谓："仅中人姿，惟曲意承志，博人欢心，为不可及耳！"顷蒙俞慧殊君见假《花随人圣庵摭忆》，亦述及赛容，有云："赛在京先张艳帜，后入刑部狱，盖有数前辈退食，日过寒斋，心摹口说其宛转缧绁状。其后民国二年八月，予南游，下榻涛园先生家。一夕，就酒楼宴饮，朋辈飞笺为召赛来寓，逼视之，粉光黯暗，问年三十余，实已四十一二。后六七年，从慕蘧识

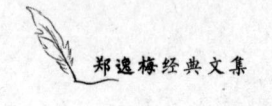

魏复泅。魏鬈面伟岸，尝挟赛徘徊稷园茗座间，已垂五十之鹧鸪盘荼矣。心念此姬，得樊山为作两诗，得孟朴为作说部，实至幸运。使非亲见暮年悴憔之状，必想象如《西楼记》所写之穆素晖为神仙中人也。乙丑、丙寅间，予常来南京，至必访孟朴长谈。语及赛，恒相抚掌。其实古来说部稗史所记，若《江南野史》之尹永新、《郡国雅谈》之薛涛、《天宝遗事》之楚莲香、《云溪友议》之李端端，以及崔徽、苏小之伦，何可悉数。其盛容丰鬋，胡天胡帝，其实未必皆美。即美矣，而白发无情，观河皱面，老死相及，浸假而骷髅卓立。虽有嫛婗，亦复何从著笔咏歌。"证此，则赛之姿容，并不美艳，益可信矣。

# 赛金花认识的名流

赛金花嫁洪文卿（钧）状元，这时常熟曾孟朴官内阁中书，常出入洪宅，因得与赛金花相见。后孟朴撰《孽海花》说部，把赛作为书中线索，凡数十年所见所闻的零星掌故，集中地拉扯在这条线上（直至燕谷老人的《续孽海花》，还是拉扯赛的这条线）。赛向人说孟朴追求她不遂，所以在书上厚诬她。其时曾尚健在，有人以这事询问曾氏，曾立加辩白："洪文卿为余父君表公之义兄，同时又为闱试师之师，谊属太老师，故余当时每称赛为小太师母。赛嫁文卿，年十六岁，时余仅十三岁，岂解恋爱为何物。及余官京师，常见赛于洪寓，觉得赛丰度甚好，双瞳灵活，纵不说话，而眼中传出像是一种说话之神气。譬如同席吃饭，一席十人，赛可以用手、用眼、用口，使十人俱极愉快而满意。总之，决不冷落任何人。"

《孽海花》最初几回，出于金松岑之手（署名金一），那么赛氏应当认识金松岑了。讵知金始终没有和赛见过面。有一年，金在苏州，任太湖水利局局长，以水利事赴北京参加会议。有人邀金同访赛氏，这时赛已美人迟暮，无复风姿可言，金婉辞说："只有老名士，哪有老美女，还是算了吧！"即束装回苏,没有几年,赛便香销玉殒了。张次溪拟在冢前竖立一碑,请松岑撰文,松岑说:"我文恐有贬语,是否适合,请酌之。"结果,由杨云史(圻)撰写。

冒鹤亭曾任温州关监督,道出沪上,时赛在沪悬帜应客,冒在赛的妆阁,盘桓浃旬。况蕙风、朱古微、陈石遗等词人,也常来宴叙,厥后赛寄给鹤亭一封情致缠绵的信(曾登载《古今》杂志),实则这信出于蕙风手笔,故弄狡狯而已。陈石遗因金松岑没见过赛氏,便告诉松岑:"赛极娟好,有福泽相,惟口腔稍大些。"

戊戌六君子之一侯官林旭,他对于赛颇有好感,李拔可藏有林旭致彼的信札,有一通云,"曹君小照,前留在尊处,想必收好千万记着带出来,至要至托(在至要至托四个字上加了几个圈),此人已成广陵散矣。拔兄足下。"信旁拔可附有识语:"曹君即曹梦兰,后改称为赛金花。"《晚翠轩集》中,如《和友人韵》《与石遗大兴里饮罢过宿有叹》二首,即为赛氏而作,殆所谓本事诗了。《晚翠轩集》,即林旭的遗著,兹录其《和友人韵》云:"锦车使者归来晚,雾阁云窗又起家。楚岫梦回洵美矣,汉宫望久讵非邪。君王自失河南地,颜色能骄西海花。生不逢辰尚倾国,也将赎命托琵琶。"《与石遗大兴里饮罢过宿有叹》云:"往日矜夸一任谩,远来共醉事殊难。高楼罢酒天初雨,短榻挑灯夜向阑。流落倾城同一叹,忖量终岁得多欢。此怀恐逐晨钟尽,留遣回肠报答看。"大有此中有人,呼之欲出之概。

赛晚年在北京,生活艰苦,刘半农曾去慰问她,谈了许多过去的事,半农为她写了一个年谱,但赛自述,有失实处,这年谱也就不可靠了。那位以撰《性史》出名的张竞生,屡次馈赠她钱物,无非恻隐之心,补助她一些生活费罢了。

## 赛金花结识孙三儿

一代红颜赛金花，在北平逝世，诗人陈石遗，曾见其人于绮年时代，谓："赛极娟好，有福泽相，惟口腔稍大些，有失樱唇之致耳！"当时赏识之者，如《孽海花》发端之金鹤望，撰《彩云前后曲》之樊樊山等皆是。即苏曼殊，亦殊称扬之，于其所撰《焚剑记》中叙述赛之身世曰："忽一日，富春里赛寓，有一妓，名傅天娥，雇吾父车，偶于酒楼下，与同业者闲谈，吾父因问曰：'此妓貌不及中人，何以生意甚佳。'同业曰：'汝不知此乃名妓傅彩云之雏妓耶？'彩云为洪状元姬人，至英国，与女王同摄小影，及状元死，彩云沦落人间。传说庚子之役，与联军元帅瓦德西相值，琉璃厂之国宝，赖以保存。瓦德西者，德意志雄主推毂之臣，乃慕彩云之风流，召入禁中，常策骏马，出入宫门，是故人又传称为曾卧龙床者。今彩云老矣，神女生涯，未免令人有尊前白发之感。"赛之生平，尽于数语中。至于迟暮之年，又复为人注意，则由刘半农为之作传所引起。吾友金东雷，曾访赛与之谈话。据赛自谓："原籍安徽休宁，生于苏州肖家巷中，外传在英时，与女王同座摄影，实则同座者非维多利亚，乃维多利亚之女，即德国皇后也。庚子之役，联军以德公使被害，颇积愤于慈禧太后，欲杀之。我言于瓦将军，此属奸徒之妄为，非太后所指使，太后深居宫禁，不知其事。联军始不究索。瓦将军在宫中盘桓多日，临行询我嗜何物玩，可以随意取携，因持一极精致之果盘为赠，我坚谢之，瓦将军曰：'无妨也，他日有事，可推委于我。'我答以如此乱世，得苟全性命，为幸已多，此外复何求哉！瓦将军回国二年即死。某年瓦之侄儿来我国，犹至北平见访一次。和议既成，太后回宫，我亦同诸宫人接驾，太后遂留之宫中，专司招待外国使臣之职。"凡此种种，姑妄言之，姑妄听之而已。赛早侍洪状元文卿，洪熟悉俄罗斯边陲形势，画有地图，初存赛处，后以迁徙失之。洪既捐馆，赛以不容于洪家，遂来沪卖笑，更名曹梦兰，悬洪之遗影于粉奁脂盒之间，彼走马王孙、坠鞭公子，造其妆阁，见遗影辄询洪之生平，赛历历述之，似宫女之说开天往事也。洪家闻而耻之，控之上海道，限令撤销艳帜。赛又改名傅钰莲，荡轶飞扬，不减曩昔。日则宝马香车，游愚园及张氏之味莼园。晚则盛妆而至戏院，以顾曲为乐。旋识伶人孙三儿，相昵甚。岁聿更新，春回大地，四马路一带，莺莺燕燕之流，往往偕其相知，驱车作兜喜神方之举。赛出洪之貂马褂、曲襟袍、忠孝带，以饰三儿，招摇过市，见者咸失笑，指为昆剧中别妻之老鞑子也。洪家复出面交涉，赛即遁往北平，称赛金花。此名即于此时始。赛喜男装，结发辫，穿长衫，戴草帽，御蛮靴。芳草夕阳中，控马得得，俨然浊世佳公子。于是人以赛二爷呼之。未几重来海上，孙三儿甘伺眼波，追随不舍，奈孙以起居不慎，于暑日患急症暴卒，赛为之不欢者久之。民国后，赛犹营艳窟于海上富春里。苏曼殊之《焚剑记》云云，即斯时也。

## 赛金花不谙英语

樊云门为赛金花作《前后彩云曲》，嘉兴沈寐叟"以为的是香山，不只梅村"，盖拟之《圆圆曲》，犹浅乎其视樊老也。吴江名士金鹤望取其艳迹，撰《孽海花》说部，未竟，而虞山曾孟朴续成之，于是一代红颜，益复昭彰耳目。赛金花张艳帜于北方，马缨花底，系遍游骢。亡友顾衡如，少年狂放，博宴于赛之妆阁无虚日，谓："巫山沧海之曾经，有难乎其为云水之概，旧梦温馨，仿佛此身尚在云屏绣障间也。"顷晤金子东雷，彼谓亦一度访赛，奈美人迟暮，无复曩时风情，然谈吐举止，仍极温婉有致。蓄一雪狗，偎依入抱。既而出其纤纤素手，撮若干西域黑胡桃以敬客，为谈往事，不胜今昔之感。东雷询其"是否与维多利亚女皇同摄一影？"赛谓："此系外间传闻之误，与彼同摄影者，乃维多利亚之女，嫁于德之皇室中，非女皇本人也。且彼居德邦较久，能操德语，外间谓其英语极流利者，亦非事实。"赛遗东雷一名片，以留纪念。东雷谓此一纸芳名小片，犹存笥箧间，稍缓拟检出示予，予固愿一饱眼福以为快也。东雷既南归，津津道赛事于师鹤望先生处。鹤望谓："世上当有老名士，不当有老美人；老名士足道，老美人不足

253

道。"相与大笑。东雷又谓赛女仆顾妈,赛虽贫困,顾妈侍奉不离,其忠诚为末俗所罕见。闻顾妈今尚生存,但不知寄迹何处,东雷颇欲一探其状况也。

## 赛金花埋骨陶然亭

美人黄土，千古同慨。彼一代红颜赛金花，自不能免斯公例，而今竟以殒玉闻矣。兹已议决埋香于北平陶然亭畔，与南中之苏小墓相媲美。碑文请我友金松岑丈撰述。松岑丈为《孽海花》说部之造意者，撰述碑文，自属允当。社友烟桥，曩曾访丈谈及《孽海花》与赛金花事。据丈云："《孽海花》之动机，乃为江苏留日学生所编之《江苏》而作。当时各省留日学生，类有刊物，如《浙江潮》等。而《江苏》所需之作品，为论著与小说二种，予以中国方注意于俄罗斯之外交，各地有同志会之组织，故以使俄之洪文卿为主角，以赛金花为配角，《江苏》登六回而辍止。常熟丁芝孙、徐念慈、曾孟朴创《小说林》，其预定之六十回目，乃予与孟朴共同酌定者。"烟桥问："赛金花是否盐城人？"答："据人云，其父名阿松，在吴中顾家桥老虎灶执役，似非轿夫，阿松是否盐城人，不得而知。赛金花则苏州之成分较多，可断言也。"问："赛金花能说英语否？"曰："确能说几句，惟字则不识耳。"问："先生曾见其人否？"答："并未见过。民国某年，以水利事入京，勾留既毕，束装言旋，有客邀去访赛金花，予以恐误行期却之，故始终未见其人也。"问："与赛金花同时入狱之沈某为何人？"曰："是沈荩，为都下名士，后为慈禧太后杖死。"烟桥临行，丈犹谓："光福顾衡如君，少时与赛金花甚昵，当有趣事可述说也。"按松岑丈《天放楼诗》中，亦有咏及赛金花事者，如"输尔虬髯红拂妓，銮仪殿上订三生"，即指赛与德统帅瓦德西事也。当民国十六年，曾孟朴重撰《孽海花》，外间称松岑丈亦拟别撰《孽海花》，有两部《孽海花》之传说。其时松岑丈适撄王母之丧，苫块之顷，嘱其哲嗣季鹤君撰文辨正，并致书曾孟朴，盼其全书之早日告成也。

附识：赛金花碑文，松岑丈未允所请，后由常熟杨云史撰之。

## 严几道之海军生活

逻辑文学之导师严几道，讳复，原名宗光，字又陵，闽之侯官人。善译西方之书，如赫胥黎《天演论》、斯密亚丹《原富》等，所谓《严译名著丛刊》九种是也。严曾从吴汝纶学古文，又善为诗，予于冷摊购得其所作《愈壄堂诗集》，则其哲嗣严璩，为辑其遗诗所成者也。几道固海军界耆宿，以诗文译述故，关于海军之贡献，悉为之掩。某君撰《海军大事记》，几道为作序，序中言及其海军生活，如云："年十有五，应募为海军生。当是时马江船司空，草创未就，藉城南定光寺为学舍，同学仅百人，学旁行书算，其中晨夜伊呲之声，与梵呗相答。距今五十许年，当时同学略尽，屈指殆无一二存者。回首前尘，塔影山光，时犹呈现于吾梦寐间也。已而移居马江之后，学堂卒业，旋登建威帆船扬武轮船为实习。北逾辽渤，东环日本，南暨马来息叨吕宋，中间又被檄赴台湾之背旗莱苏澳，咸与绘图以归。最后乃游英之海军大学，返国年二十七八。合肥李文忠公，方治海军，设堂于天津之东制造局，不佞于其中主督课者，前后二十年。庚子排外祸作，清朝群贵，以祖宗三百年社稷，为之孤注。迨城下盟成，水师学堂，去不复收。盖至是不佞与海军始告脱

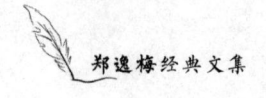

离，而年鬓亦垂垂老矣。"据予所知，当宣统元年设海军部，研究战术及炮台建筑之学，与日本伊藤博文同班，而考试几道辄名列前茅，伊藤博文望尘莫及也。晚年主张非战，谓："战时公法，徒虚语耳！甲寅欧战以来，利器极杀人之能事，皆所得于科学者也。孟子曰：'率兽以食人'，非是谓欤？"几道死于民国十年，未及目睹世界第二次大战之残忍，否则更不知如何感慨矣。予曾见几道照片一，微髭，目加晶镜，马褂长袍，道貌岸然也。

## 汪兆铭狱中笔札

诸奸逆中之雅擅文艺者，众异秋岳与汪兆铭，固可鼎足而三也。前辈李伯琦，谓汪于清末，潜入京都，谋刺摄政王载沣，迹露被捕。时刑法已改，除族诛之律。但谋刺者非他，监国之尊，天子之父也。虽云谋杀不成，然戮其本身，实不为过。而摄政王特不加诛戮，且于监禁中备极优待，起居饮食，供奉甚盛，时舆论皆赞摄政王之宽仁。实则清室无人，闻革命党而色变，君子于此，知清祚之不永也。果不数月，武昌起义，清帝退位，汪亦款段出都门矣。据予所知，汪在狱中，每日作诗写字，摄政王贻以端砚一方。一日，狱卒某请其写一单款折扇，汪以所得新砚欣然走笔，岂知狱卒某受摄政王之委命，扇即摄政王留以纪念也。而《花随人圣庵摭忆》，更载汪于狱中，与诸狱卒相习熟，饭后无聊，狱卒为讲故事，以遣寂寞，汪辄笔录之，积成一帙。一云："有老狱卒刘一鸣者，戊戌政变时，曾看守谭嗣同等六人，谓谭在狱中，意气自若，终日绕行室中，拾取地上煤渣，就粉墙作书。问：'何为？'答曰：'作诗耳！'惜乎刘不学，不然可为之笔录，必不止望门投止思张俭一绝而已也。林旭，美秀如处子，在狱中时时作微笑。康广仁以头撞壁，

痛哭失声，林闻哭，尤笑不可仰。"一云："叶志超、龚照屿等，以甲午战败，丧师辱国，交刑部治罪。龚在狱中，放纵邪僻，实骇人听闻。初入狱时，赂狱中上下逾万金，每食，辄以余肴犒普通诸监囚。其尤可骇者，家中侍妾八人，轮流入狱中当夕，稍不如意，辄加鞭挞。凡分三等，最轻者自执鞭条挞之，较重者褪下裳，笞其臀，最重者，裸而反接，令马弁以马鞭挞之。狱中每闻妇人号哭声，莫不动色相告曰：'龚大人发怒，朴责姨太太。'其荒谬有如此。"一云："内务府总管大臣立山，家巨富。下狱时携金叶百余叠，令狱中报消息。每一报，辄给以金一叶，最后报至，乃饬提出监，立探衣囊出丹红一小块，纳口中，提者未至，已气绝矣，闻是鹤顶红。"一云："赛金花曾系女监，管狱郎中某，设盛筵款之，酒酣令作歌，赛金花辞以不可，乃娓娓作清谈。某语人，此为一生最得意事。刑部司员来探望赛金花者，踵趾相接。有主事某，洪钧之门人也，一见屈膝请安，口称师母，赛金花亦为之赧然。"是较方望溪之狱中杂记，尤饶风趣，凡十余则，此仅其什之一二耳。

## 蔡孑民反对乘轿

今之所谓轿,即古之肩舆也。肩舆之制,由来已久。《晋书·王献之传》:"献之尝经吴郡,闻顾辟疆有名园,先不相识,乘平肩舆径入。"而苏轼诗云:"肩舆任所适,遇胜辄留连。"降至逊清,凡巨宦必乘绿呢大轿,而四人舁之。青楼中人,应客征召,则乘飞轿以赴。飞轿者,轿极轻灵,饰以流苏,健役舁行如飞,故名。自摩托车兴,轿为落伍品,无复乘之者矣。然当士大夫出必以轿时,蔡孑民即极反对之,谓:"以人舁人,非人道;且以两人或三四人代一人之步,亦太不经济。"某次,某名流设宴于邸,以轿接孑民,孑民坚不肯乘,使空轿还,而己则徒步往。及至,已肴残酒阑,主人责轿役,孑民立为解释,始已。孑民亦不坐人力车,谓:"目睹人力车夫伛偻喘汗之状,实太不忍。"盖仁慈为怀,迥异凡庸也。孑民喜乘船,船行甚迟,乃展阅稗史以遣之。以嗜读《红楼梦》故,船行必携之,书为日本东京金港堂所刊印之洋装本,上下两册,反复浏览,有百读不厌之概,此《石头记索隐》一书之所由作也。然《索隐》多穿凿牵强,如谓:"红楼叙事,皆影射明末清初之事。书中女子,多指汉人而言,男子多指满人而言。黛玉,影朱竹垞也;

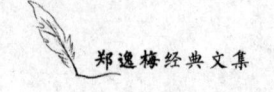

宝钗,影高江村也;妙玉,影姜西溟也。妙为少女,姜亦妇人之美称。妙玉以看经入园,指西溟之藉观藏书就馆相府也;妙玉以孤洁被盗,并诬以丧身失节之名。指西溟之贞廉被逮,并加以嗜利受贿之谤也。"主北京大学时,欲节取《红楼梦》为国文教材,于是陈独秀、胡适之、钱玄同辈承其旨,而加以提倡,冷红生致书孑民,讽其失当,酿成新旧文学之冲突,影响甚大也。

## 张南皮赠金章太炎

张南皮勋业文章，卓绝一时，著《广雅堂集》，人以广雅先生呼之。陈石遗曾入其幕府，故其年谱中记南皮事甚详。谓："南皮长不及中人，而广颡伟鼻，目三棱有光，髯长及腹，行坐揖让，议观秩然。自黎明坐至日午，勺水不入口，谈不绝声。服御极朴俭，外褂貂皮将秃，炕垫红呢破，稻草见焉。招客饮宴，大圆桌白木无漆，以旧白布覆之。"畏暑甚，某岁官武昌，酷热不可耐。南皮每约石遗、乙庵、节庵、雪澄、捍郑诸子，集署后广台上露坐，夜深乃散。集必有酒肴，一席以四元为度。南皮不多啖荤腥，喜进水果，终席食饮一小碗，粥一器，或馒头一二而已。时章太炎文名震海内，南皮认为异趣，不之喜。当石遗初次谒见时，南皮问："在海上久，所识有学问之人必多，能分类举其最优者否？"石遗答以："散体文有新城王树柟，义宁陈三立；骈文有武进屠奇，泰兴朱铭盘；考据之学，可信者有瑞安孙诒让，善化皮锡瑞，此外尚有浙江章太炎。"南皮听至此，好大不为然，曰："梁启超文字宗旨虽谬；然尚文从字顺；章某则并文字亦怪异矣。何数及此人？"石遗谓："章某能读书，实过于梁。"南皮乃心识之。既而招太炎至，月给薪百余金。而梁节庵与其徒朱强甫，方以忠君取悦南皮。太炎识强甫，乃与昌言革命。强甫诘其"先代有出仕者否？乌得出此言"。太炎言此"为强暴所污耳，子孙当干蛊"。强甫以告节庵，节庵以告南皮，胁南皮当逐此人，否则上闻。南皮不得已，辞太炎，赠以五百金，购其《左传》稿。节庵又扣留其款，太炎狼狈归沪。此一段掌故，外间知之者甚鲜也。

## 吴钝斋被厄西太后

予于吴中诸耆宿，曾聆吴荫培、陶小汕前辈之清诲；而于吴钝斋，慕之久，却未一接颜色。夫见欧阳公，而犹未见韩太尉，固不仅苏子由引为憾事也。钝斋，讳郁生，字蔚若，光绪三年丁丑翰林，嘉庆戊辰科会状吴廷琛之孙也。主考文东，康有为出其门下。戊戌政变，六君子被戮，西太后以康之出其门也，斥钝斋不之用。钝斋郁郁不得志者有年。及西太后死，乃任邮传部尚书、军机大臣。辛亥致仕归。居里中，临池以遣兴。初书欧阳率更，后入李北海之室，以求之者多，乃订润而鬻书。喜谈胜朝遗闻，绝有趣者，谓潘郑庵与翁松禅二公，均无后嗣，人以天阉目之。一日宴于某巨家，二公适比肩坐，醺然有醉意，咸以被诬天阉为可耻，曰："是可忍，孰不可忍！"遂当庭脱裤，以示性具之伟然，客为之哄堂。彼曾目睹之也。钝斋晚年嗜电影成癖，不论国产片舶来片，均所乐观。往往从甲影院出，又市券至乙影院；日观两场，不厌倦也。民国二十九年，故于青岛，年八十七。

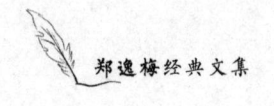

## 齐白石服役陶澍家

予获得陶澍一遗札,乃注其事略于旁。盖其人字子霖,号云汀,嘉庆进士,道光间官至太子少保、两江总督,尤以治皖之荒政、吴之水利,推为名绩。著有《印心石屋文集》及《奏议》等书。而我友颖川生见告,谓人皆称齐白石出身为木匠,不知即服役于陶家。时白石尚在童年,工作余暇,携一诗册哦诵。湘潭王闿运与陶善,一日访陶,见童工貌清秀,好学展卷,视之,则己之诗也,问其"能领解乎?"曰:"茫然不知其蕴奥,第觉兴趣盎然而已。"又问:"识作诗者乎?"曰:"作诗者为王某,士夫之流,泥涂贱隶,安得识之?"闿运笑曰:"作诗之王某即予也。尔好学,我当请于尔主,归诸我家,由我课尔读书,俾将来成一人才。"白石闻之大喜,立向闿运叩谢,陶亦慨然遣之。厥后,白石果享大名,赏识于牝牡骊黄之外,闿运足以当之无愧者也。白石画花卉,不仅以写意见长,亦间作工笔,有时于写意之花卉上,缀一极工细之草虫,却能调和得宜,非有工力,曷克臻此!

## 汪兆镛、兆铭兄弟异趣

番禺汪氏,先世本居山阴,以游宦海南,遂占其籍。而汪氏之杰出者为兆镛、兆铭。兆镛字伯序,又字憬吾;兆铭字精卫,虽同怀弟兄,而志趣各异。兆镛始为遗老,兆铭虽献身于敌,然其初则一拼掷头颅之革命党也。

夏剑丞词翁与兆镛善,谓兆镛语挚情深,貌谧而粹,望而知为绩学之耆宿。著《雨屋深灯词》,其词致力姜辛,自抒怀抱,其品概亦今之邝湛若也。兆镛生平极崇拜苏东坡之为人,每逢十二月十九东坡生日,辄于斋中悬笠屐小像,以厓山渔人淘得宋瓷小盏,酹酒瞻礼焉。

兆镛于岁朝,又必投香案向北叩首,以表其不忘魏阙之意。适兆铭往贺年,兆镛强之一拜,兆铭亟遁走。及兆铭刺载沣,兆镛不以为然。民国成立,兆铭得释出,兆镛绝不与之往来。作书犹避讳,如溥仪之仪,必缺一撇为仪,甚为慎重也。

## 我国造第一颗炸弹之杨笃生

清末,《神州日报》执笔者,咸一时硕彦。当某周年纪念,曾增印画报一大张,列先后主持是报笔政者之照相凡数十帧,而蹈大西洋死之杨笃生亦在其中。其时,予年尚幼,且在专制淫威之下,报纸未敢明言其为革命而死,故予之脑幕中,略有其印象,未悉其行径也。笃生讳毓麟,又名守仁,号叔壬,别号灵庵,撰稿发表于报章杂志,则以"椎印寒灰"为笔名。湘之长沙人,丁酉科孝廉。于先儒性理,百家杂著,无所不窥。鉴于清政之不纲,以文学提倡革命,东渡日本,与苏鹏、周来苏等结中国革命学会,而杨任会长,尝就横滨梁某学制炸药。甲辰夏,由日携炸药返国,图炸内城宫殿、颐和园,以倾动天下人之耳目。奈无隙可乘而止。会清廷派载泽、戴鸿慈、徐世昌、端方、绍英五大臣出洋,名为考察宪政,同志吴樾拟狙击之。杨问其持何具以暗杀,樾出示手枪,杨曰:"我有利器在,胜手枪百倍。"且言且出一革囊,藏一铜制圆罐,可五寸许,直径三寸,四周封固,樾不之识。杨曰:"此我手造之炸弹也。"樾欣然持之去,乃五大臣至正阳门车站,而破天荒之第一颗炸弹乃爆发,清廷固不知炸弹之出于杨所手造也。闻制造弹壳者，则为胡瑛。既而，杨作欧游，居苏格兰之爱汀伯，闻三月二十九日广州之役，死者皆知友，忧愤之余，乃蹈海以自杀。临死之前，以所蓄一百三十金镑，汇交胡瑛、吴稚晖，托将一百镑转交黄克强，为运动革命之军费；余三十镑，则交其老母，并嘱勿以死讯告，免老母之悲恸也。其兄性恂，南社社友，亦以革命被杀。

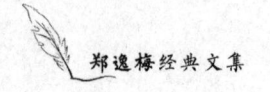

# 秋瑾以倭刀自随

秋瑾

日本人善制佩刀,尤以倭刀最为犀利。相传能断金切玉,大者曰太刀,小者称胁差,均以鱼皮贴香木为鞘。宋时尝以入贡,欧阳修为作《日本刀歌》,又谓"佩之可以辟邪"。今日本制刀者已少,故人以古董视之矣。鉴湖女侠秋瑾留学日本,尝获倭刀一柄,爱之甚,挟带随身,行动不离,作《宝刀歌》以宠之。又摄影御和服,发峨峨为东瀛妆,手持一倭刀,英气勃然,曩年商务印书馆之《小说月报》且采之为封面焉。瑾既就义,吴芝瑛记其遗事,亦涉及倭刀。其略云:"女士自东归,过沪上,述其留学艰苦状,既出其新得倭刀相示曰:'吾以弱女子只身走万里求学,往返且数回,买日本船票必取三等舱,与苦力杂处,长途触暑,一病几不起。既至东,虑学费之不给,事事刻苦,至节衣缩食,所赖以自卫者,惟此刀耳,故与吾形影不离。'"又云:"酒罢,女士拔刀起舞,唱日本歌数章,命吾女以风琴和之,歌声悲壮动人,旋别去。"惜乎!瑾死,此刀不知散落何处,否则置诸革命博物馆中,岂不大好纪念品哉!其女公子灿芝,曾服务市财政局,予曾于国学会席上把晤之,能舞刀剑,饶有母风,本从父姓为王,后则复其本姓,而为秋灿芝矣。

## 审问秋瑾案之李钟岳

熟于革命掌故者，当推冯自由为首屈一指。尝阅冯著《革命逸史》第二集，记鉴湖女侠秋瑾，谓："瑾束手就擒，贵福使山阴令李宗岳讯问，瑾不作一语，遂于翌晨四时就义于轩亭口下。"实则宗岳之宗字误，宗当作钟也，而冯于钟岳事未及详述。予曩年曾于报端剪存秋瑾妹秋宗章所撰之《前清山阴县知县李钟岳事略》一文，知钟岳字申甫，山东安丘人，光绪己丑恩科举人、戊戌进士，权衢州府江山县，丁未正月，调任山阴邑宰。徐锡麟烈士事败，知府贵福欲兴大狱，郡中绅耆闻之，深恐事态扩大，贻害闾阎，因相约谒李，请慎重处置。李往见贵福，为民请命，贵福大为不怿。及贵福带队围攻大通学堂，李无法斡旋，惟冀搜查无据，俾易销弭。及既捕得秋瑾及程毅等十余人，俱押解山阴县狱，贵福嘱李来日刑讯，胁以严刑，务得确供，李惟惟。翌晨，在县廨花厅集讯，李坐炕上，提秋瑾入，即于厅右置椅命坐，首即询以是否为革命党，秋瑾曰："然。"问革命何为者，曰："吾所主张为男女革命，初未触犯法纲，不知何由见逮？"李闻言，环顾侍立吏役中有一为贵福遣来监视者，因颦蹙不语，良久，以素纸及朱笔授秋瑾曰：

"闻尔文理尚优,可随意书写数字见示。"秋瑾初书一"秋"字,李促之再,乃成"秋雨秋风愁煞人"七字。自陈曰:"素不工书,又不惯用毛笔,请赐钢笔一用。"李许之。立命备钢笔蓝墨水及洋纸簿一本,秋瑾援笔自书供词,越一小时始毕,李复命还押,遂亲至府廨覆贵福。甫接见,贵福即讥之曰:"君乃延阶下囚为座上客耶!"李曰:"诚然。顾秋某既无公然谋叛之证,骤以严刑胁供,三木之下,何求不得,似难成为信谳。"贵福以为诮己,既惭且恚,端茗送客,立拟电稿致浙抚,略云:"前据胡绅道南禀称,大通体育会女教员革命党秋瑾谋于六月初十边起事,查该匪亲笔讲义,斥本朝为异族,证据已确,应请先行正法。"晚间得浙抚张曾敭复电照准。时已午夜,传李入署,示以往来电文,即委李监视处斩。李不意事机之迫促乃尔,为之震骇,复婉陈:"秋某并无确供,遽处极刑,衡情酌理,似失其平,务请从长计议。"贵福斥之,拂袖而入。李返廨,彷徨内室,太息不已,卒以无法挽回,不得不遵命办理。乃坐大堂,自狱中提秋瑾出,时堂上灯烛辉煌,吏役雁行立,秋瑾逆知无幸,即亦不惧,侃侃而言,且要求三事:不枭示,不扒衷文,与家人通信诀别。李曰:"前二事吾能曲从,惟第三事碍难准行。"秋瑾不语,遂步行赴轩亭就义,时六月初六日寅刻也。李珍藏秋瑾之书"秋雨秋风愁煞人"手迹,以为纪念,闻今犹藏其后人处。贵福,镶黄旗蒙古人,翻译进士,字寿君。

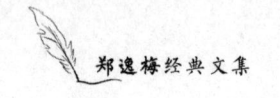

## 寒山寺张继碑外之诗碑

我吴寒山寺之"月落乌啼"一诗碑，由吴湖帆托濮一乘转求张溥泉重书。濮字伯欣，襄佐狄平子辑《佛学丛报》，年来供职国史馆，固溥泉之同事也。溥泉名继，恰与唐人张继同其姓氏，可谓巧合，从此吴中名胜，又添一重佳话矣。犹忆前辈天笑翁于民国十七年间，尝偕邑宰王引才游寒山寺，天笑乃笑语引才："张溥泉近日遨游吴中山水，君何不导之至此？盖寒山寺因唐张继一诗而传，今吾民国亦有一张继，且为古物保存会委员长，清末提倡修葺此寺，则古张继与今张继，不将后先媲美耶！"奈引才一再因循，未成事实。结果湖帆乃实行之，斥资勒碑，巍列于寺前（黄怀觉刻），往游者无不摩挲叹赏焉。据予所知，原碑乃苏州巡抚程雪楼所立，出于俞荫甫手笔。此外尚有二碑，一康长素书其诗云："钟声已渡海云东，冷尽寒山古寺风。勿使丰干又饶舌，化人再到不空空。"盖长素有天游化人之号也。又万绳栻诗碑云："古刹丰碑劫运消，摩挲谁与认前朝。山僧不解兴亡恨，只闭禅关拾堕樵。""绰首寒严迹已陈，桦冠木屐去来频。问他桥畔停船客，省得钟声能几人？"诗第二首直斥日本人鄙俗不解风雅也。

## 张香涛幕中之名士

张香涛宏奖风流，幕中尤多名士，如郑孝胥、陈石遗、陈散原、辜汤生，均葛衣乌巾、纵谈天下之座上客也。辜邃于西洋文学，而于我国经籍，亦潜心研讨，喜读《易》，尝署汉滨读易者，人不知为辜也。辜以汉滨读易者之别署，著《张文襄幕府纪闻》一书，惜未刊行，首冠一自序，蒙友钞以见示。如云："余为张文襄属吏，粤鄂相随二十余年，虽未敢云以国士相待，然始终礼遇不稍衰。去年文襄作古，不无今昔之感。撷拾旧闻，随事纪录，以志鸿爪。昔人谓漆园《南华》一书，为愤世之言。余赋性疏野，动触时讳，犹得苟全，已为万幸。近十年来，时事沧桑，人道牛马，变迁不知伊于何极，是不能不摧怆于怀。古人云：'作易者其有忧患乎？'惟识之而已。"香涛卒于清宣统元年八月，则此书著于宣统二年也。香涛不仅具治政才，诗有宋意唐格之称，刊《广雅堂诗集》，初为广州龙比部伯鸾刻，桐庐袁忠节爽秋再刻之。香涛于临死前，晚岁诸作，又复加以手订，天津严范孙更有手注《广雅堂诗稿》本。

## 邵飘萍家中之黑幕

曩时于席间，获晤浙东东阳邵一萍女士，婉雅明爽，尤擅画艺，自山水人物，以至翎毛花卉，靡不工妙，叹为巾帼中有数人才，盖女士乃故名记者邵飘萍振青之妹也。飘萍于报界，初入《时事新报》，而其为报馆通讯员，则尚在《时事新报》之前，盖飘萍留学扶桑，偶以消息邮寄上海《神州日报》，而《神州》主笔政者孙癯媛也。癯媛爱其明洁得体，辄披露之，既而乃特约之为驻日通讯员。及归国，居北京，创新闻编译社，为国人自办通讯社之始。包天笑与之友善，绍介飘萍为《时报》撰短论，署名青鸾者是也。后创刊《京报》，潘公弼辅助之，以文字触怒安福系，公弼被捕，飘萍匿于花小桃家。花小桃者，红妆季布也，卒护之来沪，得免于厄。岂知越若干年，而飘萍仍为军阀所戕杀，当时报界一致悼惜之。其事发生于民国十五年，今则飘萍墓木已拱矣。著有《新闻学》一书。其在沪上也，喜摄影，寓中张幔以充冲洗照片之黑房，天笑往访，戏以纸书"邵飘萍家中之黑幕"八字，黏揭窗上，飘萍一笑置之，不以为忤也。

## 李合肥故园中异事

李丈伯琦,为合肥相国之文孙,居康定路双清别墅附近,予时往请益焉。丈以十年不返乡里,乃于客岁一访故园之松菊。皖地军民及最高长官,过合肥店埠镇,必往谒之,人皆视之为巨绅,实则丈固书生本色也。最近丈邮一书,见告异事,可资谈助。盖其宅极宏伟,后有空园,园外即农村,园中蓄母鸡七八只。八月十七日中午,闻鸡争鸣不已,往视,则邻家之白公鸡,伏鸡埘中,母鸡因而喧呶。须臾,公鸡起,遗一卵,大如蚕茧,色深黄。家人咸大诧异,俗传公鸡卵为至宝,丈未之信也。惟幼闻是卵可治目疾,有奇效,但难得耳。于是拟浸酒精中,携沪供人研究,乃壳薄,传观不慎,坠地破,大为懊丧。然得见其中,有白而无黄,白与母鸡之卵白亦不同,绒在白中似鼻涕(绒即公鸡之精也),煮熟仿佛一线然。公鸡产卵,本属传说,而丈竟目睹,斯亦奇也。丈又见告,煮茶叶蛋,须煮十日夜不断火,则蛋缩小而嫩,味极美,与寻常所煮者迥异。乡间烧稻草,将煮蛋罐置热灰中,可十日夜,在炉上烧煤球,则无办法也。

# 林黛玉倚老卖老

昔王伯穀传马湘兰有云:"姬年老矣,容华虽小减于昔,而风情意气如故,唇膏面药,香泽不去手,鬟发如云,犹然委地。"海上妓界四大金刚之林黛玉,人以马湘兰比之。湘兰距今三百年,我人不得睹其芳容,不知伯穀云云,是否阿私所好而故作掩媸扬妍之谈也。至于林黛玉,予犹及见之。盖予与掌故小说家许指严啜茗大世界游乐场,指严指后座一老妇曰:"此盛名震一时之林黛玉也。"则粉黛虽施,已无余态可言。旋晤望溪后人,谓于民十之际,林于某巨室下堂,重堕风尘,后人与平等阁主宴于一家春番菜馆,震林名而征之。林果姗姗来,面涂粉泽有如垩墙,双眉既浓且阔,老去秋娘,不复可喜。见客辄拍肩称为小弟弟,自述绮年欢乐事,曾嫁何人,何术骗人资财,又如何争风吃醋,滔滔不绝,毫无忌讳。客以其坦白爽直也,即以所闻于人者询之,林随问随答,有知无不言,言无不尽之概。既而,役者以局票来催局,累累凡若干纸,役者口报客姓及地址,林聆之,乃以某处应,某处不应为覆,而仍继其谈笑。及役者再三来催,终辞登舆去,并请后人及阁主辈,于晚间至彼妆阁,谓其时彼应客返,得暇可作长谈也。林之应酬功夫,确乎非寻常曲院中人所得企及云。

# 古月轩传说之分歧

凡玩瓷者，无不知古月轩，但传说不一。许守白之《饮流斋说瓷》有云："古月轩彩瓷，为有清一代最珍贵之品，价值奇巨，而同时仿者，值亦相等也。古月轩为内府之轩名，当时选最精画手为之绘器，所绘有题句，上下有胭脂水印章，引首印一文曰'佳丽'，或曰'先春'；下方印二文，曰'金成'，曰'旭映'，大抵即绘画之人名欤！所制不多，当时即须饬工仿制，故仿'古月轩'彩者，亦系乾隆之物，其价值与之相埒。若直书'古月轩'三字者，乃属后来伪制，而近亦罕见，故精者亦为值不赀也。"或谓："有胡姓其人，精画料器，多烟壶水盂等物，画笔之精细，一时无两。其曾否画瓷器，未可臆断，而乾隆御制，乃取其料器精细之画而仿制入瓷耳。"或谓："胡氏之款，凡三种，有'古月轩'三字者，有乾隆年制者，有大清乾隆年制者，均非伪托。"此则与前说异。或谓："无论康雍乾诸朝之器，概称之古月轩，盖历代此种最精之瓷品，藏庋于此轩，故以得名。"或谓古月轩，属于乾隆之轩名，画工为金成字旭映。"或谓"古月轩为清帝轩名，不专属乾隆，历代精制品，均藏于是轩。"《辞海》古月轩条，谓："清乾隆间苏州胡学周之瓷窑名，所制瓷瓶、烟壶，皆以古月轩为号。高宗南巡，见其所制精美，诏赴京师，使管御窑，仍号古月轩。"赵之谦《烟壶考》云："烟壶别有古月轩，质则车渠，亦具五色，上为画采，间书小诗，壶题古月轩，其题乾隆年制者尤美。"《辞海》肯定其人为胡学周，不知何所据而云然。而李涵秋之《沁香阁随笔》，则别有一说，且涉神怪，如云："老友杨丙炎，酷嗜鼻烟壶，藏烟壶无数，谓清帝亦好此，壶之制，若金，若玉，若翡翠，若晶石，多不可以数计。帝悉玩而生厌，特召良工，以料胚制成壶状，然后施以雕刻，加以采色，工人出其绝技，制就多不合帝意。帝一日御别室，座间遍置料壶，摩挲者再，偶一睨视，忽觉案前跪一老者，须发皓白，双手呈一壶，匍匐奏曰，'以此供陛下之赏鉴'。帝亦不测其所由来，接而视之，阳面绘宫殿，殿额书字，历历可辨；阴则鹤鹿苍松，咸奕奕有生气。帝惊喜，叹曰：'此真神品已！'及一回视，老人已不见。帝疑为仙，亦不穷究，遂索纸作书，颜其室曰古月轩。古月为胡，胡与狐同音，后之售鼻烟壶者，咸没古月轩者，此其所本也。"虽属不经，然亦足资谈助也。

## 岑西林受宠慈禧太后

岑西林春煊，卒于民国二十二年，其人刚直有强项令之称。当前清时，深获慈禧太后之眷宠。盖庚子之役，联军入京，帝后蒙尘而西，岑乃率兵勤王，于是朝野无不知岑春煊其人。此后于西安行宫，夜辄佩刀守卫，有史道邻寒夜起立振衣裳，甲上冰霜迸落，铿然有声之概。受寒偶嗽，后闻之，问为谁，答曰："岑春煊。"后更大称赏，赐赉有加焉。岑先世为土司，其父毓英，官云贵总督，骁勇多谋。岑于读书外，亦习拳武。某次赴桂林乡试，饮于某酒家，桂树当窗，飘香盈座，岑于窗下披襟独酌，自得其乐。既而，有显宦唐景沆之子亦来就饮，见岑服御朴素，而占一优好位置，乃挥手命岑让之，岑不之理。唐氏子素有纨绔气，遂仗势以扇击岑头。岑怒格拒，唐氏子不敌，被殴仆地，诸同伴助唐，亦受伤。唐氏子归，诉诸母，欲兴问罪之师，及一探询，始知岑为毓英子，事遂寝。岑于人颇多好恶，如与袁项城不睦，鄙视庆邸奕劻及李莲英，以裴伯谦知南海县之专断也，欲置诸重典。受岑之识拔者，有张鸣歧、陆荣廷、龙济光辈，为粤中护法，任章秋桐为秘书长。与王什公亦殊友善。岑死，王以联挽之云："山人旧梦寻归鹤，海客同声叹睡狮。"有见岑者，谓貌穆然而严肃，目光炯炯。异于常人。

## 陈独秀囚首垢面

曩年林畏庐致北大校长蔡孑民书,所谓:"覆孔孟,铲伦常,侈为不经之谈"云云。无非对陈独秀而发也。陈主持北大文科,引胡适之、钱玄同以壮声势,尝著文提倡非孝,且有"万恶孝为首,百善淫为先"等论调,毋怪畏庐以正义而加以抨击也。陈之为人,囚首垢面,绝类王荆公,且衣敝不易,亦不之浣涤,冬日虱子蠕蠕襟袖间,不之意。著有《字义略例》一书,牵强附会,又与荆公解字不谋而合,在在与人异趣,脱眉山苏明允复世,我知其必继辩奸而著论也。陈一度东游,不得志,乃与章行严、张溥泉、谢晓石辈办《国民日报》,蛰居小楼,足不出户,而行文极迅捷,顷刻千言。又与苏曼殊共译嚣俄小说,即所谓《悲惨世界》者是。陈又主《新青年》笔政,曼殊以所著《碎簪记》畀之。曼殊与陈交谊殊厚,其《文学因缘》自序,有畏友仲子,诗有《西湖寄怀仲子》,仲子者,陈之号也。陈原名乾生,一名仲,又名由己,字仲甫,别号独秀山民,安徽怀宁人。一自提倡非孝,安徽同乡群起逐之,目为人妖。民国二十一年,居海上岳州路之永吉里,而胡适之犹时念及之也。

## 岳庙前铁像为阮文达公所铸

此次予携小儿子鹤泛舟湖上,既而停桡柳荫,登岸谒岳鄂王庙,向土封遗阡,磬折行礼。既而觅四铁像,则仍跪列于墓前,像围以栅,然游客辄以手杖击其脑,所以辱之者备至焉。予为子鹤诵其联语:"青山有幸埋忠骨,白铁无辜铸佞臣。"又告曩有士人秦姓者至此有句云:"人从宋后少名桧,我到坟前愧姓秦。"子鹤因询铁像始于何时,为何人所铸?予不能答。既归,偶阅《桐阴清话》,始知乃清代阮文达公所铸,其文曰:"阮文达平蔡牵,得其兵器,镕为秦桧夫妇,跪岳庙前,好事者撰联语,作相互对答。桧曰:'咳!仆本丧心,有贤妻何至若是?'王氏曰:'唉!妇虽长舌,非老贼不到今朝!'互相埋怨,口吻如生,公谒庙见之,不觉大笑。"考诸阮文达公之平蔡事,在嘉庆十四年秋,则铸铁像凡四:秦桧、王氏、张浚、万俟卨,当始于嘉庆十四年秋间。此后如撰《西湖游览指南》等书,宜列入此条,为游客考证之资料。

## 月份牌之演变

　　自欧风东渐，市贾注意于广告，于是有所谓月份牌者，每逢年尾岁首，借以投赠其主顾，中为彩色画，货品之名附列其下，俾张诸壁间，以宏其广告效力。及易岁序，又复更换一新者，使之不替，法至善也。最初画月份牌者，为周慕桥。慕桥，元和人，讳权，擅六法，私淑胡三桥，因以慕桥自号。客游沪上，应飞影阁石印画报之聘，为吴友如后之佳手。晚年为人作月份牌，大率为《三国演义》故事，如《长板坡》《华容道》之类，戎马纵横，刀戟林列，备极军容阵伍之盛，当时固极受人欢迎者也。未几，徐咏青以风景起而代之。咏青幼失怙恃，由徐家汇孤儿院授以画艺。及长，居然一鸣惊人。事变前，与予往还颇稔，今则不知去向矣。继之为丁云先之仕女，吴娃越艳，尽收笔底。周柏生、郑曼陀、谢之光更鼎足而三。柏生年事较长，近以多病辍其绘事。曼陀、之光，均予之友好也。曼陀初名不彰，某次赴剧院观电影，时早，尚未开映，游目四瞩，睹其邻座一粲者，佳冶窈窕，楚腰如柳，而一笑嫣然，足以倾国，曼陀目逆而心印之。翌日，于报端见商务印书馆告白，征求仕女月份牌画稿，曼陀即摹写粲者之姿态神情而应征焉，及揭晓，曼陀

美女月份牌　　　　　　郑曼陀画《仕女图》月份牌

获选为第一名,大有一登龙门声价十倍之概,求其画者户限为穿。之光多模特儿,二八如花,花丽艳逸,而装束新颖,为其特长。今则曼陀与之光,悉鬻画海上,所作仍以仕女为多也。同时有但杜宇、胡伯翔,亦擅妙艺,运笔栩栩如生。杜宇后从事电影导演,伯翔则为实业家矣。稍后者,为杭穉英,仕女以苗条多姿胜,享名甚久,客岁死于沪上。晚近以还,作者辈出,竞趋俗尚,往往一丝不挂,裸逐为戏,不啻汉宫春色图,殊欠大方也。

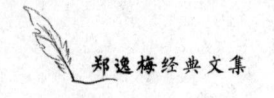

## 香妃墓之倾圮

传说中美丽神秘的女子——香妃

香妃艳迹,有传诸稗史,演之红氍者,大抵谓妃受帝宠而屈就。昔杨云史仿白居易《长恨歌》之笔,而作《天山曲》,为二千余言之巨制,并别撰《香妃外传》,阐扬贞烈,力辟诬言,足资证考。爰节录其中一段云:"回王波罗尼多妃某氏,有殊色,不假薰沐,身有异香,其民称之曰香妃。二十八年,巴达克山酋长始得王首,并以妃献。妃阴藏利刃以行,有司饬沿途地方官拥卫,于是祁连秋雪,大宛惊沙,间关万里,颜色弗损。翠辇入玉门,百姓夹道以观,甲卫森严,锦绣杂逻,绵亘数里,香车所过,芳泽流衍,半载达京师。帝献俘太庙而后受之,赐居西苑,恩礼优渥,珠玉金帛赉无算。妃不谢亦不御,帝欲狎之,不可,乃册为祥妃。北人祥香同音,妃弗能辨也。幸其宫,衷刃自卫,弗得近,天语温和,百问不一答,伺隙数犯帝,惊左右,度事无济,欲自戕,夺其刃,更出他刃弗穷,内宫惶恐,日夜逻守弗敢懈。皇太后闻而忧之,戒上毋往西内,如是数年,妃禀绝代之容华,抱冰雪之贞操,居京久,思西域故乡,灵芸则远怀父母,花蕊则私祭张仙,于是琼岛春花之朝,瀛台秋月之夜,抚时感心,莫可告语,辄宛转长啼,哀动鱼鸟,帝闻而伤之,命建回子营,以赐从妃入关之回子驻扎,别编一旗,设佐领,给世饷,而筑望乡楼于宛南以解其忧。三十一年冬至,帝有事圜丘,宿斋宫,太后密召妃至,温语问所愿,且慰令侍帝。妃不拜,从容自陈:'亡国妇人,心死久矣,愿殉故主,不愿富贵也。'因求死。太后潸然动容,抚之曰:'儿可敬哉!然则今赐尔死可乎?'妃乃喜,跪拜谢太后恩,遂就尺帛于慈宁宫之西厢。后妃左右,无不流涕。帝哀妃烈,命以回妃礼归葬西域,遂其志也。香妃墓,今在喀什噶尔汉城西北回城东门外十里,阿发胡墓之下,俗称香娘娘坟。"顷闻客谈,香妃墓之圆顶,金碧辉煌,极庄严伟宏者,忽告倾圮,地方耆绅及官长,纷往察勘,拟为重修,奈以资用甚大,尚在筹措计划之中。

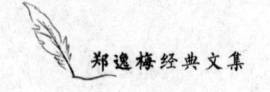

## 春牛与芒神

冬令告终，又复春至。当立春之日，旧制有打春之举。顾铁卿《清嘉录》云：立春日，太守集府堂，鞭牛碎之，谓之打春，农民竞以麻麦米豆抛打春牛，里胥以春球相馈贻，预兆丰稔。百姓买芒神春牛亭子置堂中，云宜田事。蔡云《吴歈》云：春恰轮当六九头，新花巧样赠春球。芒神脚色牢牢记，共诣黄堂看打牛。按《隋书·礼仪志》，始有彩杖击牛之文，即后世之打春也。汉晋以前，无打春之事。孟元老《东京梦华录》：立春日，绝早。府僚打春府前，百姓卖小春牛。吴自牧《梦粱录》：立春日侵晨，郡守率僚佐，以彩杖鞭春街市，以花装栏，坐乘小春牛，及春幡春胜，各相献遗于贵家宅舍，示丰禾稔之兆。晁冲之诗："自惭白发嘲吾老，不上谯楼看打春。"是事虽始于隋，而仪文实备于宋，迄今沿之。

我友秋水生熟于考据，谈芒神云：《礼·月·令》言春之神句芒，句芒即芒神也。《元典章》称芒神貌像服色及鞭縻等，就年月干支为其设施。《清会典》又有迎春之礼。顺天府预于东直门外，制芒神春牛。视岁建干支，辨其形色，以迎生气，占岁时之制，故芒神冠履服色，每岁不同。世俗遂有露顶者主

春寒，穿服者主大水诸说，由来盖亦甚旧矣。

海上漱石生前辈于《沪壖话旧录》，记迎春事綦详。谓：迎春必在立春之先一日，由县尊会同典史主簿县丞及训导等，自县署起，至大南门外之迎春庙，恭迎芒神及春牛到署。各官俱用全副仪仗，且头戴铺绒朝帽，身穿绣蟒朝衣，足履方头朝靴，各坐四人显轿，至庙向芒神行礼后，始互易公服，改坐暖轿返辕。前导有所谓街道司者，披蓑戴笠，坐一竹交椅上，由二人昇之，以代表农夫。继之以锣鼓一班，及纸糊之春牛，牛身五色咸备。相传黄色多主年岁丰收，白色多主有水患，青色多主风灾，红色多主火灾，黑色多主疫疠。其实糊牛者有书一册，上列六十甲子年，春牛之浑身颜色，岁岁不同，须于一甲子后，乃周而复始也。芒神俗呼为强太岁，迎时亦坐显轿。芒神之后，即为典史等诸官之仪从，典史训导主簿皆杂职，平时出入官署无排衙，惟是日则特盛，除旗锣伞扇红黑帽等，且各有策印马二骑，顶马一骑。训导虽冷官，是日亦鸣锣开道。县尊之好虚荣者，其仪仗甚为显赫，衔牌以外，或以德政牌及万民伞加入，并较各官多对马四骑，甚或八骑，皆皂快捕快之首领为之。以不便穿天青缎马褂，皆反穿黑紫羔皮，箭衣则俱一律蓝色，顶马由县总书承乏，居然顶戴辉煌也。县尊于迎春返署之后，升座受胥役参贺。芒神仍以显轿送回庙中，春牛则置于东厅外之土地堂。翌日，由街道司请县尊鞭春，口报吉语，凡三请，县尊乃出，持鞭绕春牛一周，作鞭春之举，将春牛之纸身鞭碎之，故俗呼为打春。牛腹既裂，有纸糊之数小牛，纷纷堕地，一任儿童或观者抢取，不加禁阻，谓之抢春。盖寓与民同乐之意也。

## 明时之虎丘

吴中多山峦之胜,而虎丘距金昌只六七里,春秋佳日,彼山塘道上,游女似云。尤以绿萼繁华盛放,登冷香阁而巡檐索笑者,钿车画舫,络绎不绝也。虎丘一名海涌山,阖闾葬此山中。秦始皇巡游至此,求吴王遗剑,故号剑池。池傍巨石,可坐千人,号千人石。石畔为生公说法台。下有白莲池,池旁有点头石,相传生公说法时,池茁生千叶荷花,顽石点头,若悟理然。陆羽石井在剑池之右,古名铁在岩,四旁石壁,泉甘冽。石壁上刻"第三泉"三字,为陆羽所品定。左有石级五十有三,名曰五十三参。有清圣祖高宗驻跸处。东南隅筑屋石壁之上,曰望苏台,今日小吴轩。更有平远堂、仰苏楼、海花楼、月驾轩、雪浪轩、玉兰房、海宴亭等处,均为名胜。真娘墓下临憨憨泉。真娘为一妓,守身如玉,从不留髡。一日,有客拟留宿,鸨妇许之,真娘乃自经死,客怜之,为之埋香。李祖年集《梦窗词句》为联云:"半丘残日孤云,寒食相思陌上路;西山横黛瞰碧,青门频返月中魂。"憨憨泉有梁时憨憨尊者遗像。又有联云:"香草美人心,百代艳名齐小小;苑亭花影宿,一泓清味问憨憨。"来游者必瞻谒也。南有拥翠山庄,为洪文卿、郑叔问等所建立。有抱瓮轩、问泉亭、不波小艇、灵澜精舍。至于冷香阁，则为近年所新辟。费迁琐、吴荫培及我师汪鼎丞先生为力也。虎丘在明时，山门地位与今日迥异。长洲张霞房之《红兰逸乘》谓：明朝虎丘山门在今后山，文衡山、唐六如辈所写《虎丘图》皆画后山景，可为证明。而唐六如与祝京兆常宴客于此，极诗酒风流之致。其时有张灵其人者，狂放不羁，尝鹑衣百结为乞状，讴吟而抵虎丘。唐以《悟石轩》命之题，张疾书一绝云："胜迹天成说虎丘，可中亭畔足酣游。吟寺岂让生公法，顽石如何不点头？"唐大喜，呼之与诸贵游同饮，且即席写张灵行乞图而祝题焉。张慕虎丘舟中女子崔素琼，崔亦知张之才，愿委以终身，奈宁王宸濠以势劫之去。时宸濠厚币聘唐，张乃托唐多方访之，既知崔进献入宫，不复得出，赋诗以别云："才子风流第一人，愿随行乞乐清贫。入宫只恐无红叶，临别题诗当会真。"张为之痛哭而呕血，纵酒狂呼，或歌或笑，一日走虎丘，见伶人演剧，忽大叫曰："若所演何足观，吾为演王子晋吹笙跨鹤。"遂控一童子，跨其背，攫伶人笙吹之，令作鹤飞。童子怒，掀张于地，张起曰："吾不得为天仙，当作水仙耳。"遂跃入剑池。众掖之出，伤股不能行，未几卒。此一段哀感顽艳之故事，与虎丘相始终。世俗以唐、祝、文、周四子并称，实则周无其人，即张灵字梦恶者是也。

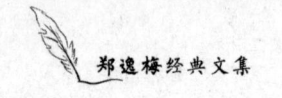

## 有明四汉奸

倭寇之祸我华夏，不自今日始。而我华不肖之徒，动辄为寇所利用，甘居汉奸之流，认贼作父，为寇画策，报纸举列其名，国人忿之，几欲食其肉而寝其皮。然不知当有明之世，倭寇犯我江浙，已有汉奸之从中作祟。考诸稗史野乘，及前人钞本秘记，记四人焉。曰汪直，曰徐海，曰陈东，曰麻叶，爰述其一二丑闻于下。

汪直，歙人，嘉靖时据五岛，以掠劫为生，得财则散之羽党，一时海盗归附者凡二千余人。汪潜势既厚，益恣肆无忌，常驾一楼船出游，岛人呼之为老船主。老船主至，相率膜拜，盖惮其戾暴也，性好渔色，岛之少女，淫污之殆遍。倭寇来犯，侦知老船主之称霸于海上，且有登徒之癖也。乃献倭姝凡十有二人，皆妙龄绝世之姿。倭姝曲意奉承，无微不至，时方天暑，老船主与诸姝裸浴于海滨，以为乐事。姝既得老船主之欢心，言无不从，遂通于倭寇。假船与倭，四出肆劫，人民被殃者不知凡几。倭获金珠玉帛，靳不分畀，老船主大忿，且诸姝久狎而厌，毅然弃绝，与养子澉归胡宗宪麾下。巡按御史王本固疑之，下狱论死。

徐海，巨盗之一也。残忍恶戾，其劫掠必杀人，且置诸鼎镬间，煎熬为油汁，遂以人油为火炬，执之照夜，并谓人油之炬，可以烛察窖藏，人心贪婪。窖藏所在，油能滴土而燃，随所滴而发掘，无不获。其谬妄有如此。倭寇来，饵以爵利，海乃为倭向导，到处淫掠。陈东、麻叶二人，为虎作伥，声势愈雄。胡宗宪以计诱徐海缚陈东、麻叶来献，杀之。双檄陈东党攻徐海，徐海投海死。

陈东善泅水，能没水数昼夜不出，有水鬼之号。徐海闻其人，招而致之。海既为倭用，陈东固丧心病狂者，遂供倭驱使。倭舟四出掳掠，明之水军迎击之，陈东辄潜没水中，凿沉我舟，我之水军，沉舟以数十计。倭于是猖獗登陆，益恣其剽劫。江浙沿海，无不备受其患。陈东真狗彘不食哉。宗宪设计谕徐海，徐海乃召陈东、麻叶于私邸夜宴，侑酒者均妙龄女。陈东、麻叶不觉酩酊，乃缚而连夜献于宗宪。宗宪赉徐海以金帛，徐海以为荣。东之余党怒海之无义，群起而攻，海投水死。

麻叶，不知何许人，叶姓，而痘瘢满面，人以麻叶呼之。性嗜饮，饮必醉，醉则恣睢无人状。一日，于醉中执途妇而加以非礼，妇羞惭，返家自经死。麻叶知不能再留，遂亡命归附徐海。麻叶有一绝技，善掷青蚨，百步外矐人目。倭寇利用之，以制我军，我军因之受创颇巨。宗宪谕徐海，乃与陈东同为瓮中之鳖。弃市之日，万民腾欢焉。四奸俱死，倭大不利，即南遁忧闽广。总兵俞大猷、戚继光讨平之。然为患已二十年，非四奸阶之为厉不至此，四奸杀之不足蔽其辜也。夫天网恢恢，疏而不漏。奸人贼子，往往不得善终。观于汪直、徐海、陈东、麻叶事而愈信。

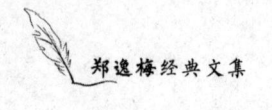

## 元宵之种种

月光三五夜，灯焰一重春。此元宵之写实也。元宵为一年中难得之佳节，旧俗每逢是夕，例有走三桥之举。予曾询熟于掌故之孙漱石前辈，谓须经过三桥，不走原路而返。然桥临流而建，一去一来，已过二桥，若走三桥，又须复去，何从再觅归路。故沪上惟乔家浜永兴桥与陈顾同桥，中间沿浜有化龙桥，方可兜一圈子，恰值三桥。其他则走横亘之穿心湖桥，或红栏杆桥，亦可勉符三桥之数。今诸桥已一律拆平，邑人此举久废矣。明陆伸有《走三桥》词云："细娘分付后庭鸡，不到天明莫浪啼。走遍三桥灯已落，却嫌罗袜污春泥。"可见走三桥之俗尚，已有数百年历史，值得考证者也。

吴俗元宵必进汤圆，因名汤圆曰元宵。其馅有数种，或百果，或猪油豆沙，均甘腴芳烈，可口异常，盖取团圆之意，以为佳兆也。

世俗称敲锣击鼓，曰闹元宵。锣鼓亦有谱，如跑马、雨夹雪、七五三、跳财神、下西风诸名色，均有一定之节奏。奈市廛中人不解此道，徒以喧阗一片，聒耳欲聋，徒取人厌，真无谓也。

小儿女辈，喜于元宵迎紫姑。用淘箩一，插簪戴花以迎之。

有就门隙迎之者,则曰门角姑娘。焚香叩拜,虔诚为之,姑来淘箩自动。予疑为异者之作弄,曾亲扶之,箩颠簸自如,绝非人力,为之诧异不置。荆人谓曩在家时,各叩门角姑娘以寿数,请以一颠表示一岁,则有六十余颠者,有七十余颠者,轮至岳父周蓉轩,只五十余颠,岳父果寿至五十余岁而卒。其灵异真有不可思议者。

清季,梨园中每逢元宵,辄演《洛阳桥》《斗牛宫》诸灯彩剧,踵事增华,钩心斗角,遂开今日尚布景彩头之先声。其时予年犹幼,随祖母及母赴梨园观赏,为之欣喜欲狂。兹者梨园灯彩,较前更胜,而予童年不再,祖母及母均已下世,反觉触景伤情,不能自已矣。

## 释骨牌之意义

骨牌相传于宋宣和二年始颁行天下，共三十有二枚。《拜经楼诗话》且载陈乾初《骨牌颂》云："千古奇文，河图洛书，两仪四象，八卦是殊。因而重之，以成变化，遂申羲画，以教天下。死生有命，富贵在天，先师成训，畴曰不然。委心任运，四分有截，其成有命，孰能悬决。大以成大，小以成小，物各有则，安用智巧。礼以制欲，私不胜公，展兮君子，和而不同。不同之同，是为大同；不成之成，是为大成。相得而合，无往不利，人和之功，以参天地。"可见骨牌虽属戏具，却有至理寓乎其中。社友许息庵，博学多识，对于骨牌，释义尤详。谓天牌二，分之为数十二，取周天十二辰之义，合之为数二十有四，盖取夫十二节十二中气为二十四节气也。地牌分之为数二，地数二也，合之为数四，东西南北四方也。人牌分之为数八，人至八岁而齿齐，为成童，合之为数十六，男子十六而精通，为成人。物牌（俗称和牌）分之为一与三。一生二，二生三，三生万物也，合之为六与二，六为天之半，二为地之半，万物生天地之中，得天之气半，得地之气半也。其称为至尊者，么二合为三，乾为天也；二四合为六，坤为地也。不以么五为之者，一与五皆奇数，二与四为偶数，二四合为六亦偶数。阴数当用偶也，阳之数极于九，三自乘为九也。阴之数极于六，二四合为六也。么二重叠之，适为乾卦，二四中分之，适为坤卦。二四之为义方，么二之为义圆，其为圆也，试以近取诸身远取诸物为说。么二之列，为锐三角形，盖同于算术割圆之三角，以帽之瓜皮形者喻之。瓜皮之帽，为三角形者六，合之则为半圆，合两半圆则成浑圆，么二之义为圆，正与此同。么二二四合之为数九，九为阳数，阴统于阳也。六自乘为三十六，再以三乘之，得数一百有八，合天罡地煞之数也。其他各色之牌，亦莫不具奇偶错综变化之理。观此可知在在皆学问，惟嗜赌之徒，初不解此，未免有失创始者之本意耳。

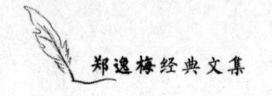

## 西湖苏小墓之虚伪

昔袁随园有"钱塘苏小是乡亲"印章。苏小艳名，传播人口，而游春之侣，涉足六桥三竺间者，辄喜就其香冢，酹酒凭吊。予曩年作西湖之行，亦尝一访苏小墓之遗迹。按苏小小，钱塘名妓，俊丽工诗，其姊盼奴为太学生赵不敏所眷，不敏命弟娶小小。苏小死，未曾瘗葬于湖滨，所谓苏小墓者，乃后之好事者故意装点之耳。考之《湖壖杂记》云：杯酒自浇苏小墓，可知妾是意中人。小青寄意之言也。游人至孤山者，必问小青，问小青者，必及苏小，孰知二美之墓，俱在子虚乌有之间。白门一友求其迹，怅不可得，予曰：咏巫山者，谓"朝云暮雨连天暗，神女知来第几峰。"泛洞庭者，谓"日落长沙秋色远，不知何处吊湘君。"引人入胜，正在缥渺之际。予于二美，亦当作如是观，必欲求之何！又《春渚纪闻》云：司马仲才初在洛下，昼寝梦一美姝，牵帷而歌曰："妾本钱塘江上住，花落花开，不管流年度。燕子衔将春色去，纱窗几阵黄梅雨。"仲才爱其词，因询曲名，云是《黄金缕》，且曰：后日相见于钱塘江上。及仲才以东坡先生荐，应制举中等，遂以钱塘幕官，其廨舍后，苏小墓在焉。时秦少游为钱塘尉，为续其词后云："斜插群梳云半吐,檀板轻笼,唱彻《黄金缕》。梦断彩云无觅处,夜凉明月生春渚。"不逾年而仲才得疾。所乘画水舆舣泊河塘,舵工遽见仲才携一丽人登舟,即前声喏。继而火起舟尾,连忙走报,家人已恸哭矣。观此,则苏小墓不在湖滨明矣。或曰:南齐别有名妓苏小小,乐府有《苏小小歌》。西湖之苏小墓,乃南齐之苏小小,非宋之苏小小也。

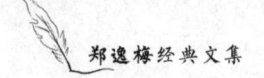

## 吴中之状元

科举取士，以状元为之魁。虽范湖居士鄙之，谓状元狗也，榜眼兔也，探花虱也，进士翰林偷油老鼠而已。然彼时世俗心理，什九重于科名。废止科举迄今已数十年，而市衢间犹往往以状元楼为牌号，可见其入人之深之一斑。状元以我吴出生为最多，有清一代，二百六十年中，我吴状元凡有七人。以顺治己亥陆元文始，同治甲戌陆润庠终。可考证者，如陆肯堂，字邃升，一字澹成，由修撰迁侍读，才气磊落，为文凌厉顿挫，朝廷大著作，多出其手。又王世琛，铨子，字宝传，授修撰，历侍讲，督山东学政，崇实学，斥浮伪，青齐文体为一变，工诗文，兼善书画。又彭定求，字勤止，一字南畇，尝师事汤斌，为学以不欺为本，以践行为要，生平服膺最切者，尤在明七子，作《高望吟》七章以见志。又著《阳明释毁录》《儒门法语》《南畇文集》。又彭启丰，定求子，字翰文，号芳庭，自号香山老人，乾隆间官至兵部右侍郎，立朝垂四十年，试士之典，无不在列。工画山水，诗古文具有家法，碑版文尤推重于世，有《芝庭诗文集》。至今葑门大街，彭氏府邸犹旗杆高矗，殊显赫也。又钱棨，字振威，一字湘舲，累官侍读学士，典试云南，命提督学政，拔擢公明，士论翕服。又石韫玉，字执如，号琢堂，定川楚教乱，官至山东按察使，有《独学庐诗文稿》。又潘世恩，字槐堂，号芝轩，子孙科第踵步，寿八十有六，极人爵之荣，卒谥文恭，有《思补堂集》。又吴信中，字阅甫，有《玉树楼稿》。又吴廷琛，字震南，号棣华，有《归田集》。又缪彤，字歌起，立三畏书院，卒年七十一，有《双泉堂集》。又洪钧，字文卿，光绪间出使俄、德、荷、奥，娶傅彩云，一代红妆，輶轩同载，樊山《彩云曲》及曾孟朴《孽海花》，均咏述其事。熟西北舆地，于《元史》致力尤深，有《元史译文证补》。书法秀逸，颇多流传。其他尚有吴钟骏、陈初哲、陈成、张书勋皆是。吴中为人文渊薮，信然。

# 张仙送子考

旧时闺阃，辄悬张仙图，谓有一索得男之兆。实则生育乃天然之理，与图绝无关系者也。图中张仙，状若贵公子，张弓挟弹，有一发中的之势。但图之者均此中庸手，笔墨粗劣，一无是处。我苏之玄妙观，沪上之城隍庙，此种图幅，触目皆是也。张仙之说，屡见于各家笔记。陆文裕《金台纪闻》云：张仙像是蜀主孟昶《挟弹图》，初花蕊夫人入宋宫，念其故主，偶携此图，遂悬于壁谨祀之。一日，太祖幸而见之，诘焉，花蕊跪答曰："此蜀中张仙神也，祀之能令人有子。"于是传之民间，遂为祈子之祀云。明高青邱有《谢海雪道人赠张仙像》诗，附识谓：宋苏老泉尝祷之而得轼、辙二子。按苏老泉集有《张仙赞》，谓：张名远霄，眉山人，五代时游青城山得道。又《续文献通考》，谓：张远霄，眉山人，有四目老人传以弓弹，谓能辟疫，并授以度世之法。明《一统志》则谓：张远霄往来邛州挟仙楼，常挟弹为人家击散灾难，人呼为张四郎。然皆与达子无涉。又《曝书亭集》谓：神姓张，名恶子，产于越巂。又《太平广记》：梓潼神姓张，名恶子。故词人况蕙风谓梓潼自有像，氅衣纱帽，与张仙殊不类。又按王长公《勘书图跋》

云：宋初诸降王中，独孟昶有天人相，见于花蕊夫人所，供其童子为玄诘，武士为赵廷隐。当时进御者，以胜国故，不敢具其实，故目为文皇耳。观此则与《金台纪闻》所述，又稍有歧异矣。我友张树中尝作欧游，于德之柏林某博物馆中，见有绢本张仙送子图，画绝工致，设色又鲜美可喜。盖庚子之役，联军入京所掠得者，可知清宫中亦有祈子之举。此图定出名手，奈无款识，无从稽考，为可憾耳。

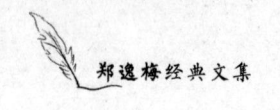

## 明人笔记中之鸦片烟

鸦片流毒于我中华，直至近今始下严厉之禁令，从此除恶务尽，大好青年，无复沉沦黑籍，殊堪庆幸也。犹忆予幼时，鸦片之普遍流行，甚于今日之卷烟，其价值较诸今日卷烟尤为低廉。吸鸦片者，十人而九。于是铜造之盘，银镶之枪，钢制之签，牙雕之盒，家家置备，以供客享。市廛间烟铺林立，往烟铺吸烟，不啻入茶坊品茗、酒肆饮酒，视为寻常之举。予尝随父执至广诚信，广诚信者，沪上大规模之烟铺也。密房曲室，烟斜雾横，侍者灵敏，可颐指，可气使，而糖果也，什物也，古董也，贩者麇集以求沽。后之所谓燕子窠，具体而微，不能及也。按鸦片之入我国，本为药剂之一种，因含吗啡等质，有定痛安眠之功，人遂吸之而成瘾，卒至形销骨立，事业尽废。其起始尚在明时，顷读明人曾羽王日记，有《鸦片烟》一则云："予幼时，闻有鸦片之烟名，然未见有吸之者。予年三十六而遭鼎革，始于青村王继维把总衙内，见有人吸此，以为目所未睹也。自李成栋破郡城，官兵无有不吸之者，由是沿及士民，二十年来，吸之者十分中几居六七。青村南门黄君显之子，吸烟于盐锅之左，烟醉后，浑不自主，翻身入锅，立死。"可知鸦片之为害，已有三百余年历史。而鸦片之战,丧权辱国,为西人藐视吾华之开端,推原祸首,则芙蓉仙子之罪,擢发难数。若再迁延不与之绝,则国亡种灭,可立而待,言之犹令人惶悚不置也。

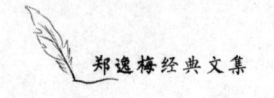

# 苏小妹考

苏小妹，世传为东坡之女弟，嫁词人秦少游。此说乃由《今古奇观·苏小妹三难新郎》一则而起，非事实也。考之前人笔札，如《戒庵漫笔》云：俗讹小妹为秦少游妻，考《淮海集·徐君主簿行状》：徐君女三人，以文美妻余。则少游妻乃徐氏，非苏也。又按老泉《祭亡妻文》、欧阳公《苏明允志》、东坡《与李方权柬》，老泉之女，皆亡于东坡兄弟未得第之前，而秦少游则东坡既仕之后相与而莫逆者也。又《梅溪笔记》云：或有问于余曰，俗传苏小妹嫁秦少游事有之乎？余谢曰，不知也。时余适游高邮，翻阅《淮海集》，乃知少游之夫人姓徐氏，为里中富人徐天德之女。天德字赓实，号元孚，有义行，少游为作事状载《集》中，而旧《志》竟未及。按《墨庄漫录》《菊坡丛话》俱载：东坡只有两妹，一适柳子玉，一适程瑶之子之才也。而张霞房《红兰逸乘》所载皆吴中事，云西街逍遥弄有高殿庵，比丘尼居之。秋日桂花颇盛，游屐纷纷，中有古坟残碣，苔封不可辨，尼云宋苏小妹埋香处。我友周瘦鹃居西街附近，又程瞻庐熟于吴中掌故，予因询之，均云不知有是事。所谓埋香处，亦子虚乌有之谈也。按小妹嫁秦少游事，除《今古奇观》外，又有《东坡禅喜集》亦载之，如云东坡妹，少游妻也。一日妹归集宴，因食焙栗，妹谓坡曰："栗破凤凰见。"坡思天下未尝无对，数日竟未能，佛印来访，问坡有何著述？坡曰：欲作一对未能也。因举前事，佛印应声云："藕断鹭鸶飞。"《东坡禅喜集》，为日本东京出版之《禅林丛书》第一编，日人森大狂所编，原辑者徐长孺。此书恐后世好事者之所为，亦决不能以为凭信也。

## 拇战起始考

考拇战之史，谢肇淛《五杂俎》云：后汉诸将，相宴集为手势令，其法以手掌为虎膺，指节为松根，大指为蹲鸱，食指为钩戟，中指为玉柱，无名指为潜虬，小指为奇兵，腕为三洛，五指为奇峰。然蒲留仙《聊斋笔记》云：唐皇甫松有手势酒令，五指皆有名目，大指名蹲鸱，中指名玉柱，食指名钩棘，无名指名潜虬，小指名奇兵，掌名虎膺，指节名松根，通五指名五峰。按今之拇战，俗称豁拳，颇类于是，则唐时已有此戏矣。二说分歧，不知孰是。闻明袁福征有《拇阵篇》，当有详述，惜不易获此书一读耳。

## 送灶小考证

苏沪人士，迷信神权，有所谓灶君者，必于腊月二十四日供祀之，谓之送灶。亦有二十三日举行之者。顾铁卿之《清嘉录》述之甚详，如云：俗呼腊月二十四夜，为念四夜，是夜送灶，谓之送灶界。比户以胶牙饧祀之，俗称糖元宝。又以米粉裹豆沙馅为饵，名曰谢灶团。祭时，妇女不得预。先期，僧尼分贻檀越灶经，至是填写姓氏，焚化禳灾，篝灯载灶马，穿竹箸作杠，为灶神之轿，舁神上天，焚送门外，火光如昼，拨灰中篝盘未烬者，纳还灶中，谓之接元宝。稻草寸断和青豆，为神马秣具，撒屋顶，俗呼马料豆，以其余食之，眼亮。蔡云《吴歈》云：媚灶家家治酒宴，妇司祭厕莫教前。锉柴撒豆喂神马，小小篮舆飞上天。按诸《论语》，王孙贾问孔子曰："与其媚于奥，宁媚于灶。"可知祀灶始于周。又罗隐有《送灶》诗云："一盏清茶一缕烟，灶君皇帝上青天。"是送灶则起于唐时。灶神究属何人，其说不一。唐段成式《诺皋记》曰："灶神名隗，状如美女。"一曰："灶神名壤子。"《后汉书·阴识传》注引《杂五行书》，亦曰名禅字子郭，而不言姓。并有衣黄衣，夜被发从灶中出，知其名而呼之，可除凶恶，宜市猪肝泥灶令

灶神图

妇孝之说。而《五经异义》,则谓姓苏名吉利,夫人姓王,名抟头。《淮南子》则谓黄帝作灶,死为灶神。郑康成注礼器,谓:"灶神祝融,是老妇。"《庄子》"灶有髻"注:灶神名髻,状如美女云云。其它祀灶见于典籍者,如《史记·封禅书》少君言上曰:"祀灶则致物,致物则丹砂可化为黄金,于是天子始亲祀灶。"干宝《搜神记》:"汉宣帝时阴子方者,腊日晨炊而灶神现,子方再拜受庆,家有黄羊,因以祀之。自是以后,暴至巨富。故后常以腊日祀灶而荐黄羊焉。"周处《风土记》:"腊月廿四日夜祀灶,谓灶神翌日上天,白一岁事,故先一日祀之。"冯应京《月令广义》:"燕俗,镌灶神于木,以纸印之曰灶马,吴俗呼为灶界,以红纸销金为之,一年一换。"孟元老《东京梦华录》云:"年夜,贴灶马于灶上,以酒糟涂抹灶门,谓之醉司命。今俗不以糟以饧。"吴自牧《梦粱录》:"廿四日,不论贫富,皆备蔬菜饧豆祀灶,此日市间及街坊叫卖胶牙饧。"凡此种种,悉属陈腐之俗。及今科学昌明,凡此均在革除之列矣。

## 上海沦陷时期的食粮

在二次大战期间,日寇侵入,上海沦陷,当时市民的生活是很艰苦的。市民们的口粮来自两个方面,大部分是只能依靠日本当局配给的平价米、食粮(即苞米粉之类的食物),极少数比较有钱的,则买一些上门来兜售的大米。这些前来兜售的粮食贩子,他们之中男女老少都有,是冒着生命危险越过封锁线,将大米私藏身上,所以赚这一点钱,也是极不容易的。当然依靠薪水过日子的市民,是吃不起大米的,只能吃配给的口粮。

配给米,当时市民称之为"八宝饭",因为其中掺杂着沙粒、黄沙、石子、稗子等有八种不能吃的杂物,每餐以前,必须把这些杂物拣净,否则根本无法入口。除米以外,那就是配售的六谷粉了(苞米粉),但这些配给的粮食是不够每户吃的,于是就得自己设法去弄各种其他食品填肚子,其中有一项就是豆饼。

豆饼原来是将黄豆经过榨取油后的残渣,是给猪吃的饲料,但在敌伪时期,不少人却将之作为人的食粮。在我诸友中,第一个尝试的便是徐卓呆。卓呆素有笑匠之称,生性幽默,善于

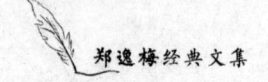

动脑，他也是第一个把外国体操带进中国的体育界先驱。在沦陷时期，食粮恐慌，卓呆曾将豆饼进行过各种试验，先将豆饼磨成粉，混入面粉内，制成馒头、面包、面衣饼、面疙瘩等，成分为三与七之比，豆饼粉如放得超过三成比例，做成的面饼就缺乏粘性。还有将豆饼粉掺入米内，用以煮粥，倒也有些香味。偶尔也和以黄糖，把它当作炒米粉吃，也别有风味。卓呆终究是个文人，家中常吃豆饼，外人得知，总不免难为情，因为这是猪吃之物。我与卓呆是老友，他就据直以告，我初时尚不信，他当场取出经过炒熟的豆饼粉，拌以白糖给我尝试，我吃了些，感到风味也不亚于豆酥糖，索性吃了再吃，越吃越感香甘可口，之后还曾撰文一则，载于报刊，以示推广。不一年，日本无条件投降，豆饼为市民食粮，已成历史陈迹了。

## 饮食小掌故

袁清平提倡吃粥，有《啜粥谈》略谓："溽暑困人，脏腑疲劳，怕登饭颗之山，宜啜瓦缶之粥。每于晚风凉院，箕坐胡床，一盂盛来，佐以瓜豆，徐徐而啖，口腹爽快。"记得郑板桥亦喜进粥，其寄弟家书有云："暇日咽碎米饼，煮糊涂粥，双手捧碗，缩颈而啖之，霜晨雪早，得此周身俱暖。"

清宫德龄女士，喜啖胶州白菜。《醉花馆饮食胜志》钞写本，共二册，不标作者姓名。内容有《关中食谱》《苏州小食志》《苏州茶食店》等。回忆范烟桥谈苏州食品，其名篇为《苏味道》，若并入刊行，成一专书，足资治馔者参考。

谭篆青以其谭家菜得汤尔和称赏，人有以"谭家菜割烹要汤"（此用《尚书》典）征对，无人应征。既而张伯驹与其夫人潘素合开画展，夏枝巢老人来观，欣然谓："对有偶句了，张丛碧绘事后素"（此用《论语》典），伯驹大为得意，因请张牧石刻朱白文各一印章。丛碧为伯驹别署。

苏渊雷，每餐必进酒，近赴兴化，参加郑板桥纪念馆开幕仪式，只一日，即言有病，拟赋归来，人询之，始知无酒供应，酒瘾大发不可耐，即备佳酿，渊雷顿时神旺气壮，挥毫作书。

金石家汪大铁,每赴宴,得尝了佳味,便问厨司烹煮法,归而述诸其妻,如法炮制,倘煮而不适口,则再赴肴馆,复进是肴,更向厨师请益。

姚鹓雏晚年失健,《游金山》诗有云:"独上安车君莫笑,登山腰脚已疲癃。"人以"癃公"呼之。鹓雏一度病痢,友人告以红茶加糖,投入金桔饼一二枚,饮之可止,试之果愈。

## 饮食话旧

常熟诗人杨无恙，刊有《无恙诗集》，木刻绝精。抗战前，东渡扶桑，所至有诗。平野屋主人信子精烹调，善制鱼羹及东坡肉。一日，无恙往访，信子方病，乃负病入厨，无恙大为感谢，报以诗云："海山石柱滞行程，琼脯珍鲜力疾烹。绝似西湖宋五嫂，红炉揎袖煮鱼羹。"信子装潢成轴，悬诸平野屋中。

袁项城残杀志士，帝制自为，于右任大为忧愤，不得已，效法信陵君之醇酒妇人，日过楚馆，聆曲征歌，奈何徒唤。有时约诸酒狂，轰饮市楼，酒酣，纷书彩笺，召婴婴宛宛者来，于是舞扇歌衫，珠香玉笑，而于已半醉，乃持一凳，憩坐室门口，乃婴婴宛宛者离座而去，每经室门，于必阻之，谓非给我一吻，不得放行。诸女惮于氏多髭，相率遁逸，于捉持之，则一吻再吻以示惩罚，笑声乃大作。

陈石遗曾辑《近代诗钞》，商务印书馆为之刊行，凡诗什被罗列者，大有一登龙门、声价十倍之概。又撰《石遗室诗话》。晚年，卜居吴中燕脂桥畔，青浦沈瘦东访之，有句云："葑溪一句燕脂水，曾照侯笆载酒过。"家具良庖，有韦郇公之风，所制栗泥及玉燕团二种，尤为特色，客有饫之者，谓随园食单

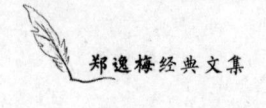

不能专美于前也。栗泥，捣栗为之，松甘芳美，无与伦比。玉燕团则以花猪肉为醢，及干，摊成薄衣，更屑肉搓成丸状，煮以鲜羹，入口而化。石遗胃纳甚健，量胜常人，当逝世之前，犹饮啖自若，夸其寿命之长，谓："阎罗怕我。"岂知不数日，阎罗竟大肆厥威而执之以去。

吴瞿安（梅）擅词曲，性和易近人，醉后往往失常态。某次，赴宴酩酊归，家人侍之睡息，恐其醉而燥渴思饮，榻旁为置保温之热水瓶，瓶以软木为塞，沸水实之，常吱吱作微声，瞿安闻声不能成梦，而以为有鬼在瓶中作祟，戟指而骂之，响不止，更高声痛詈，以为是鬼冥顽不灵，非重创之不可，卒攫瓶而猛掷于窗外。

宋教仁被刺之前，将北行应袁项城之招，陈英士为阻之，谓："袁氏善于羁縻，恐受其欺。"教仁不听，竟被阴谋所刺，时陈英士方与诸友宴于花雪南校书处，正酣饮间，忽有人来报教仁被刺于车站，英士闻之愕然，既而举杯向诸友曰："可干此一杯！"媚袁之徒传言："教仁之刺，乃英士为之，藉杯酒以庆功，此其明证也。"

五四运动，北京大学实起其端。北大同学会每岁于五月四日，必举行聚餐，而延蔡元培校长居首席，如是者有年，蔡乃戏语同席曰："我辈今日，真成吃五四饭矣。"

夏敬观词人在沪上结一饭社，社友八人，敬观外，则有李拔可、卢冀野、黄孝纾、李释堪、黄秋岳、梁鸿志、李国杰，每周聚餐一次，八人轮值为东道主，以佳肴精馔竞胜。一自淞沪沦陷，社友如秋岳、鸿志、国杰、释堪，失节伪方，社事遂辍。或曰："饭社之饭字殊不祥，其半为反，无怪八人中反其半数。"

我结婚十余年无子嗣，画家赵子云为绘一梅，陈伽庵师为补一鹤，为《梅妻鹤子图》，胡石予师题诗其上，以为一索得男之兆。诗为五古："日月疾如驰，吴门一梦觉。回首二十载，少年集同学。郑氏逸梅子，其人最诚朴。女士周寿梅，夫妇双鹓玥，好逑琴瑟友，窈窕钟鼓乐。一事稍迟迟，或未免愕错。天上后麒麟，尚未降香阁。乃绘梅鹤图，同心一谋度。佳兆此春头，红梅花灼灼。丹顶立仙禽，生儿定相若。它日庆悬弧，嘉名当曰鹤。樽酒汤饼宴，老友喜雀跃。"我悬诸卧室，朝夕相对，不意越岁内人果有娠孕，亦云巧矣。

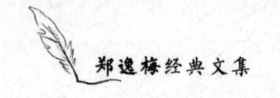

# 我国时令节日习俗谈

一年三百六十五天，由春夏而秋冬，周而复始地循环着。人们天天过着刻板的生活，做着刻板的工作，一成不变，这就未免太单调、太枯燥了。因此，我们的老祖宗，想出些调剂的方法，按着时令，配合相当的娱乐和饮食享受，来提高人们生活的乐趣和工作的积极性。此中多少有些意义，固不能把它一笔抹煞的。

一年之计在于春。旧社会对于春节，非常重视。元旦，家家门上贴着春联，大都是些吉祥话，如"花开春富贵，竹报岁平安"，又"大好家庭融淑气，改良社会发新机"等。人们按惯例向亲朋拜年，备着梅红名片，这种名片，都是木板印的，欧体工楷，很是精雅，藉以联络感情。

春节，厅堂上悬挂祖宗的遗像，香花供奉，以寓追远系念之意。这些遗像，称为喜神，不仅子孙向之叩拜，即来拜年的亲友，也须先向这些喜神致以敬礼，然后相与揖让道贺。主人献茶，茶碗有托，置着两枚橄榄，称元宝茶，实则橄榄和元宝绝不相涉，而样式亦各不相同，不知从何说起。茶后，又莲心桂圆汤，祝对方连生贵子，这具有封建性的腐朽观念，是不足取的。

家庭的新年娱乐,有掷骰子之戏,一称掷状元红。状元为科举廷试的首魁。骰子凡六面,第四面的点子特为红色,状元红,大概指此而言。据考,骰子始于唐代,唐明皇和杨贵妃在宫闱间掷骰子,明皇屡在四点上获胜,他的宠臣高力士,便把四点涂成红色。有的说,用红豆嵌入骰子,益显色彩,温飞卿因有"玲珑骰子安红豆,入骨相思知也无"的妙词,原来红豆有相思子的别称。

儿童们都希望新岁的来临,不但有好东西吃、新衣服穿、奇巧的玩具玩乐,并且还有一笔额外的收入,就是家长和亲戚们给予的压岁钱。这种钱都是青铜的,有康熙通宝、乾隆通宝等,浑圆厚实,个个精良。儿童们得了钱,纳入"扑满"中。扑满为一种陶器,作罐儿形,开着一缝,制钱投满了,把它打破,取出一大笔钱,这就是扑满名称的由来。

旧俗,每逢立春,举行迎春典礼,民国成立,此制便废。但一九二六年,岁值丙寅,我在苏州,这年忽奉省令,恢复迎春旧例。当时我赴玄妙观前,一瞻其盛。典礼有仪仗队,向导者击着铜钲开道,次为警士,手执纸制的春球,五彩缤纷,很为悦目;又次为锣及大小旗伞,亭中有碑,写着:"丙寅年,太平春";其后则铿锵的军乐,戎装佩着指挥刀的骑巡,容颇威壮;再后为一大彩亭,供值年太岁的芒神,神为纸扎,简陋得很。又有所谓春牛者,庞然长四五尺,首赤背青,胫黑蹄白,用一竹架,以纸糊之。末为参与典礼的绅士及官员的肩舆,周行热闹市区一匝而止。此礼越年即罢。"迎春典礼",现已成为历史名词了。

宋人范石湖曾经这样说:"新年第一佳节,厥惟元宵。"元宵为旧历之正月十五日,又名灯节,当然以灿灿华灯,为惟

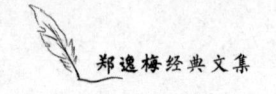

一点缀。人们为了珍惜这个景色，觉此仅仅只此一宵，瞥眼即逝，尚不满足，便前展后延了数天。十三日为上灯日，十八日为落灯日，俗称"上灯圆子落灯糕"，借此佳节，进粉汤圆，啖糖年糕，眼福并兼口福，更助人们的乐趣。又复敲锣打鼓，喧阗一堂，名为闹元宵，无非为今岁事业焕发的先兆。儿童们此时更为欢乐，看看走马灯，牵牵兔子灯，又把纸儿扎成骏马的头部，中燃红烛，缚在儿童的腰间，在广场走动，明晃晃的烛影，从薄纸中透出光来，藉以照路，盘旋左右，无不如意，也算控骑策蹇了。

上海的徐园，一名双清别墅，为私人徐棣山所建。初在沪北老闸唐家弄，每逢元宵前后，张灯供客夜游，那灯儿是雇巧工制的，玲珑透剔，无奇不有。且年年不同，岁岁各异，颇能引人入胜。并有曲会、画会、梅花会，又制灯谜，由游客随意猜射，猜射中了，奖以画册文具。此后才由孙玉声等结成萍社，有陆澹安、谢不敏、王毓生、徐行素、蒋山佣，为"萍社五虎将"。他们悬灯谜于文明雅集，再移至大世界游乐场，社友扩至数百人，进步书局刊成《春谜大观》一书。孙玉声所著的《海上繁华梦》说部中，也涉及徐园鸿雪轩的焰火花炮，张灯悬谜的盛况。

刘公鲁为刘聚卿观察的哲嗣，家富收藏，除极负盛名的唐代古物大小忽雷（乐器）外，又有汉宫灯四座，建昭雁足灯、黄山第四灯、汲绍家行灯、永建吉羊灯，四灯均属铜质，古气磅礴，而题识以雁足为最多。平时装贮楠木匣中，逢到元宵，燃点与客同赏。

落灯吃了糕，二月初二，又复吃糕。糕和高高兴兴的高字谐音，因此大吃而特吃，作为好口彩了。且世俗称这天所吃的为撑腰糕，说是吃了身体健康，腰脚硬朗。实则这种说法，是信口道来，不科学的。

二月十二日为花朝，俗称百花生日。花朝之说不一。《提要录》云："唐以二月十五日为花朝。"《翰墨记》云："洛阳风俗，以二月二日为花朝节，士庶游玩，又为挑菜节。"《诚斋诗话》云："东京以二月十二日为花朝，为扑蝶会。"今世俗以二月十二日为花朝，那是从《诚斋诗话》而来的。闺中女郎，在这天剪裁红帛，挂诸枝干间，以祝花寿，古人称为赏红。"花是美人小影，美人是花前身"，这是古人的韵语，《红楼梦》中诸女子，生于花朝的，有黛玉、袭人，而袭人又适姓花，更属可喜。

春日草木繁滋，出游阡陌，称为踏青。尤其妇女，平时深居闺中，借此时期，疏散一下，以抒积闷，且往往自绣花鞋，借夸针线，有"踏青鞋"之专称。我早年曾有一诗："满庭春色动幽怀，绣陌闲游姊妹偕。博得旁人齐喝彩，阿侬新试踏青鞋。"

三月三日为上巳，也是春游的佳日。晋代大书法家王羲之在这一天，邀集了四十多人，修禊于山阴的兰亭，大家赋诗，羲之写了《兰亭序》，为后世书法的范本。杜少陵又有《丽人行》一诗，有云："三月三日天气新，长安水边多丽人"句。

清明在门上插柳，也足一种点缀。这种柳条，收集起来，使之干燥，一般书画家在挥毫之前，把这枝条就火煨烧，灰烬可在纸上打一样稿，过后轻轻一拂，绝无痕迹，是很便利的。在这时节，家家扫墓、祭拜后，在墓上竖一纸旗，以为标识。沿至近今，扫墓之风，仍继承不绝，且不限于扫自己祖宗的墓，且扫革命先烈的墓，由私而公，风格更高。

杜牧的一首诗："清明时节雨纷纷，路上行人欲断魂。借

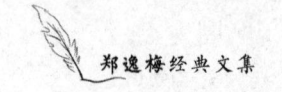

问酒家何处有,牧童遥指杏花村。"几乎妇孺都能背诵,甚至有人把句读改变一下,成为长短句式的词调,如云:"清明时节雨,纷纷路上行人,欲断魂。借问酒家何处?有牧童遥指杏花村。"可是这首诗,在杜牧集中找不到。

茶叶大都以雨前为尚。所谓雨前,撷取其叶,在谷雨节之前,较为鲜嫩。清明更早于谷雨,其时所采的茶叶,称为明前,那就知道的人不多了。又有俗谚:"谷雨三朝剪牡丹",牡丹以洛阳为最著名。舍远就近,苏州郊外的培德堂,有微波榭,那儿的牡丹,吸引了很多的游客,一赏姚黄魏紫、锦袍红、玉楼春等名种。上海的法华乡,有牡丹的老本,花朵硕大异常。花在谷雨,正当盛时,但必付诸并州一剪,这岂不太煞风景吗?据花农谓:"发泄太过,势必影响来年的蓓蕾,把它剪掉,所以蓄其余力。"的确言之有理。

立夏家家习俗用秤称人,无非以体重有关健康,加以注意罢了。这天进时鲜食品,有谓樱笋,便是嫩笋和樱桃,尤其樱桃先诸果而熟。吴俗,列樱桃、青梅与糯麦,供享祖先,称为"立夏见三新"。此外尚有酒酿、咸蛋等。

端午一称端阳,又名天中节,欧阳修的《端午帖》有那么两句:"画扇迎暑,灵符辟邪。"就是说,一到端午,气候渐热,开始用扇。画符辟邪,转而画着钟馗像,长袍仗剑,鬼魅低头。实则古时悬钟馗像是在岁首,后来不知怎样移作端午点缀了。至于龙舟竞渡,以吊屈原投江,裹着角黍,作为祭品。角黍俗称粽子,所以谚语有"端午不吃粽,死后无人送",硬把粽子和死凑合起来。当时的粽子,仅仅是白米,后来踵事增华,才有豆沙,或火腿及赤豆、绿豆为馅,恣人口福了。枇杷有黄金丸之称,有产于塘栖的,有产于洞庭东山的,白的名白沙,深黄近于红色的，名大红袍，纷纷应市，善价而沽。这天家家饮雄黄酒，且以余滴洒在屋隅，更焚苍术，无非用以驱虫灭蚊，亦属卫生运动。

冰为消暑佳品，旧时应市的，都是天然冰，在严冬时，由冰厂收贮，暑天供应。从卫生角度来讲，当然不能和人造冰相比，但价很低廉，买了许多，贮在鬼脸青的大盎中，任它溶化，可以降低室内的气温，原始性的空调，也是一种办法。

"亭亭净植，香远益清"，这是周敦颐的《爱莲说》盛赞荷花的名句。苏州葑门外的荷花荡，上海的也是园、味莼园，都是荷花集中之处。现在的豫园九曲桥，也得一赏翠盖红裳的景色。好些人家庭院中，备着一缸，植荷一二茎，甚至有所谓碗莲，那是小型的荷花，种在碗中，具体而微，亦堪欣赏。把荷花配合饮食，有以一撮茶叶，晚间置入含苞未放的花蕊中，明晨取出煮茶，清芬留于齿颊。又有撷取鲜叶裹粉蒸肉的，当年的知味观（菜馆），即以荷叶粉蒸肉为名肴。

一年容易，又是秋风，七夕便是秋来最早的令节。杜牧的那首《秋夕》诗："银烛秋光冷画屏，轻罗小扇扑流萤。天街夜色凉如水，卧看牵牛织女星。"即是咏七夕的双星渡着鹊桥，作为巧的象征。小儿女陈列瓜果于庭中，膜拜双星，称为乞巧。复有投针之嬉，把一盆水曝于日光中，轻轻地投入绣花针，针浮水面，看水底针影，以验投者的巧拙，影成云龙花草形者为巧，若如椎如棒者为拙。又把面粉搓成条儿，打一小结，入油锅煎炸，称为巧果，甘脆可口，和着鲜藕红菱，朵颐大快。

月到中秋分外明，从观星而赏月，那是自然顺序。中秋烧香斗供奉嫦娥，这些虽属虚无缥缈，但人们借此助助清兴，也可说是浪漫性的享受吧！香斗围着雕镂精巧的纸旗，上端缀一

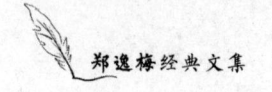

金面的魁星,这是应着科举考试,秋闱夺标之意。我幼时很喜欢这些玩意儿,纸旗插在颈项间,仿摹戏剧中的武将。魁星,作为案头的镇纸。月饼家家必备,有苏式的,有潮式的,有广式的。现今以广式为主,旧时却以苏式为主。苏州稻香村的月饼尚甜,最负盛誉。又豆荚、毛芋艿为应时点心。这个习俗,偏重于苏沪一带。

重阳为登高节,上海没有山丘,便把沪南的丹凤楼和豫园的大假山,作为高瞻远瞩之所。一自国际饭店建二十四层楼,登高地点,有所转移了。重阳糕是小型的,略染色泽,糕上缀着小旗,以逗儿童的喜爱。高启诗:"故园莫忆黄花菊,内府初尝赤枣糕。"可见重阳糕,是宫廷中的赤枣糕蜕变而来。那时的菊展,大都在康脑脱路(今为康定路)的徐园举行。后来黄岳渊辟园于沪西,菊种达二千有余,取而代之了。

冬至,日渐长,因此冬至一名长至节,和夏至日渐短,称为短至相对应。冬至夜,例饮甜白酒,这酒度数不高,人人能饮,不致醉倒,苏人名之为东洋酒,实为冬阳二字之误。这酒是土酿,并非从日本输来。冬至有一雅事,即在这天绘梅一枝,预定花朵八十一,每日作一花,花尽而九九毕,称为九九消寒图。冬至有一俗谚"干净冬至邋遢年",谓冬至如天晴,那么阴历年必雨雪,这种占验,是不够科学的。

世俗以十二月为腊月,该月初八日进粥,称腊八粥,本属僧家斋供。煮法,先将香粳米和水烧透,次将胡桃肉、松子仁及莲心、榛栗、柿饼等,加入白糖,再用文火缓煮至熟烂为度,这是素的。也有白粥加入火腿、虾米、鸭肉、猪肉,和以清盐,这是荤的,非僧家进啖了。

旧时用砖砌灶,上面有一小龛,供东厨司命像,称为灶神。

每年腊月二十四日,举行送灶。顾铁卿的《清嘉录》有那么一段记载:"廿四夜送灶,比户以胶牙糖祀之,俗称糖元宝。又以米粉裹豆沙馅为饵,名曰谢灶糰。"这种糖元宝和谢灶糰,祀毕,都充儿童的口腹。我幼年时,每岁啖食,迄今犹留印象。且送灶时,焚化纸轿,火光熊熊中,撒着青豆,为神马秣具。

过年颇多繁文缛节,又须祀神,供着三牲,燃着香烛,食备干果数品,如桂圆、胡桃、蜜枣、荔枝等,列诸供桌之前,家长率领儿孙,虔诚叩头,以祝来年的顺利。

年夜饭,菜肴特别丰盛,若干冷盆,若干热炒,鸡鸭豚蹄,应有尽有,借此慰劳一年的辛劳。饭碗中,置入一二熟荸荠,吃时用筷掇取,称为"掘藏"。哪里来这些藏金,得以发掘?异想天开的财迷,使人嗤笑。

## 一个上任仅半个月的上海县知事

旧上海有一位县知事范回春,任期只有半个月,行径蹊跷,年事较高的老上海,或许尚能记得一些。

范回春,祖籍浙江四明,清末之际,他随先人徙居沪上洋场。他以逐利发家,跻身于名流。最初,他在新北门大街同茂昌象牙店当学徒,不久即熟悉业务,得老板青睐,未届满师,便提升为小伙计。他一向有创业的计划,不久便在豫园桂花厅对面开设了天成象牙店。辛亥革命时期,上海县城拆除,市面正在潜变,他又毅然把大成象牙店交给其弟东林主持,自己在城隍庙后,和人合办了"劝业场",并以虎豹狮象等动物吸引观众。后又扩充为小世界游乐场,由小说家姚民哀创刊《世界小报》,为游乐场作宣传。继又在法租界吉祥街(今江西南路)开设一商行,经营各项业务,获利很高。后又鉴于电影事业的发展,他办了胜洋影片公司,经理外国影片拷贝发行及国产片的租映事项。当时,西人所设的跑马厅,吸引华人,获利极丰;浙商叶贻铨等在江湾拓地千亩办的万国体育场,也以赛马为主,规模更大,股东虽是中西参半,西人仍占着优势,掌领大权。范回春便发起组织了一座全部华股的运动场,集资百万元(其时合黄金二万两），购得引翔乡土地八百五十六亩，呈请淞沪护军使批准，于一九二六年岁首开幕，取名远东公共运动场，范任董事长兼总经理。此外，他又与金融巨子叶琢堂、张澹如、孙衡甫等合办三星银公司及顺兴公司，经营地产买卖，又发了大财。

他腰缠万贯后，便大造别墅，先在法租界圣母院路（今瑞金一路）二号，盖了一所洋房，有泉石亭台之胜，杂植花木。嗣后，又建虹桥别墅，并出租给人开设梵皇宫旅社，后又改为大世界游乐场。虹桥别墅，设在虹桥西路的法磊斯路（今为伊犁路），辟地数十亩，有主楼、船厅、竹屋、球场、草坪、鱼池、苗圃、曲桥、假山、家祠等，所植花卉，不乏异种，当地人称为范家花园。

那半个月任期的上海县知事，是怎样一回事呢？须得一谈。他在一九二四年一月十四日上任，同年一月三十日即下台，竟如昙花一现，那是早在军阀混战、政出多门的状况下出现的怪现象。当时，北洋军阀势力分皖、直、奉三个派系，上海为三派系必争之地，直系的江苏督军齐燮元和皖系的浙江督军卢永祥发生争夺战，结果卢氏失败，齐氏获胜，控制了上海。可是事出意外，那东北奉系首领张作霖，与直系将领曹锟（时任民国大总统）、吴佩孚，也相互激战，及直系将领倒戈一击，给直系一个致命伤，曹锟被禁于中南海延庆楼，失去自由。这一下顿使齐氏在江苏孤立无援，形势岌岌可危，上海人心浮动，谣言纷起。时任上海县知事傅文通，预感釜鱼幕燕，亡在旦夕，为自身利害计，竟携印离职而去，县署成为神龙无首，由警察所所长熊育衡督同县署各科职员，暂维现状。齐燮元为此大费踌躇，再三考虑，认为范回春为社会名流，颇孚众望，便敦请他出任县知事。但署印已被傅文通带走，只得刻一木质关防使

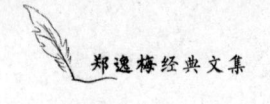

用。范回春上任后，一心想把这风雨飘摇、危机四伏的局面稳定下来。正在擘画经营时，不料奉军军长张宗昌奉命南下，齐燮元鸿飞冥冥而去。张宗昌指回春附逆，下令通缉归案。不久，直系浙督孙传芳出兵，驱逐奉军北退，其事遂寝。这对回春来说是很不幸的，但还有一不幸事发生。他在沦陷时期，闭门谢客，不问世事，总算渡过难关，及抗战胜利，他久蛰思动，欲谋发展，讵料那时绑票盛行。一日，回春在其长兄范开泰家晚饭，忽然闯进两个持手枪的彪形大汉，把回春架上汽车，如飞而去。家人惊惶，四面探讯，杳无消息。约过了两个星期，不知通过什么渠道，才得安然归来。

回春在上海经营贸迁，达数十年之久，牵涉面很广，外界对他有褒有贬。贬者斥他牟利及与政客闻人往还；褒者因那时米价飞涨，饿殍载道，他发起义济善会，在南北两市办理施粥并特邀周信芳、冯春航、金素琴等名演员，假座更新舞台演唱义务剧，又捐助上海时疫医院、震旦大学、普善山庄、同仁辅元堂，还举办了范氏奖学金，资助贫寒优秀的学生。因此，为一部分人所称道。

范回春的继室夫人唐韫如，现寓居香港，唐家也是贸迁有名的。这头亲事，有些传奇色彩，照范回春的说法是"强盗成全了我一个美满的家庭"。原来唐韫如的父亲唐晋斋，爱女如掌上明珠，因长女难产而亡，便拒绝别人为唐韫如做媒，深恐再遭此厄。唐晋斋逝世后，其子宝昌突遭匪徒绑架，过了二十天，家里忽得匪徒来信，云："解决办法，请范回春帮助。"唐家持信往找范，范莫明其妙。原来匪徒提出要九万元，才能放人。九万元为一巨数，一时难以筹措，家人向各处挪移，只得五万元，尚缺四万，后把庆丰纱厂股票向范抵押，才得如数

交去，救出唐子。范回春的母亲逝世前，托人向唐家为其子说媒，唐母应允了这门亲事。结婚仪式，十分豪华，其轿由八人肩抬，保镖四人，先导四匹高头大马，乐队以及其他吹打，种种旗帜，灿烂炫目，这个仪仗，首尾约长二里许。

一九四八年范回春去台湾，一九四九年冬去香港，一九七二年病逝，享年九十四岁。

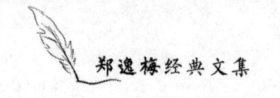

## 观音诞

　　昨天是世俗的观音诞。凡信佛教的，认为文殊居五台，普贤居峨眉，观音居普陀，为三大道场。虔拜观音尤以妇女为多，且称美貌的妇女为"活观音"，可见观音为美妙的象征。据《香山宝卷》，谓："须弥山西有一兴林国，国王婆伽，年号妙庄，生二女，长妙书、次妙音，至妙庄十八年二月十九日，又生一女名妙善，原为仙女转世，一意念佛修道，即世俗供奉的观世音。"

　　观音有送子观音，有些不孕的妇女，为了索求嗣续，往往向之祈祷。有鱼篮观音、千手观音等，不论塑像和绘画，都作女身。但我见到古代的观音画册，却有绘成为须眉丈夫的。明胡应麟的《庄岳委谈》，力证观音为男身。可是南宋甄龙友《题观音像》云："巧笑倩兮，美目盼兮，彼美人兮，西方之人兮。"诵此，这观音是一个千娇百媚的女身了。扑朔迷离，无从解辨。有人这样说："宋以前，观音的塑画是男的，宋以后始定之为女。"则又不尽然。考诘《中国美术辞典》雕塑栏："炳灵寺五十一龛观音像，唐代石刻，观音束高髻，修眉，半开半闭长眠，妩媚动人。"那么宋以前均为男，这个说法，也是不成立的了。那么观音的性别问题，既不能确定下来，与其指之为男性，不如归之女性为宜，在审美角度上，须眉总不如粉黛饶人喜爱啊！

先室周寿梅，她是具宗教信仰的，平素喜拜观音，我就请董天野绘了一幅观音像，给她香花供奉。这观音是个立像，吴带当风，姗姗尽致，奈在浩劫中被毁。正在嗟念中，而陈衣云忽地来访，出示她近作的观音画像，这些观音姿态不一，有分拂在花丛中的，有掩映在帘栊间的，或似迎人微笑，或如仰天远瞩，非常活泼，仿佛观音从泥珠莲座中解放出来，脱尽以往正襟端坐，俨然岸然的窠臼。令人一望而知画的不是南威西施，也不是瘦燕肥环，而是大慈大悲的南海观音。因气息是观音的，仪容是观音的，可见涉笔时，不为画观音而观音，而是为画非观音而观音，这是谈何容易啊！我说："时代的新观音，也在拍新型彩色的生活照了。"这句话道出了衣云的心理和愿望，她不禁噗哧付之一笑了。

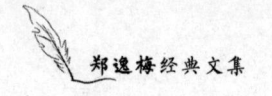

# 出版说明

郑逸梅先生出生于19世纪末,其创作高峰期主要集中在20世纪上半叶,特殊的历史时期,造成了他行文古奥,且有部分词句用法有别于当今规范的创作特点。为最大程度地保持原作的风貌,同时尊重作者本身的写作风格和行文习惯,本套书对于所选作品的句式及字词用法均保持原貌,不按现行规范进行修改。所做处理仅限于以下方面:将原文繁体字改为简体字;校正明显误排的文字,包括删衍字、补漏字、改错字等;文题、人名、地名、时间节点等前后不一致的情况做统一调整。特此说明。